新 潮 文 庫

ワインズバーグ、オハイオ

シャーウッド・アンダーソン
上 岡 伸 雄 訳

新 潮 社 版

10956

本書は私の母、エマ・スミス・アンダーソンの思い出に捧《ささ》げられる。母が周囲の人生に対して鋭い観察力を持っていたために、私のなかにも、人生の表面下のものを見たいという欲求が呼び覚まされたのである。

ワインズバーグ、オハイオ＊目次

ワインズバーグ、オハイオ

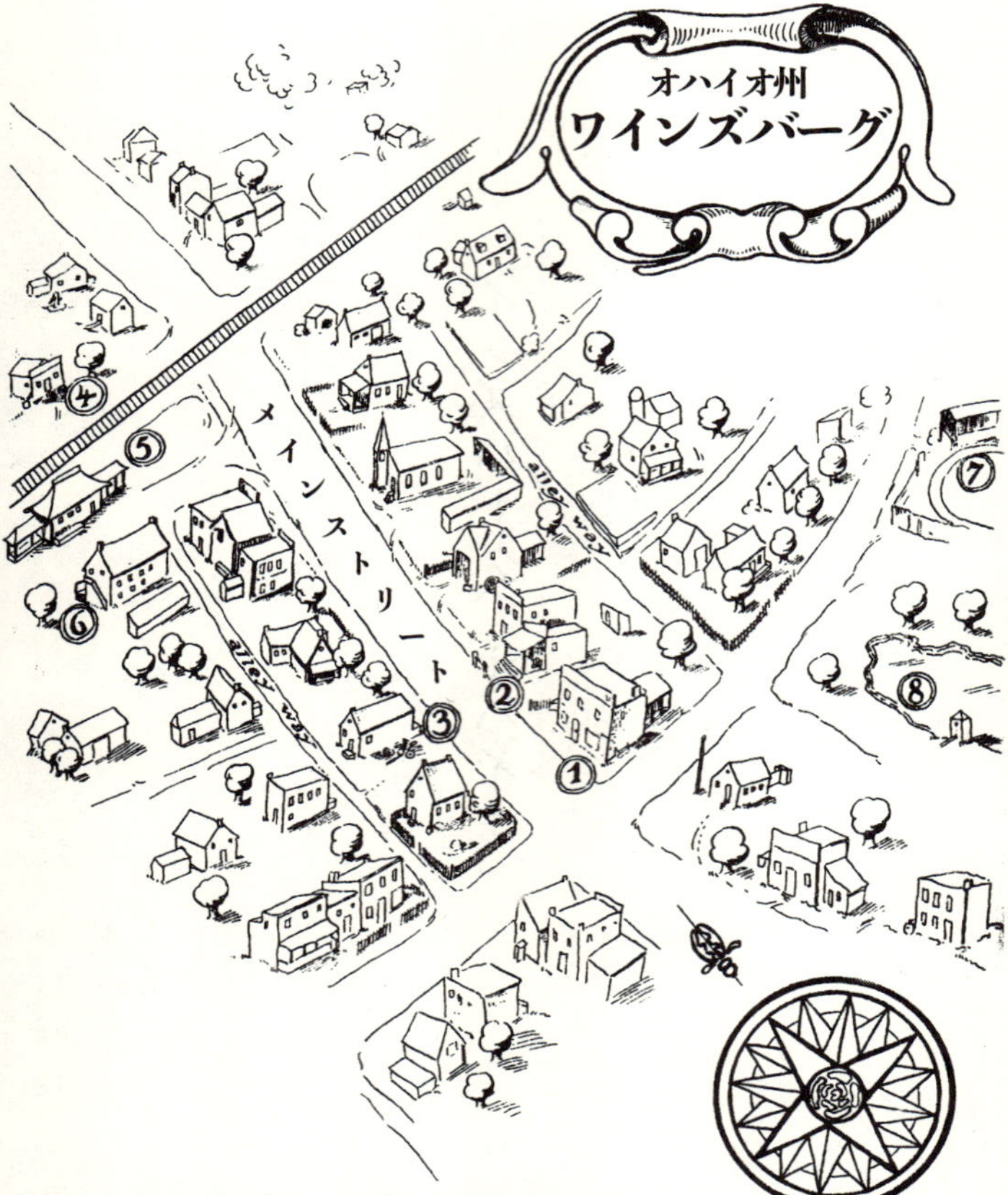

①『ワインズバーグ・イーグル』編集室

②ハーンの食料品店　③シニング金物店

④ビフ・カーターの軽食屋　⑤鉄道駅

⑥新ウィラード館　⑦屋外市《フェア》会場　⑧浄水場の貯水池

いびつな者たちの書

作家がいた。白い口髭《くちひげ》の老人である。ベッドに横たわるのにいつも苦労していた。住んでいる家の窓が高いところにあり、彼は朝目を覚ますときに外の木々が見たいと思った。そこで大工を呼び、窓の高さまでベッドを高くしてもらうことにした。

これに関してはひと悶着《もんちゃく》あった。南北戦争のときに兵士だった大工は作家の部屋に入って来ると、座り込んで話し始めた。台座を作り、その上にベッドを置いて、高くしたらどうかといった話である。作家は葉巻をそこらに置いてあり、大工はそれを吸った。

しばらく二人の男はベッドを高くすることについて話していた。それから話題がほかのことに移り、老兵は戦争のことを話し出した。実のところ、作家がその話題に導いたのだ。大工は捕虜となってアンダソンヴィル〔訳注　ジョージア州にあった南軍の捕虜収容所。多くの捕虜がそこで死んだ〕に収容されていたことがあり、そこで兄を失った。兄は飢餓で死んだのだが、大工はこの話題になるといつでも泣くのだった。老作家と同じように大工も白い口髭をたくわえていた。泣くときは唇をすぼませ、口髭が上下に揺れた。葉巻をくわえて泣く老人の姿は滑稽《こっけい》だった。作家がこうしてベッドを高くしようと思っていた案は忘れられ、大工が自分のやりたいようにやった。そのため作家は六十歳を過ぎていながら、夜ベッドに就くときには椅子《いす》を踏み台にして体を持ち上げなければならなかった。

ベッドに入ると作家は横向きになり、じっと横たわっていた。すでに何年も前から自分の心臓が悪いと思い込んでいた。ヘビースモーカーで、心臓の鼓動に乱れがあったのだ。もうすぐ突然死するのだという思いが頭に浮かび、ベッドに入るといつでもそのことを考えた。それに怯《おび》えていたのではない。実のところ、その思いが生み出した特別な感情は、簡単に説明できるものではなかった。ベッドにいるとき、彼はいつもより生き生きとした。体は年老いて大した使い道もなく、じっと横たわっているだけなのに、彼の内部の何かは完全に若返っていた。いわば妊娠した女性のようだった。ただし、彼の内部にいるのは赤ん坊ではなく若者だ。いや、若者ではない。若い女性で、騎士のように鎖よろいをまとっていた。もちろん、こんなことを語るのは馬鹿《ばか》げている。この高いベッドに横たわり、心臓の乱れる音を聞いている作家の頭に何があるのか、など。むしろ注目すべきは、作家が——あるいは、作家の内部の若いものが——何を考えているのか、だ。

世間のすべての人々と同様に、老作家は長い人生のあいだにたくさんの思いを頭に溜め込んでいた。かつてはとてもハンサムで、多くの女性たちが彼に恋をした。それから当然ながら、たくさんの人たちと知り合いになった。あなたや私が人々と知り合うのとは違った、特別に親密な形で知り合うのである。少なくとも、作家はそう考えていたし、そう考えるのがうれしかった。老人が考えていることに口出しする必要などあるだろうか？

ベッドに横たわって、作家は夢とは言えない夢を見ていた。少し眠くなってきたが、まだ意識があるとき、目の前に人々の姿が現われてきた。彼は自分自身の内部にある若いもののせいだろうと想像した。この若くて表現しがたいものが、人々の長い列を駆り立て、目の前を歩かせているのだ。

こうしたことのどこが面白いかというと、それは作家の目の前を行く人々の姿にあった。みないびつな者たちなのだ。作家がかつて知っていた男も女も、すべていびつな姿になっていたのである。

いびつな人々がすべて恐ろしいわけではなかった。何人かは可笑《おか》しな姿をしていたし、ほとんど美しいと言える者もいた。一人の女性は完全に形が崩れており、そのいびつさに老人の心は痛んだ。彼女が通り過ぎるとき、老人は子犬がクンクン鳴くような声をあげた。このときあなたが部屋にいたら、老人が恐ろしい夢を見ているか消化不良でも起こしていると思っただろう。

一時間ほどいびつな者たちの行進は続いた。彼らが目の前を通り過ぎると、老人は——とても体が痛かったのだが——ベッドから這《は》い出て書き始めた。いびつな者たちのなかには、彼の心に深い印象を残した者がいて、彼はそれを描きたかった。

机に向かって作家は一時間書き続けた。最終的には一冊の本を書き上げ、それを「いびつな者たちの書」と呼んだ。出版されることはなかったが、私は一度見せてもらったことがあり、決して忘れることのできない印象を受けた。その本の中心を成す考えはとても奇妙で、それがその後ずっと心に残り続けたのである。私はそれを思い出すことで、以前は絶対に理解できなかった多くの人や物事を理解することができるようになった。その考えは入り組んでいたが、簡単に言えば、次のようなことである。

世界がまだ若かった始まりの頃、数知れぬ考えがあったが、真理といったものはなかった。人間は一人でいくつもの真理を作り、それぞれの真理が多くの漠然とした考えの集まりだった。こうした真理が世界の至るところにあり、どれもみんな美しかった。

老人は本に何百もの真理を列挙していた。私としては、そのすべてをあなたに話して聞かせるつもりはない。処女性の真理があり、情熱の真理があり、富と貧困の真理があり、倹約と浪費の、不注意と奔放さの真理があった。何百も何千も真理があり、そのすべてが美しかった。

そこにたくさんの人々がやって来た。それぞれが真理の一つを引《ひ》っ摑《つか》み、とても強い者は十幾つもの真理をまとめてかっさらった。

人々をいびつにしたのは真理であり、老人はこの件に関して精緻《せいち》な理論を作り上げていた。人々の一人が真理の一つを摑み取り、自分の真理と呼んで、それに従って生きようとすると、その人物はいびつになる。そして、彼が抱いた真理は偽物《にせもの》になる。これが作家の考えだった。

一生を書くことに費やし、頭のなかが言葉でいっぱいになっている老人は、この件についてこれから何百ページも書くことになる。それを読者は目撃するのだ。主題が彼の心のなかで大きくなりすぎて、彼自身がいびつになる危険に瀕《ひん》する。そうならなかったのは、彼がその本を出版しなかった理由と同じだろう。老人を救ったのは彼の内部にある若いものなのである。

作家のためにベッドの台座を作った老大工に関して言えば、私が彼に言及した唯一《ゆいいつ》の理由はこういうことだ。作家の本で扱われたいびつな者たちのなかには、たやすく理解でき、愛することもできる人物たちがいる。凡人と呼ばれる者たちの多くと同様に、老大工もそれに最も近い存在だからである。

手

小さな木造家屋の腐りかけたベランダの上を、太った小男が神経質そうに行ったり来たり歩いていた。オハイオ州ワインズバーグの町に近い渓谷の隅に建つ家だ。目の前の細長い畑には家畜の飼料としてクローバーの種が蒔《ま》かれたが、雑草の黄色いノハラガラシが密生するばかり。その畑の向こうにある幹線道路を荷馬車が走っているのに小男は気づいた。畑から帰るイチゴ摘みの人々をたくさん載せた荷馬車で、若い男女が騒々しく笑ったり叫んだりしている。青いシャツを着た青年が荷馬車から飛び降り、女の一人を引きずり降ろそうとすると、女は笑い、そして激しく抗《あらが》った。青年の足が道路の埃《ほこり》を蹴《け》り上げ、沈む太陽の前にもくもくと漂う。細長い畑の向こうから女のか細い声が聞こえてきた。「ねえ、ウィング・ビドルボーム、髪を梳《と》かしなさいよ。髪が目にかかってるわよ」とその声が小男に命令した。男は禿《は》げているにもかかわらず、もつれた巻き毛を整えるかのように、つるつるした額を手でいじくりまわした。

ウィング・ビドルボームはいつでも怯《おび》えており、実体のない一連の疑念に苛《さいな》まれていた。この町に二十年暮らしていながら、自分がこの町の生活の一部であると考えたことがない。ワインズバーグの人々のなかで彼と親しいのはたった一人。新ウィラード館の主《あるじ》であるトム・ウィラードの息子、ジョージ・ウィラードとだけは、友情のようなものを育《はぐ》んでいた。『ワインズバーグ・イーグル』紙の記者をしている若者だ。ジョージ・ウィラードは、夜になるとときどき幹線道路を歩いてウィング・ビドルボームの家までやって来る。年老いた小男はこのとき両手を神経質そうに動かしながら、ベランダを行ったり来たりし、ジョージ・ウィラードが来てくれないものか、語り合って夜を過ごせないものかと思っていた。イチゴ摘みの人々を載せた荷馬車が通り過ぎると、彼は背の高いノハラガラシが生えている畑を横切って行き、横木を渡した柵《さく》を乗り越えて、道路の先にある町のほうを心配そうに見やった。そうやってしばし立ちすくみ、両手をこすり合わせながら、道路の遠くから近くへと視線を走らせる。それから恐怖に駆られて走って戻ると、また自分の家のベランダを行ったり来たり歩いた。

町では二十年間神秘的な存在であり続けたウィング・ビドルボームだが、ジョージ・ウィラードと一緒だと少しだけ臆病《おくびょう》でなくなった。疑惑の海にどっぷりとつかっている影のような人間性が、世界を見ようと前に進み出てくるのだ。若き記者が横にいると、彼は昼日中《ひるひなか》のメインストリートに思い切って出て行ったり、自宅のぐらつく表玄関のベランダを行ったり来たり歩いて、興奮してしゃべったりした。震えていた低い声が鋭い大声になり、曲がっていた背中がまっすぐになった。漁師に捕まった魚が川に戻されるときのように身をくねらせてから、無口なビドルボームがしゃべり始め、頭に詰まった考えを言葉にしようとする。黙り込んでいた長い年月のあいだに、たくさんの思いを頭に溜め込んできたのだ。

ウィング・ビドルボームは両手でたくさんのことをしゃべった。その細くて表情豊かな指、常に活動的でありながら常にポケットのなかか背中に隠れようとする指が、前に出て来て、彼の表現の機械を動かすピストン棒となる。

ウィング・ビドルボームの物語はこの両手の物語である。その落ち着きのない動きは、籠《かご》に入れられた鳥が羽をばたつかせるのに似ていて、そのためウィングという名前がつけられた。町の無名の詩人が考えついたのだ。本人はというと、自分の手に怯えていた。いつも手を隠すようにし、ほかの人々の手を見ては、自分の手との違いに驚いていた。畑で一緒に働く者たちや、田舎道でだらけた馬たちを御する者たちの手はおとなしく、表情がなかったのである。

ジョージ・ウィラードと話すとき、ウィング・ビドルボームは拳《こぶし》を握り、自宅の壁やテーブルを叩《たた》いた。そういうことをすると、ずっと気が楽になった。野原を一緒に歩いていて、話したいという欲求に駆られると、彼は切り株か柵の一番上の横木を見つけ、両手で忙《せわ》しなく叩きながら話した。そうすると、また新鮮な気持ちになり、心が落ち着くのだ。

ウィング・ビドルボームの手の物語は、それだけで一冊の本になるテーマである。思いやりを込めて語れば、目立たない人々の珍しくて美しい性質がたくさんそこに見られるはずだ。これは詩人の仕事である。ワインズバーグでは、彼の手は単純にその動きのために注目を集めた。その手を使ってウィング・ビドルボームは一日に百四十クォートものイチゴを摘んだのである。それが彼を際立《きわだ》たせる特徴となり、名声のもととなった。また、その手のために、すでにいびつで捉《とら》えがたい人物がもっといびつになった。ワインズバーグはウィング・ビドルボームの手を、銀行を経営するホワイト氏の新しい石造りの家や、ウェズリー・モイヤーの鹿毛《かげ》の馬、トニー・ティップを誇りに思うのと同じ精神で誇りに思った。トニー・ティップはクリーヴランドで行われた秋の競馬に出場し、二分十五秒のレース〔当時は馬が一マイル何分何秒で走れるかでランキングをつけ、同じランクの馬に競走させた。一マイル二分十五秒＝時速四十二キロは、当時の基準ではかなり速かった〕で優勝したのである。

ジョージ・ウィラードにしても、ビドルボームに手のことを訊《たず》ねたいと何度も思っていた。ときどき好奇心に強く心を摑《つか》まれ、どうしようもなくなるほどだった。あの奇妙な動きと、手を隠しておこうとする性癖には、何か理由があるはずだと感じていたのである。心に取《と》り憑《つ》く疑問を口に出さずにいたのは、ウィング・ビドルボームに対する尊敬の念が募っていたからにすぎない。

一度、彼はもう少しで訊ねそうになった。ある夏の午後、二人で野原を歩いていて、草の茂った土手に座り込んだときのことだ。午後のあいだじゅうウィング・ビドルボームは霊感を得たかのようにしゃべり続けていた。そして柵のところで立ち止まり、一番上の横木を巨大なキツツキのように叩きながら、ジョージ・ウィラードに向かって声を張り上げた。君の欠点は周囲の人々から影響を受けすぎるところだ、と。「君は自分をぶち壊している」と彼は叫んだ。「君は一人きりになりたがり、夢を見るのが好きなのに、夢を恐れている。この町の人たちと同じようになりたいと思っているんだ。彼らの言うことに耳を傾け、彼らの真似《まね》をしようとする」

草深い土手でウィング・ビドルボームはもう一度その点を相手の心に刻み込もうとした。彼の声は柔らかく、回想するような調子になった。そして満足げな溜め息《たいき》とともに、彼は取り留めのない長広舌をふるい始めた。夢に入り込んで自分を見失った者のようなしゃべり方だった。

その夢のなかからウィング・ビドルボームはジョージ・ウィラードのために一つの風景を描き出した。人々が牧歌的な黄金時代を再び生きている風景だ。手足がすらりとした若者たちが広大な緑の土地を渡って来る。ある者たちは徒歩で、ある者たちは馬に乗って。そして若者たちは一人の老人の足下に群がる。老人は小さな庭の木の下に座り、若者たちに話しかける。

ウィング・ビドルボームは霊感のなすがままになった。このときばかりは自分の手のことも忘れた。両手はゆっくりとジョージ・ウィラードに忍び寄り、彼の肩の上に置かれた。語りかける声に、何か新しくて大胆なものが入り込んでいた。「君は教わってきたことをすべて忘れようとしなければいけない」と老人は言った。「夢を見始めなければならないんだ。これからあとは、周囲の騒々しい声に耳を閉ざさなければならない」

話の途中で言葉を止め、ウィング・ビドルボームは真剣な表情でジョージ・ウィラードを長いことじっと見つめた。彼の目は輝いた。そしてもう一度手を挙げて青年を撫《な》でようとし、その瞬間、表情が恐怖で凍りついた。

ウィング・ビドルボームは体をブルブルッと震わせ、跳ねるように立ち上がると、両手をズボンのポケットの奥深くに突っ込んだ。目には涙が浮かんできた。「家に帰らないと。これ以上、君と話していられない」と彼はおずおずと言った。

老人は振り返らずに土手を急いで下りると、牧草地を歩いて行った。草原の斜面に取り残されたジョージ・ウィラードは困惑し、怯えていた。そして恐ろしさに身震いしながら立ち上がり、町に向かって道を歩き始めた。「彼に手のことは訊《き》かないようにしよう」と彼は思った。男の目に現われた恐怖を思い出し、心が揺さぶられていた。「何かおかしなところがあるけど、それが何かは知りたくない。手に関わる何かのために彼は僕を恐れ、みんなを恐れているのだろう」

そしてジョージ・ウィラードは正しかった。ここで私たちはその手の物語を簡単に見てみよう。私たちがそれを語れば、詩人が刺激を受け、そこに秘められた驚異の物語を語ることだろう。ウィング・ビドルボームが少年たちにどのような影響を与えたかという物語。手は、その力を約束してはためく旗にすぎなかったのである。

若かりし頃、ウィング・ビドルボームはペンシルベニア州の町の学校教師だった。

当時はウィング・ビドルボームとして知られていたのではなく、あまり響きのよくないアドルフ・マイヤーズという名で通っていた。アドルフ・マイヤーズだった彼は、学校の男子生徒たちにとても愛されていた。

アドルフ・マイヤーズは若者たちの教師となるべく生まれた男だった。力で統率するにしてもとても優しいので、それが愛すべき弱々しさと取られてしまうような男——そんな稀《まれ》に見る、そしてほとんど理解されない男の一人。こうした男たちが面倒を見ている少年たちに対して抱く感情は、繊細な女性が愛する男に対して抱くものと似ていなくもない。

とはいえ、これは生硬な言い方をしただけである。正しく表現するには詩人が必要だ。アドルフ・マイヤーズはある種の夢に浸りつつ、学校の男子生徒たちとともに夜の散歩をしたり、日が暮れるまで校舎の階段に座って話し込んだりしていた。両手が縦横無尽に動き回り、少年たちの肩を撫でたり、くしゃくしゃの髪をもてあそんだりした。話すときの声は穏やかな音楽のように響き、そこにも愛撫《あいぶ》のようなものがあった。ある意味、声も手も、肩を撫でたり髪に触れたりするのも、夢を若者たちの精神に注ぎ込みたいという学校教師の努力の一部だったのだ。指による愛撫で彼は自分を表現していた。生命を作り出す力が中心に集まるのではなく、拡散するタイプの男。

彼の手に撫でられると、疑惑や不信感が少年たちの心から消え去り、彼らもまた夢を見始めるのである。

それから悲劇が起きた。頭の鈍い一人の生徒がこの若き教師に魅せられた。そして夜の寝床で言葉にできないようなことを想像し、朝になってその夢を事実として話したのだ。彼のあんぐりと開けた口から奇妙で忌《い》まわしい申し立ての言葉がこぼれ落ち、ペンシルベニアの町に激震が走った。男たちがアドルフ・マイヤーズに対して隠し持っていた、ぼんやりとした疑惑が刺激され、それがいまや確信になったのである。

悲劇はこれにとどまらなかった。親たちは子供をベッドから引きずり出し、震えている彼らを詰問《きつもん》した。「先生は両腕を僕の体に回した」と一人が言った。「先生は指でいつも僕の髪をもてあそぶんだ」と別の生徒が言った。

ある日の午後、町で酒場を営むヘンリー・ブラッドフォードという男が学校の戸口にやって来た。そしてアドルフ・マイヤーズを校庭に呼び出し、拳で殴り始めた。硬い拳骨《げんこつ》で学校教師の怯えた顔を殴れば殴るほど、男の怒りは激しくなった。子供たちは仰天して叫び、巣を荒らされた昆虫のようにあちこち逃げ惑った。「思い知らせてやる、このけだものめ。俺の子供に手を出すなんて」と酒場の主人は叫んだ。彼は殴るのに疲れ、教師を校庭じゅう追い回しては蹴りを入れた。

アドルフ・マイヤーズはその夜、ペンシルベニアの町から追い出された。彼が一人で住んでいた家の戸口にランタンを手に持った十数人の男たちがやって来て、服を着て外に出て来いと命令した。外は雨が降り、男の一人は手にロープを持っていた。男たちは学校教師を縛り首にしようと考えていたのだ。しかし、彼の小さくて青白くて哀れな姿を見て、男たちは心を動かされ、逃がしてやることにした。こうして彼が闇《やみ》に向かって走って行くと、それを見た男たちは自分たちの心の弱さを悔い、彼を追って走り出した。罵《のの》りの言葉を叫びながら、棒や軟らかい泥の大玉を投げつけた。学校教師は悲鳴をあげ、走る速度をどんどん上げて、闇のなかへと逃げて行った。

この二十年間、アドルフ・マイヤーズは一人でワインズバーグに住んでいた。まだ四十歳だったが、六十五歳に見えた。ビドルボームという名前は、オハイオ州東部の町を急いで逃げているとき、途中で見かけた商品の箱から取った。ワインズバーグには叔母がいた。黒く汚れた歯をした老婆《ろうば》で、鶏を育てていた。彼はその叔母が死ぬまで一緒に暮らしていた。ペンシルベニアであのような経験をしたあと一年間病に伏し、回復してからは畑で日雇いの仕事を始めた。おずおずと仕事に出かけて行き、できるだけ手を隠そうとした。自分の身に何が起きたのかわかっていなかったが、手が原因に違いないと感じていた。生徒の父親たちが何度も何度も手のことを口にしたのだ。

「その手を引っ込めておけ」と酒場の主人も言った。怒りで踊るように身をよじらせ、校庭で叫んでいた。

渓谷の近くにある家のベランダで、ウィング・ビドルボームは行ったり来たり歩き続けた。やがて太陽は沈み、畑の向こうにある道は灰色の影のなかに消えた。彼は家のなかに入ってパンを何枚か切り、その上に蜂蜜《はちみつ》を塗った。急行貨車をつないだ夜行列車がガタゴトと通り過ぎ、この日に収穫したイチゴを運び去った。夏の夜の静けさが戻ると、彼はまたベランダに出て歩き始めた。手は闇に包まれて見えず、動かなくなっていた。青年がそばにいてくれたらとまだ願っていたものの――あの青年は彼が自分の人間愛を表現するための媒介なのだが――その願いのためにまた孤独感が募り、ただじっと待つことになった。ウィング・ビドルボームはランプに火を点《つ》け、粗末な夕食で汚れた皿を洗った。続いてベランダに出るドアの網戸のわきに折り畳み式の簡易寝台を置き、寝る支度を始めた。テーブルのそばのきれいに掃除した床に、白いパンくずがいくつか散らばっていた。彼は低いスツールにランプを置き、パンくずを拾っては、信じられないような速さで一つひとつ口へと運んだ。テーブルの下に濃密な光のかたまりがあり、そこに男がひざまずいている姿は、教会で礼拝を執り行う司祭のようだった。表情豊かな指が神経質そうに動き、光のなかできらりと光ったり、光の外に出ていったりを繰り返している。祈りながらロザリオの数珠《じゅず》を次から次へと素早くつまぐる、敬虔《けいけん》な信者の指に見まがうほどだった。

紙の玉

彼は白い顎鬚《あごひげ》を生やし、鼻と手が大きい老人だった。私たちが彼を知るよりもずっと前、彼は医師で、くたびれた白馬を駆ってワインズバーグの街路を走り、家から家へと往診していた。その後、彼は金持ちの娘と結婚した。その父親が死んだとき、彼女に広大で肥沃《ひよく》な土地を残したのだ。その娘は物静かで、背が高く、髪の色が黒かった。多くの人が彼女のことをとても美しいと感じていた。なぜ彼女が医師と結婚したのだろうと、ワインズバーグの誰もが不思議に思った。結婚後、一年も経《た》たずに彼女は死んだ。

医師の手指の関節は異常なほど太かった。拳《こぶし》を握ると、ペンキを塗っていない木の瘤《こぶ》が集まっているように見えた。一つひとつがクルミの実くらいの大きさで、それが鋼鉄棒でつなげられているように見えるのだ。彼はトウモロコシの穂軸で作ったパイプを吸い、妻を亡《な》くしてからは、一日じゅう空っぽの診察室で過ごすようになった。蜘蛛《くも》の巣の張った窓のそばに座り、決して窓を開けない。八月の暑い日に、一度だけ窓を開けようとしたことがあったが、窓はへばりついていて開かなかった。その後、彼は窓のことをすっかり忘れてしまった。

ワインズバーグは老人のことを忘れた。しかし、リーフィ医師には、とても素晴らしいものを生み出す種子《たね》があった。ヘフナー街区《ブロック》にある、パリ服地店の上階のかび臭い診察室で、彼は休みなく一人で頭を働かせ続けた。何かを構築し、それを自分で壊すのだ。真理の小さなピラミッドをたくさん建て、建て終わったら崩す。そうすれば、また別のピラミッドを建てるための真理を手にできる。

リーフィ医師は長身で、同じ一そろいの服を十年のあいだ着続けていた。袖《そで》がほつれ、膝《ひざ》と肘《ひじ》に穴があいている服だ。診察室ではリンネルの埃《ほこり》よけコートも着ていて、その大きなポケットにいつでも紙切れを詰め込んでいた。数週間経つと、紙切れは固まって小さな玉となり、ポケットがいっぱいになると、彼は紙の玉を床に投げ捨てた。ここ十年間、友達と言えるのは一人だけで、それは苗木畑を持っているジョン・スパニアードという老人だった。ときどきふざけたい気分になると、老リーフィ医師はポケットから一握りの紙の玉を取り出し、苗木畑の男に投げつけた。「こいつはおまえへの反論だ、この口のへらないおセンチ野郎め」と彼は叫び、全身を震わせて笑った。

リーフィ医師とその求愛の物語はとても面白いものだった。背が高い黒髪の女性に彼は恋をし、結婚して、彼女が彼に金を残したのである。この物語の味わい深さは、ワインズバーグの果樹園で育つ、形の歪んだ小さなリンゴのようだった。秋に果樹園を歩くと、地面は霜で硬くなっている。リンゴはすでに果実摘みの者たちによって木からもぎ取られ、樽《たる》に詰められて、都会に向けて出荷されている。こうしたリンゴを食べるのは、本や雑誌、家具や人でいっぱいのアパートに住む都会の人々だ。木々に残っているのは、果実摘みの者たちが取らなかった、数個のごつごつしたリンゴだけ。それはリーフィ医師の拳骨《げんこつ》のような形をしている。かじってみると、とてもおいしい。リンゴの側面にある小さな丸い部分に、甘さが全部集まっているのだ。そこで霜の降りた土地を木から木へと走り、ねじれたり曲がったりしたリンゴをもぎ取ってはポケットに詰めていく。こうしたごつごつしたリンゴのおいしさを知っているのはほんの数人しかいない。

その娘とリーフィ医師が付き合い始めたのはある夏の午後だった。彼は四十五歳で、すでに例の癖が始まっていた。紙切れをポケットに溜め込み、硬い玉になったら捨てるのである。この癖は、軽装馬車にくたびれた白馬をつなぎ、ゆっくりと田舎道を走っているときに身についた。紙にはさまざまな考えが書かれていた――考えの終わりの部分があり、始まりの部分があった。

リーフィ医師の頭は考えを一つひとつ形作っていった。その多くから一つの真理が形成され、彼の頭のなかで巨大に成長した。やがてその真理は世界を覆い隠す恐ろしいものとなり、それから消えていって、また小さな考えが湧《わ》き始めた。

背が高い黒髪の娘は妊娠し、怖くなったためにリーフィ医師に会いに来たのだった。彼女がそういう状況に陥ったのは、ある一連の出来事のためだったのだが、それもまた面白かった。

父と母が死に、数エーカーの肥沃な土地を相続したことで、彼女には続々と求婚者が現われた。二年ほどのあいだ、彼女はほとんど毎晩、求婚者と会っていた。ある二人を除けば、あとはみんな似たような者たちだった。彼らはみな彼女に激しい思いを打ち明け、語りかける声と彼女を見つめる目には、張りつめた熱っぽさがあった。あとの二人はそれとは違っていたが、互いにはまったく似ていなかった。一人はワインズバーグの宝石商の息子で、手が白くて痩《や》せた若者だった。彼はいつでも処女性について話しており、彼女と一緒にいるときは絶対にほかの話題に移らなかった。もう一人は耳が大きい黒髪の青年で、まったく何もしゃべらなかった。いつも彼女を暗闇《くらやみ》に連れ込もうとし、連れ込んだらキスを始めるのだった。

背が高い黒髪の娘はしばらくのあいだ宝石商の息子と結婚するものだと思っていた。しかし、彼が話すのを聞きながら、何時間も黙って座っているうちに、彼女は怖くなってきた。処女性の話の奥底に、ほかの男たちよりも激しい欲望があると考えるようになったのだ。ときどき彼が話しているとき、体が彼の手で摑《つか》まれているように思えるときもあった。自分の体が彼の手でゆっくりと回され、じっと見つめられているさまを想像した。夜になると、彼が自分の体をガブリと嚙《か》み、彼の顎から血がしたたっているという夢を見た。この夢を三回見て、それから彼女は何も話さないほうの男によって妊娠した。彼は情欲に駆られた瞬間に彼女の肩を本当に嚙み、それから数日間、彼の歯型が肩に残った。

リーフィ医師のことを知るようになってから、背が高い黒髪の娘は二度と彼のもとを離れたくないと思うようになった。ある朝、彼女が彼の診察室に入っていくと、彼のほうは何も言われなくても、彼女の事情を吞《の》み込んでいる様子だった。

医師の診察室には女がいた。ワインズバーグの書店主の妻だった。田舎の診療医がかつてみなそうであったように、リーフィ医師も抜歯をしたのである。女は口元にハンカチを当て、唸《うな》りながら待っていた。夫が付き添っていて、歯が引っこ抜かれた瞬間に二人とも悲鳴をあげた。血が女の白い洋服にしたたり落ちた。背が高い黒髪の娘はまったく関心を示さなかった。女と夫が立ち去ったあと、医師は微笑《ほほえ》んで言った。「馬車で田舎道を走ろうじゃないか」

数週間、背が高い黒髪の娘と医師はほとんど毎日一緒にいた。彼女を彼のもとにもたらした症状は病気とともに消えたが、彼女はごつごつしたリンゴの甘さを知ってしまったようなものだった。もはや二度と、完璧《かんぺき》に丸いリンゴに戻る気にはなれない――都会のアパートで食べられているようなリンゴには。リーフィ医師との交際が始まったあとの秋、彼女は彼と結婚し、次の春に死んだ。冬のあいだ、彼は紙切れに書きとめた雑多な考えをみんな彼女に読んでやった。読み終わると彼は笑い、紙切れをポケットに詰め込んで、それはやがて丸くて硬い玉になるのだった。

母

ジョージ・ウィラードの母であるエリザベス・ウィラードは背が高く、痩《や》せこけ、顔には天然痘の傷痕《きずあと》があった。まだ四十五歳だったが、原因不明の病のために体から生気がなくなっていた。古くて散らかったホテルを大儀そうに歩き回り、色褪《いろあ》せた壁紙やボロボロのカーペットを見つめていた。仕事ができるときは、太った巡回セールスマンたちが仮眠して汚したベッドとベッドを行き来し、客室係のメードの仕事をした。夫のトム・ウィラードは細身の上品な男で、肩をいからせ、兵士のような速い歩調で歩いた。黒い口髭《くちひげ》の両側をピンと立て、妻のことはできるだけ心から追い出そうとしていた。背の高い幽霊のようなその人影が廊下をゆっくりと歩いていくのを見ると、自分が責められているように感じるのだ。妻のことを考えると怒りが湧《わ》き起り、口汚く罵《ののし》らずにはいられなくなった。ホテルは利益を上げておらず、ずっと破綻《はたん》寸前で、彼としては手を引きたかった。この古い館《やかた》とそこに一緒に住む女を、敗れて破滅したものの象徴として捉《とら》えていた。彼が希望に満ちて人生を始めた場所であるホテルは、本来のホテルの亡霊にすぎなかった。小ぎれいな格好をし、てきぱきとワインズバーグの町を歩いているとき、彼はときどき立ち止まり、誰かにつけられているかのように振り向くことがあった。ホテルと妻の霊が彼を追って、街角にまでついてくるかのような気がしたのだ。「こんな人生、クソくらえだ!」と彼は誰に言うでもなくまくし立てた。

トム・ウィラードは町の政治に情熱を抱いており、共和党が強い地域で長年のあいだ民主党員の中心として活動してきた。いつの日か、政治の潮流は自分の求める方向に変わる、と彼は自分に言い聞かせた。無駄に思える奉仕も、やがて大きな見返りにつながるのだ、と。彼は国会議員になることや、州知事になることさえ夢に見た。かつて民主党の若手が政治集会で立ち上がり、自分の献身的な奉仕を吹聴し始めたとき、トム・ウィラードは怒りで顔面を蒼白《そうはく》にした。そして「黙れ、若造」と吠《ほ》えるような声を出し、そこらじゅうを睨《にら》みつけた。「奉仕についておまえに何がわかる? ただのガキじゃないか。俺がここでやってきたことを見てみろ! 俺はワインズバーグで民主党員であることが犯罪と見なさた時代から民主党員なんだ。昔、俺たちは本当に銃で追い回されたんだぞ」

エリザベスと一人息子のジョージとのあいだには、暗黙の深い共感の絆《きずな》があった。ずっと昔に消えた少女時代の夢に基づく絆だった。息子と一緒にいるときの彼女は臆病で控えめだったが、息子が外出していると、彼の部屋に忍び込むこともあった。彼が記者としての仕事に打ち込み、町をきびきびと歩き回っているようなときだ。彼女は息子の部屋のドアを閉め、窓の近くに行き、キッチンのテーブルを作り直した小さな机のわきにひざまずいた。そして空に向かい、半ば祈りであり半ば要求でもある儀式を執り行った。忘れかけたもの、かつて自分自身の一部であったものの再現を息子の姿のなかに見たいと願い、それを祈りに込めたのである。「たとえ自分が死んでも、私はおまえが負け犬にならないようにする」と彼女は叫んだ。全身が震えるほど心の奥底からの決意だった。目をギラギラと輝かせ、拳《こぶし》をしっかりと握り締めていた。「私が死んで、息子が私のような無意味でつまらない存在になってしまったら、私は舞い戻って来る」と彼女は断言した。「私にその権利をくださるよう、神様にお願いします。要求します。その代償は払いますから。神様に拳骨《げんこつ》で殴られてもかまいません。私はどんな仕打ちも受けましょう。息子が私たち双方のために何かを表現してくれるのなら」。自信なげに言葉を呑《の》み込み、女は青年の部屋を見回した。「そして、息子を小賢《こざか》しい成功者にもしないでください」と彼女はもぞもぞと付け加えた。

ジョージ・ウィラードとその母親との関係は、表向きはたわいない形式的なものだった。母親が病気になり、自室の窓際《まどぎわ》で座っているようなとき、息子はときどき夜に母親を訪問した。二人で窓際に座ると、窓の外には小さな木造家屋の屋根があり、その向こうにメインストリートが見えた。座ったまま横を向くと、別の窓からはメインストリートの商店街の背後を走る小道と、アブナー・グロフのパン屋の裏口が見えた。ときどき二人でこのように座っていると、町の生活の様子が絵のように現われてきた。アブナー・グロフが手に棒か空の牛乳瓶を持って、パン屋の裏口から出て来る。長いこと、パン屋は灰色の猫と戦っていた。ドラッグストア店主のシルヴェスター・ウェストの飼い猫である。青年と母親が見ていると、猫がパン屋のドアから忍び込み、すぐにパン屋に追いかけられて出て来た。パン屋は罵り、腕を振り回している。パン屋の目は小さくて充血しており、黒い髪と顎鬚《あごひげ》は小麦粉で真っ白だ。ときどき怒りが収まらず、パン屋は猫がもういないのに棒やガラスの欠片《かけら》を投げつけた。商売道具を投げつけることもあり、一度など、シニング金物店の裏の窓を割ってしまった。一方、灰色の猫は小道に置いてある樽《たる》の後ろに隠れていた。樽には紙くずや割れた瓶が詰まっていて、その上を蠅《はえ》が群れを成して飛び交っていた。一人きりのとき、エリザベス・ウィラードはパン屋が無益にもしつこく怒り続けているのを眺めたあと、白くて長い手に顔をうずめて泣き出したことがあった。その後は小道のほうを見ないようにし、顎鬚の男と猫との戦いを忘れようとした。自分の人生の悲惨さが再現されているようで、その生々しさが恐ろしかった。

夕方、息子が部屋で母親と一緒に座っていても、しゃべることがなく、二人とも気まずい気分になった。外は暗くなり、夜の列車が駅に入って来た。窓の下の道路からは、板張りの歩道を踏む足音が聞こえてくる。夜の列車が出発し、駅の構内には重い静寂が垂れ込めた。おそらく小荷物配達人のスキナー・リーソンが手押し車を押し、プラットフォームの端から端まで歩いているだろう。メインストリートで笑う男の声が響いた。運送店のドアがバタンと鳴った。ジョージ・ウィラードは立ち上がり、部屋の反対側まで歩いて、ドアノブを手探りで探した。途中で椅子《いす》にぶつかり、椅子の脚が床にこすれる音を立てることもあった。窓のそばに座っている病気の女はまったく音を立てず、だるそうな表情をしていた。椅子の肘《ひじ》掛けの端から彼女の手が垂れ下がっているのが見える。長くて白くて血の気のない手だ。「もっと外で友達と過ごしたほうがいいわ。あなたは家にいすぎるのよ」と彼女は言い、彼が去っていく気まずさを和《やわ》らげようとした。「散歩してこようかと思ったんだ」とジョージ・ウィラードは気まずい思いに戸惑いながら言った。

七月のある晩、新ウィラード館を定期的に訪れる短期滞在の客たちが少なくなった時期のことだった。灯りを細くした石油ランプしか照明のない廊下が薄暗くなったとき、エリザベス・ウィラードは冒険をした。ここ数日、病で床に就いていたが、息子は訪ねてこなかった。彼女は心配になった。体に残っている生命の弱い火が不安によって焚《た》きつけられ、炎となって燃え上がった。彼女はベッドから這《は》い出し、服を着て外に出た。膨らんだ恐怖に身を震わせ、息子の部屋に向かって廊下を急いだ。苦しそうに息をしながら、片手を廊下の壁紙について体を支え、滑らせていった。空気が歯のあいだを通るときにヒューーッと鳴った。前に急いで進むうちに、彼女は自分が何て馬鹿《ばか》なのだろうと考えた。「息子は男の子たちと遊んでいるんだわ」と自分に言い聞かせた。「もしかしたら、夜は女の子とデートするようになったのかもしれない」

エリザベス・ウィラードはホテルの客に見られるのを恐れていた。このホテルは父親が持っていたもので、いまでも郡庁の記録では彼女の所有物だった。設備がみすぼらしくなるにつれ、ホテルの宿泊客も減り、彼女は自分自身のこともみすぼらしく感じるようになった。彼女の部屋は隅の目立たないところにあり、働けるような気がするときは働いたが、客たちがいないときにできる仕事のほうが好きだった。そこで客たちがワインズバーグの商人たちと商談をするために外に出ているとき、彼女は自ら進んでベッドのシーツの交換などをした。

　息子の部屋のドアの前で彼女は床にひざまずき、なかから何か聞こえてこないかと耳を澄ませた。青年が部屋を歩き回り、低い声でしゃべっているのが聞こえると、彼女の唇に微笑《ほほえ》みが浮かんだ。ジョージ・ウィラードは声に出して独り言を言う癖があり、息子の独り言が聞こえてくると、母親はいつでも不思議な喜びを覚えた。この彼の習慣が、自分たちのあいだにある秘密の絆を強めてくれるような気がしたのだ。このことについて、彼女はこれまでに何度も自分に言い聞かせていた。「息子は手探りしているの、自分を探しているのよ」と彼女は考えた。「頭の鈍い男ではないわ。口だけ達者な小賢しい人間でもない。彼のなかには秘密の何かがあって、成長しようと足《あ》掻《が》いているの。そういうものが私にもあったのに、むざむざ殺されてしまったのよ」

　廊下の暗闇《くらやみ》で、ドアのかたわらにひざまずいていた病の女は立ち上がり、自分の部屋に戻り始めた。ドアが開き、出て来た息子に見つかるのではないかと恐れたのだ。安全なところまで離れ、第二の廊下への角を曲がろうとしたとき、彼女は立ち止まり、両手を壁について支えた。突然襲ってきた弱気の虫の震える発作を振り払おうと思った。息子が部屋にいたので幸せな気分だった。ベッドに入り、長いこと一人ぼっちでいたときは、小さな恐怖に襲われ、それがどんどん大きくなっていたのである。こうした恐怖がいまはすっかり消えた。「部屋に戻ったら、眠れるだろう」と彼女はありがたそうにつぶやいた。

しかし、エリザベス・ウィラードはベッドに戻って眠ることにはならなかった。闇のなかで震えていたとき、息子の部屋のドアが開き、彼の父親のトム・ウィラードが出て来たのだ。彼は部屋から漏れ出る光のなかに立ち、ドアノブを握ったまま話している。彼が言っていることを聞いて、女のはらわたは煮えくり返った。

トム・ウィラードは息子の将来に期待をかけていた。自分のことを成功者だといつも考えていたものの、やったことは何一つうまくいっていなかった。それでも、新ウィラード館からは見えないところまで離れ、妻に出くわす心配がなくなると、彼はふんぞり返り、町の中心人物のような顔をして振る舞い始めるのだ。息子には成功してほしいと願っており、息子に『ワインズバーグ・イーグル』紙の仕事を見つけてやったのも彼だった。いまは真剣に相手のことを考えているという声色で、これからどう生きるかについて忠告していた。「いいか、ジョージ。おまえは目を覚まさなきゃいかん」と彼は鋭い声で言った。「ウィル・ヘンダーソンがこのことについて、三度も俺に話してくれた。おまえは何時間もぼんやりして、話しかけられても聞いてないそうじゃないか。のろまな娘のようだって言ってたぞ。何に悩んでるんだ？」トム・ウィラードは思いやりを込めて笑った。「まあ、おまえはいまの状態を乗り越えるさ」と彼は言った。「ウィルにもそう話しておいたよ。おまえは馬鹿じゃないし、女でもない。おまえはトム・ウィラードの息子だから、きっと目を覚ます。俺は心配していない。おまえ自身の言葉によってはっきりさせるんだ。新聞記者をやっているために、物書きになりたいという思いが生まれたのなら、それでもいい。ただ、目を覚まして、それに取り組まなきゃならない。そうだろ？」

トム・ウィラードは廊下をきびきびと歩いて行き、階段を降りてフロントに向かった。暗闇に潜んでいた女の耳に、彼が客と話し、笑う声が聞こえてきた。フロントのドアのわきにある椅子でうたた寝し、退屈な夜の時間をつぶそうとしている客だ。彼女は息子の部屋のドアに戻ろうとした。まるで奇跡のように体から弱気の虫が消え、堂々と歩いて行った。無数の考えが頭をめぐっている。しかし椅子が床にこすれる音と、ペンが紙を引《ひ》っ掻《か》く音が聞こえてくると、彼女はまた踵《きびす》を返し、廊下を戻って自分の部屋に向かった。

打ちひしがれていた女の心に確固とした決意が生まれていた。ワインズバーグのホテル支配人の妻として生き、長年のあいだ、実りのないことを独りで考えてきて、その結果生まれた決意だった。「さあ、行動しよう」と彼女は自分に言い聞かせた。「何かが息子を脅《おびや》かしている。それを払いのけるのだ」。トム・ウィラードと息子とのあいだの会話に彼女は憤《いきどお》っていた。まるで二人が互いに理解し合っているかのように、その会話が静かで自然だったからだ。ずっと前から夫のことを憎んでいたが、これまでその憎悪《ぞうお》は個人的なものではなく、彼は彼女が憎んでいる何か別のものの一部にすぎなかった。それが、ドア口でのほんの数語の会話を聞いただけで、いまや夫はその憎悪を体現するものとなった。自分の部屋の闇のなかで彼女は拳を握りしめ、闇を睨みつけた。壁の釘《くぎ》から下がっている布袋のところに歩み寄り、細長い裁ちバサミを取り出して、短刀のように握った。「あいつを刺してやる」と彼女は声に出して言った。「あいつは悪魔の言葉を囁いた。だから殺してやる。あいつを殺せば、私のなかで何かが壊れ、私も死ぬだろう。それで私たちはみな解放されるのだ」

少女時代、トム・ウィラードと結婚する前のエリザベスは、ワインズバーグで怪しい評判をたてられていた。何年ものあいだ熱狂的な芝居好きと呼ばれた。派手な服を着て、父親のホテルに泊まっている旅の者たちと町じゅうを歩き回っては、都会での暮らしについて聞かせてくれとせがんだ。一度、男の服を着てメインストリートを自転車で走り、町じゅうを驚かしたこともあった。

この背が高い黒髪の娘は、その当時、精神的にとても混乱していた。心が大きく動揺しており、それが二つの形で表に出た。一つは変化を求める不安な思いである。自分の人生に大きくて確かな変動を求める思い。心を芝居に向かわせたのはこの思いだった。彼女は何らかの劇団に入り、世界じゅうを旅することを夢見た。常に新しい人々と出会い、自分のなかの何かを人々に分け与えるのだ。夜になると、この思いに駆られて取り乱してしまうこともあった。しかし、ワインズバーグに来て父のホテルに泊まっている劇団の役者たちにこのことを話そうとしても、何の成果もなかった。彼らは彼女の言いたいことがわからない様子で、彼女が自分の情熱の一部を表現できたとしても、ただ笑うだけだった。「そんなもんじゃないんだよ」と彼らは言った。「ここで暮らすのと同じくらい単調で、つまらないのさ。それでどうなるってもんじゃない」

巡回セールスマンたちと一緒に出歩いたり、あとになってトム・ウィラードと歩いたりするときはまったく違った。彼らはいつでも彼女を理解し、同情してくれているようだった。町の裏道に入ったとき、木の下の暗がりで、彼らは彼女の手を握った。彼女は自分のなかのいまだ表現されていないものが表に出て、彼らのなかの表現されていないものと一体化したように感じた。

それから、彼女の不安が表に出る第二の形があった。その形で現われると、彼女はしばらく解放され、幸せな気持ちになった。自分と一緒に歩いた男たちを責めなかったし、あとになってトム・ウィラードを責めることもなかった。いつも同じだったのだ。キスで始まり、激しく奇妙な感情が盛り上がり、静寂と、泣きながら悔いる気持ちで終わる。すすり泣いているとき、彼女は相手の男の顔に手を当て、いつでも同じことを考えた。相手が大柄な男で、髭を生やしていても、突如として小さな子供になってしまったような気がした。どうして彼もすすり泣かないのだろうかと不思議に思った。

旧ウィラード館の隅にある部屋で、エリザベス・ウィラードはランプに火を点《つ》け、ドアのそばにある鏡台の上に置いた。それからある考えが浮かび、クロゼットに行って小さな四角い箱を取り出すと、鏡台の上に置いた。メーキャップの道具が入っている箱で、一度ワインズバーグにとどまらざるを得なくなった劇団が残して行ったものだった。エリザベス・ウィラードはきれいになろうと決意した。髪はまだ黒くて豊富にあり、編んだり巻いたりしてある。これから下のフロントで起きる光景が、彼女の心のなかで大きくなっていった。トム・ウィラードと対決するのは、くたびれた幽霊のような女であってはいけない。驚くような、意外な存在でなければならない。背が高くて頬は黒ずみ、豊かな髪が肩から垂れ下がっている女。それが階段を堂々と降りてホテルのフロントに姿を現わせば、のんびりと過ごしている客たちは仰天するだろう。言葉を発してはならない——素早く、無慈悲に振る舞う。我が子が危険に晒《さら》された雌虎《めすとら》のように影のなかから飛び出し、恐ろしげな長いハサミを手に持って、音もなく忍び寄る。

途切れ途切れに小さな泣き声を喉《のど》の奥でたてながら、エリザベス・ウィラードは鏡台の上に置いたランプの火を吹き消し、闇のなかで弱々しく立ち上がった。体は震えていた。奇跡のように甦《よみがえ》った力が体から抜け、床に立つ足がふらついて、椅子の背もたれを摑《つか》まなければならなかった。この椅子に座って何日も何日も過ごし、トタン屋根の向こうにあるワインズバーグのメインストリートを見つめていたものだ。廊下から足音が聞こえてきて、ジョージ・ウィラードがドアのところに現われた。母の隣りの椅子に座り、話し始める。「ここから出て行くよ」と彼は言った。「どこに行くかはわからないし、何をするかもわからない。ただ、出て行くんだ」

椅子に座った女はじっと黙って震えていた。それから、ある衝動が湧き起こった。「あなたは目を覚ましたほうがよさそうね」と彼女は言った。「本当にそう思っているの？　都会に行って、お金持ちになろうって？　そのほうが自分にとっていいと思っているのね？　やり手のビジネスマンになって、抜け目なく振る舞おうって？」彼女は震えながらじっと待った。

息子は首を振った。「お母さんにはわかってもらえないと思う。わかってもらえたらいいんだけど」と彼は真剣に言った。「お父さんにだって、これについては話せない。話してもみない。無駄だからね。僕は自分でもこれから何をするのかわからないんだ。ただ、ここから出て行き、いろんな人を見て、考えたいんだよ」

青年と女が並んで座っている部屋に沈黙が降りた。再び、あの以前の夜のように、二人は気まずくなった。しばらくして青年がまた口を開いた。「一年か二年先のことだと思うけど、ずっと考えていたんだ」と彼は言い、立ち上がってドアのほうに向かって行った。「お父さんの言うことを聞いて、ここから出なきゃいけないって思った」。彼はドアノブを手探りで探した。部屋の沈黙が女には耐えがたくなった。息子の口から出た言葉のために喜びで叫びたい気持ちだったが、喜びを表現することが彼女にはできなくなっていた。「外でほかの男の子たちと付き合ったほうがいいと思うわ。あなたは引きこもりすぎよ」と彼女は言った。「ちょっと散歩に出ようかと思っていたんだ」と息子は答え、それからぎこちなく部屋の外に出てドアを閉めた。

哲学者

パーシヴァル医師は大柄な男で、だらんと開いた口は黄色い口髭《くちひげ》に覆《おお》われていた。いつでも汚れた白いベストを着ていて、そのポケットからはストーギーと呼ばれる種類の黒い葉巻が何本も突き出ていた。歯は黒く不ぞろいで、目にはどこか奇妙なところがあった。左の瞼《まぶた》がピクピク痙攣《けいれん》しており、突然閉じるかと思うと、すぐにパッと開くのだ。まさに瞼が窓の日よけであり、誰かが医師の頭のなかにいて日よけの紐《ひも》をいたずらしているかのようだった。

パーシヴァル医師はジョージ・ウィラードのことを気に入っていた。二人の付き合いが始まったのはジョージが『ワインズバーグ・イーグル』紙で働き始めてから一年ほど経《た》った頃で、完全に医師のほうから近づいてきたのだ。

ある日の夕方、『イーグル』紙のオーナーで編集長のウィル・ヘンダーソンはトム・ウィリーの酒場を訪ねた。小道に入り、酒場の裏口からするりと入ると、スロージン〔ジンにリンボクの実で香味をつけたリキュール〕をソーダ水で割った酒を飲み始めた。ウィル・ヘンダーソンは快楽主義者で、齢《よわい》四十五に届いたところ。ジンで若さを回復できると信じていた。たいていの快楽主義者がそうであるように、女性たちのことを話すのが好きで、一時間ほどトム・ウィリーと噂話《うわさばなし》をしながら酒場に居座っていた。酒場の主人は背が低く、肩幅の広い男で、手に独特の染《し》みがあった。男や女の顔をときどき燃えるような赤に染める母斑《ぼはん》が、トム・ウィリーの場合、指や手の甲を赤く染めていたのである。カウンターのところに立って、ウィル・ヘンダーソンと話しているとき、彼は両手をこすり合わせていた。興奮するにつれて、指の赤い色が深まった。両手を血のなかに浸《つ》け、その血が乾いて色褪《いろあ》せたかのようだった。

ウィル・ヘンダーソンがカウンターに立って、赤い手を見ながら女の話をしているとき、彼の助手であるジョージ・ウィラードは『ワインズバーグ・イーグル』の編集室でパーシヴァル医師の話を聞いていた。

パーシヴァル医師はウィル・ヘンダーソンがいなくなった途端に現われた。もしかしたら診察室の窓から外を眺め、編集長が小道に入っていくのを確かめたのかもしれない。正面のドアから入って来て、自分で椅子《いす》を見つけて座ると、ストーギーに火を点《つ》け、脚を組んで話し始めた。ある種の行動が正しいと思っており、それを青年に納得させたがっている様子だったが、どういう行動かは彼自身もきちんと説明できないのだった。

「目をしっかり開けていればわかるはずだ。わしが医師を名乗っていながら、ほとんど患者がいないってことがな」と彼は始めた。「それには理由がある。偶然そうなったのではないし、わしがほかの者たちよりも医学の知識に欠けるからでもない。わしは患者が欲しくないんだ。その理由は表面には現われない。実のところ、わしの性格によるものなのだ。考えてみればわかるだろうが、わしにはいろいろとおかしな傾向がある。どうしてわしがこのことを君に話したいのか、それもわからん。黙っていれば、君の目にもっと立派に映るかもしれないのにな。わしは君に称賛してもらいたい。それは事実だ。どうしてかはわからない。だからわしはしゃべる。とても面白いだろう？」

ときどき医師は自分に関する長い物語を語り出した。青年にとって、こうした物語はとてもリアルで、意味に溢《あふ》れていた。彼はこの太っていて不潔そうに見える男を称賛し始め、ウィル・ヘンダーソンが退社した午後には、医師が来るのを好奇心でうずうずしながら待ち望むようになった。

パーシヴァル医師は五年ほど前からワインズバーグで暮らしていた。シカゴからやって来て、到着したときに酔っ払っており、手荷物係のアルバート・ロングワースと喧嘩《けんか》になった。トランクが原因でいざこざになったのだが、その結果、医師は村の留置場に連れていかれた。釈放されると、メインストリートの繁華街にある靴修理店の上階に部屋を借り、自分が医師であると宣言する看板を掲げた。患者はほんの少ししかいなかったし、代金を払えない貧しい者たちばかりだったが、必要なものを買うお金はたっぷり持っているようだった。筆舌に尽くしがたいほど汚い診察室で眠り、ビフ・カーターの軽食屋で食事をした。鉄道駅の反対側にある、小さな木造家屋の店だ。夏になると店は蠅《はえ》だらけになり、ビフ・カーターの白いエプロンは床よりも汚くなったが、パーシヴァル医師は気にしなかった。軽食屋に悠然と入って行き、二十セントをカウンターに置いて「あんたが食べさせたいものを食べさせてくれ」と笑いながら言った。「わしに出すんでなきゃ売れない食材を使い切ってくれていい。わしには何でも同じだから。ご覧のとおり、わしは一廉《ひとかど》の人物だ。そのわしがなんで食べ物なんかにこだわらなきゃならん？」

パーシヴァル医師がジョージ・ウィラードに語る話はいつの間にか始まり、いつの間にか終わった。ときどき青年はこのすべてが作り話であり、嘘《うそ》のかたまりに違いないと考えたが、こうした物語が真実の精髄を含んでいると確信することもあった。

「わしはここでの君と同じように新聞記者だったんだ」とパーシヴァル医師は始めた。「アイオワ州のある町でのことだ――それとも、イリノイ州だったか？　覚えていないが、どちらでも大した違いはない。身元を隠したいので、はっきりとしたことを言いたくないのかもしれないな。わしが何もしていないのに、必要なものを買う金があるのはおかしいって、考えたことはないか？　ここに来る前、ものすごい金額を盗んだのかもしれないし、殺人に加担したのかもしれない。いろいろと考えてみたくなる話題だろ？　君が本当に賢い新聞記者だったら、わしのことを調べてみるはずだ。シカゴで、クローニン医師という人が殺されたことがあった〔一八九三年、シカゴで実際に起きた事件に基づいている〕。聞いたことはないか？　何人かの男が彼を殺し、トランクに詰めた。そして朝早く、トランクを運んだ。急行荷馬車の後ろにトランクを載せて、やつらは座席に座り、素知らぬ顔をしていたんだ。まだみんなが眠っている静かな町を走っているうちに、湖に日が昇り始めた。考えてみると、おかしいだろ？　やつらはパイプをくゆらせ、おしゃべりしながら、町を走っていたんだ。いまここにいるわしと同じくらい、何でもないって顔をしてな。もしかしたら、わしはそのうちの一人かもしれないよ。すごく不思議な展開じゃないかね？」パーシヴァル医師は再び物語を始めた。「まあ、とにかく、わしはその町にいた。君と同じように新聞記者として、あちこち走り回り、新聞に載せられるちょっとした情報を集めていたんだ。母は貧しくてね、洗濯で生計を立てていた。わしを長老派の牧師にするのが母の夢で、わしもそれを目標に勉強していたよ。

わしの親父《おやじ》は長年精神を患《わずら》っていた。オハイオ州デイトンの施設に収容されていたんだ。おっと、口を滑らせてしまったな！　これはみんなオハイオで起きたことなんだ、このオハイオ州で。わしのことを調べてみようと思えば、そこに手がかりがある。

わしは兄貴の話をするつもりだったんだ。それが話の肝でね、そこにたどり着こうとしていたんだよ。わしの兄貴は鉄道の塗装工で、ビッグフォー〔四大鉄道王によって築かれたセントラル・パシフィック鉄道のこと〕の仕事をしていたんだ。ご存じのように、あの鉄道はここオハイオを通っていた。兄貴は仲間たちと貨車で暮らして、町から町へと旅をしては、鉄道の施設にペンキを塗っていた——転轍機《てんてつき》とか踏切の遮断機とか、鉄橋とか駅舎とかだな。

ビッグフォーは駅を下品なオレンジ色に塗るんだ。あの色、大嫌いだった！　兄貴の体じゅうにペンキがついてたんだ。給料日になると兄貴は酔っ払って、服をペンキだらけにして帰って来た。金を持って帰って来るんだけど、おふくろには渡さず、キッチンテーブルの上に山にして置いておくんだ。

兄貴は下品なオレンジ色のペンキのついた服を着て、家のまわりをうろついたもんだ。目の前にその姿が浮かんでくるよ。おふくろは小柄な女で、悲しげな赤い目をしていた。家に入るときは、いつも裏の小さな小屋から入って来た。小屋にしょっちゅういたのは、そこの洗濯だらいで他人の汚れた服をごしごし洗っていたからさ。おふくろはそこからなかに入って来ると、テーブルのところに立って、目をエプロンでこすっていた。エプロンは石鹸水《せっけんすい》にまみれてたよ。

すると、〝触るんじゃねえ！　その金に触るんじゃねえぞ！〟って兄貴が吠《ほ》えるんだ。兄貴はそこから五ドルか十ドル摑《つか》み、酒場にのしのしと歩いて行く。そして金を使い切ると、また金を取りに戻って来る。おふくろにはまったく金を渡さず、一回に少しずつ金を使って、なくなるまでは家の近くにいるんだ。それから鉄道のペンキ塗りの仕事に戻り、仲間たちと旅をする。兄貴がいなくなってからしばらくすると、食料品とか、いろんなものが家に届き始めるんだ。おふくろのための服とか、わしのための靴なんかが届いたこともある。

変だろ？　おふくろは兄貴のことを、わしよりもずっと愛してたんだ。兄貴はおふくろにもわしにもやさしい言葉をひと言もかけたことはないし、いつも怒鳴り散らしていたのにな。あの金に触ったら容赦しないぞって、わしらのことを脅したもんだ。ときには三日くらい、テーブルに置きっぱなしだったな。

わしらはとてもうまくいっていた。わしは牧師になる勉強をし、お祈りをした。馬鹿《ばか》みたいにお祈りをしたよ。君もその頃のわしの祈りを聞ければよかったのにな。親父が死んだとき、わしは一晩じゅう祈った。兄貴が町で飲んでいるときとか、わしらのためにものを買っているときなんかも、よく祈ったもんだ。夕食が終わると、金が置いてあるテーブルのわきにひざまずいて、何時間も祈ったよ。誰も見ていないと、一ドルか二ドル盗んで、ポケットに入れることもあった。いま考えると笑ってしまうが、当時は恐ろしかった。ずっとこのことが心に残っているんだ。新聞の仕事で週に六ドルもらい、いつでもまっすぐ家に帰っておふくろに渡していた。兄貴の金の山から盗む数ドルは、自分のために使った。キャンディとか煙草《たばこ》とか、そんなつまらないものさ。

親父がデイトンの施設で死んだとき、わしはその地を訪ねた。雇い主から少し金を借りて、夜行列車で行ったよ。雨が降っていた。施設では、みんなわしのことを王様のように扱ってくれたな。

施設で働いている連中が、わしが新聞記者だっていうのを知ったのさ。それで怖がっていた。親父が病気だったとき、ちょっとした怠慢か不注意があったんだ。だからわしがそれを新聞に書いて、騒ぎを起こすんじゃないかって考えていたんだな。そんなことをするつもりはまったくなかったけどね。

ともかく、親父が安置されている部屋に入って、わしは遺体を祝福した。どうしてそんなことを考えたのかはわからない。ペンキ塗りの兄貴なら笑ったろうけどな。わしは遺体を見下ろして、両手を広げた。施設長とヘルパーたちが入って来て、おどおどした顔をして見ていたよ。とても面白かった。わしは両手を広げて、こんな無茶苦茶を言ったんだ。〝この死骸《しがい》に安らぎが垂れ込めますように〟って」

跳ねるように椅子から立ち上がり、話を中断して、パーシヴァル医師は『ワインズバーグ・イーグル』紙の編集室を歩き始めた。ジョージ・ウィラードはじっと座って聞いていた。医師の動きはぎこちなく、編集室は狭いので、しょっちゅう物にぶつかった。「こんなことを話すなんて、なんて愚かなんだろう」と医師は言った。「ここに来て、君と無理やり付き合い始めたのは、それが目的じゃないんだ。ほかのことを考えていたんだよ。君はかつてのわしと同じように新聞記者をしている。だからわしの関心を引いたんだ。君もこんな阿呆《あほう》になってしまうかもしれん。そうならないように警告し、これからも警告を続けたい。君とわざわざ知り合いになった理由はそれさ」

パーシヴァル医師はジョージ・ウィラードの他人に対する態度について話し始めた。青年の目には、医師の目的が一つしかないように見えた。すべての人が軽蔑《けいべつ》に値すると思わせることである。「君には憎悪《ぞうお》と軽蔑で心を満たしてほしいんだ。そうすれば、他人よりも優位に立てる」。彼はそう断言した。「わしの兄貴を見てみるといい。すごい人物だろ？　兄貴はみんなを軽蔑していたんだ。君には想像もつかんだろうな。どんな軽蔑の気持ちを込めて兄貴がおふくろとわしを見ていたか。それで兄貴は優位に立たなかったか？　もちろん、立ったさ。兄貴に会ったことがなくても、君はわしの話からそれを感じたはずだ。感じ取れるように話したからな。兄貴は死んだよ。酔っ払って、線路で寝てしまってね。仲間のペンキ塗りたちと暮らしていた貨車に轢《ひ》かれたんだ」

八月のある日、パーシヴァル医師はワインズバーグで冒険をした。ジョージ・ウィラードが医師の診察室を毎朝訪ね、一時間ほど一緒に過ごすようになってから一カ月後のこと。この訪問が始まったのは医師の希望によるもので、執筆中の本の一部分を青年に読んで聞かせたいと思ったからだ。自分がワインズバーグに来たのは、本を執筆するためなのだとパーシヴァル医師は言っていた。

八月のその朝、青年が来る前に、ある事件が医師の診察室で起きた。メインストリートでまず事故があった。馬車を引いていた馬たちが列車に怯《おび》え、逃げ出したのである。そして、農民の娘である少女が馬車から投げ出されて死んだ。

メインストリートでは誰もが興奮し、医者を呼ぶ叫び声があがった。町で開業している三人の医者がすぐに呼ばれたが、子供はすでに死んでいた。群衆のなかの一人がパーシヴァル医師の診察室にも駆け上がって来たとき、医師は診察室から出ることをそっけなく断わり、死んだ子供を診に行こうとしなかった。意味もなく残酷な所業だったが、それに気づいた者はいなかった。実のところ、彼を呼びに階段を駆け上がって来た男は、彼の拒否の言葉を最後まで聞かず、急いで立ち去っていたのである。

こうしたことをパーシヴァル医師はまったく知らなかった。ジョージ・ウィラードが診察室に来たとき、彼が目撃したのは恐怖に震える男だった。「町の人々がわしのしたことを聞いたら騒ぎ立てるだろう」と医師は興奮して言った。「わしは人間の本性がわかっていない男か？　何が起こるかわからないような男か？　わしが拒んだという話がいろんなところで囁《ささや》かれるんだ。やがて男たちが寄り集まり、この話をする。そしてここに来る。男たちと口論になり、やつらはわしの首を吊《つ》るすって話になる。次に来るときには、きっと縄を手に持って来るだろう」

パーシヴァル医師は恐怖に震えた。「予感がするんだ」と彼は力を込めて語った。「わしが話しているようなことは、この朝の内には起こらないかもしれない。今晩まで持ち越されるかもしれないが、いずれにせよわしは縛り首になる。みんなが興奮するだろう。わしはメインストリートの街灯の柱に吊るされるんだ」

パーシヴァル医師は薄汚れた診察室のドアのところに行き、道路に降りる階段を怖々《こわごわ》と見下ろした。戻って来たとき、彼の目に宿っていた恐怖は不信感に入れ替わりつつあった。爪先《つまさき》立ちで部屋を歩いて来て、ジョージ・ウィラードの肩を叩《たた》く。「いまでないとしても、そのうち来る」と彼は囁き、首を振った。「最後には磔《はりつけ》にされるんだ。意味もなく磔にな」

パーシヴァル医師はジョージ・ウィラードに訴え始めた。「わしの言うことをよく聞いてくれ」と説き伏せるかのように言う。「何かが起きたとき、君があの本を書けるはずなんだ。わしは最後まで書けないかもしれないからな。アイデアはとても単純なんだよ。単純すぎて、よく注意していないと忘れてしまう。こういうことだ――世界じゅうのみんながキリストであり、磔にされている。わしが言いたいのはそれさ。忘れないでくれ。何が起きても、絶対に忘れてはいけない」

誰も知らない

　ジョージ・ウィラードは『ワインズバーグ・イーグル』紙の編集室を注意深く眺めまわし、デスクから立ち上がると、裏口から急いで出て行った。夜は暖かく、曇っていて、まだ八時にもならないのに、『イーグル』編集室の裏の小道は真っ暗だった。闇《やみ》のどこかに馬の気配がする。支柱に馬車馬たちがつながれていて、コチコチに硬くなった地面を踏みつけているのだ。猫がジョージ・ウィラードの足下から飛び上がり、闇のなかへと逃げて行った。若者は緊張していた。一日じゅう、殴られて頭がくらくらしているかのような気持ちで仕事をした。小道で、彼は何かに怯《おび》えているかのように震えた。

　闇のなか、ジョージ・ウィラードは小道を歩いて行った。慎重に、注意しながら進んで行く。ワインズバーグの店々の裏口は開いていて、店のランプの下で座っている男たちが見えた。マイヤーボームの雑貨店では、酒場の主人の妻であるウィリー夫人が買い物籠《かご》を腕に掛けてカウンターのところに立っていた。店員のシド・グリーンが彼女の相手をしていて、カウンターに身を乗り出し、熱心に話しかけていた。

ジョージ・ウィラードはうずくまり、それからジャンプして、開いたドアが投げかける光を突っ切った。そして闇のなかを走り始めた。エド・グリフィスの酒場の裏口では、町の名だたる酔っ払い、ジェリー・バード爺さんが、地面に寝そべって眠っていた。走る青年はその広げた脚につまずき、かすれた声で笑った。

ジョージ・ウィラードは冒険に乗り出したのだった。一日じゅう、冒険をしようかどうしようかと決めあぐねていた。六時を過ぎても『ワインズバーグ・イーグル』の編集室に居残り、ずっと考えをまとめようとした。そして、ついに行動に移したのである。

決断がなされたわけではなかった。ただ、跳ぶように立ち上がったのだ。ウィル・ヘンダーソンが校正紙を読んでいる印刷所の前を急いで通り過ぎ、小道に沿って走り出した。

ジョージ・ウィラードは行き交う人々を避《よ》けつつ、道をどんどん進んで行った。道を横断し、また横断して元の側に戻った。街灯の下を通り過ぎるときは、顔が隠れるように帽子を深くかぶった。彼は考えないようにした。心には恐怖感があったが、それは新種の恐怖だった。自分が乗り出した冒険がつまらないものに感じられて勇気を失《な》くしてしまうのではないか、引き返してしまうのではないか、と恐れた。

ジョージ・ウィラードはルイーズ・トラニオンが父親の家の台所にいるのを見つけた。網戸のドアのすぐ後ろに立ち、石油ランプの灯りで皿を洗っていた。家の裏にある、差し掛け小屋のような台所だ。ジョージ・ウィラードは杭《くい》のフェンスのところで立ち止まり、体の震えを抑えようとした。彼と冒険とのあいだには小さなジャガイモ畑しかない。五分経《た》ってようやく自信を感じられるようになり、彼は彼女に呼びかけた。「ルイーズ！　ねえ、ルイーズ！」声が喉《のど》に引っかかり、しわがれた囁《ささや》き声のようになった。

ルイーズ・トラニオンは布巾《ふきん》を手に握ったままジャガイモ畑を歩いて来た。「どうして私があなたとデートしたいと思うわけ？」と彼女は不機嫌そうに言った。「なんでそんなに自信満々なのよ」

ジョージ・ウィラードは答えなかった。闇のなかで二人は黙り込み、フェンス越しに向き合った。「先に行ってて」と彼女は言った。「父さんがいるのよ。あとで行くから。ウィリアムズの納屋《なや》のところで待ってて」

若き新聞記者はルイーズ・トラニオンから手紙をもらったのだった。この日の朝、『ワインズバーグ・イーグル』の編集室に着いていたのである。簡単な手紙だった。「私が欲しいなら、あなたのものよ」。だから、彼は彼女の先ほどの態度に当惑したのだ。闇のなか、フェンス越しに向き合っていたとき、自分たちのあいだには何もないようなふりをするなんて。「大胆だな！　まったく、すごい。大胆だ」。彼はそうつぶやきつつ通りを歩いて行き、トウモロコシが生えている空き地をいくつも通り越した。歩道の縁までぎっしり植えられたトウモロコシは、肩の高さまで大きくなっていた。

家の正面玄関から出て来たルイーズ・トラニオンは、皿洗いをしていたときのギンガムの服をまだ着ていた。頭には何もかぶっていなかった。青年には、ドアノブを握ったまま立っている彼女の姿が見えた。なかの誰かに話しかけている。間違いなく、父親のジェイク・トラニオンだ。老ジェイクは耳が遠かったので、彼女は大声を出していたのである。ドアが閉まり、細い横道は真っ暗になって静まり返った。ジョージ・ウィラードはいままで以上に激しく震えた。

ジョージとルイーズはウィリアムズの納屋の暗い陰に隠れたが、何もしゃべろうとしなかった。彼女は特に器量よしではなかったし、鼻の片側には黒い染《し》みがあった。

台所の鍋《なべ》をいじってから、鼻を指でこすったのだろう。そうジョージは考えた。

　青年は無理に笑おうとした。「暖かいね」と彼は言った。この手で彼女に触れたかった。「僕は度胸が足りないな」と彼は考えた。汚れたギンガムの服の折り目に触れるだけで、ものすごくうれしい気持ちになるはずだ。そう考えたが、彼女のほうは彼にいちゃもんをつけ始めた。「あなたって、自分が私よりも上等な人間だって思ってるんでしょ。答えなくていいわよ、わかってるんだから」。そう言いながら、彼に近づいてきた。

　ジョージ・ウィラードの頭のなかから言葉が溢《あふ》れ出てきた。町で会ったとき、彼女の目に潜んでいた表情を思い出し、彼女が書いた手紙のことを思った。疑う気持ちは消えた。彼女に関するいろいろな噂《うわさ》が町で囁かれていたが、それもまた彼に自信を与えた。彼は完全に男らしくなり、大胆で攻撃的になった。彼女に同情する気持ちは心にまったくなかった。「じゃあ、おいでよ。大丈夫だから。誰にもばれやしない。わかるわけないだろ？」と言って彼は口説いた。

　二人は狭い煉瓦《れんが》の歩道を歩き始めた。煉瓦の隙間《すきま》からは背の高い雑草が生えていた。なくなってしまった煉瓦もあり、歩道の表面はざらざらで不規則だった。彼女の手を握ると、その手もざらざらしており、可愛《かわい》らしいほど小さいと彼は思った。「遠くまではいけないわ」と彼女は言った。その声は静かで落ち着いていた。

二人は細い川に架けられた橋を渡り、トウモロコシが生えている空き地をもう一つ通り越した。そこで通りが終わった。道路の片側にある細い通路は一列になって歩かなければならなかった。道のわきにはウィル・オーヴァートンのイチゴ畑があり、板が山のように積み上げられていた。「ウィルはここにイチゴの箱を貯蔵する小屋を建てるつもりなんだ」とジョージは言い、二人は板の上に座った。


ジョージ・ウィラードがメインストリートに戻ったときには十時を過ぎ、雨が降り始めていた。彼はメインストリートを端から端まで三度歩いた。シルヴェスター・ウエストのドラッグストアはまだ開いていたので、なかに入って葉巻を買った。店員のショーティ・クランダルが一緒にドアのところまで付いてきたので、ジョージはうれしくなった。五分ほど、二人は店の庇《ひさし》の下で話をした。ジョージ・ウィラードは満足していた。何よりも話し相手が欲しかったのだ。新ウィラード館へと続く角を曲がるとき、彼は小さく口笛を吹いた。

ウィニー服地店のわきの歩道には高い板のフェンスがあり、サーカスのポスターが一面に貼《は》られていた。彼はそこで口笛を吹くのをやめ、闇のなかにじっと立ちすくんだ。自分の名前が呼ばれるのを待ち受けるかのように、じっと耳を澄ませる。それから彼はもう一度無理に笑った。「あの子につきまとわれる心配はない。誰も知らないんだから」。彼は自分に言い聞かせるようにそうつぶやき、家に向かって歩き始めた。

狂信者——四部の物語

I

ベントリー農場にはいつも三人か四人の老人がいて、家の正面のポーチに座っているか、庭をぶらぶら歩き回るかしていた。老人の三人はみなジェシーの姉で、血色が悪く、穏やかな声でしゃべる女たちだった。もう一人、白髪頭がだいぶ薄くなった物静かな老人がいて、彼はジェシーの叔父だった。

農場の家は木造家屋で、丸太の枠組に板が張ってあった。実のところ一軒の家ではなく、数軒の家をかなりでたらめにつなぎ合わせたものだった。家に入ると、驚くようなことがたくさんある。リビングからダイニングに行くには階段をのぼらねばならず、一つの部屋から別の部屋に移動するにも、いつも階段ののぼり降りがあった。食事の時間になると、家は蜂《はち》の巣のようになった。さっきまで静まり返っていたのに、あちこちのドアが開き始め、足が階段をガタガタと踏み鳴らし、静かな囁《ささや》き声が響き出す。人々が十数カ所の薄暗い角から現われる。

すでに言及した老人たちのほかにも、ベントリー農場にはたくさんの人々が住んでいた。四人の男性従業員と、キャリー・ビービー小母《おば》と呼ばれている女性、そしてイライザ・ストウトンという名の頭の弱い娘。キャリーは家事の切り盛りをし、イライザはベッドのシーツ交換や乳搾《ちちしぼ》りの手伝いをしていた。ほかに馬小屋の仕事をしている少年がいて、最後にジェシー・ベントリー自身がいた。ここにあるすべてのものの所有者にして、領主である。

アメリカの南北戦争が終わって二十年経《た》った頃、ベントリー農場があるオハイオ州北部の地域は開拓者の生活から抜け出しつつあった。ジェシーもその頃には穀物の収穫のための機械を持っていた。近代的な納屋《なや》を建て、彼の土地のほとんどは土管を入念に敷き詰めた設備で排水されていた。しかし、この男のことを理解するためには、我々はもっと前の時代にさかのぼらなければならない。

ベントリー家はジェシーの代の数世代前からオハイオ州北部で暮らしていた。もともとはニューヨーク州から移住して来て、まだ国が若く土地が廉価《れんか》で買える時代に土地を入手した。ほかのすべての中西部人たちと同様に、長いあいだとても貧しかった。入植したとき、その土地には木が生い茂り、倒木と下生えに覆《おお》われていた。これらを取り除き、木を伐《き》ることに長時間の重労働を要したが、それでもなお処理しなければならない切り株が残った。鋤《すき》をかければ隠れた根に引っかかり、石はそこらじゅうに転がり、低地には水がたまった。若いトウモロコシは黄色くなり、しぼんで枯れた。

ジェシー・ベントリーの父と兄たちが土地を所有するようになったときには、開墾事業のきつい部分は終わっていたが、彼らは古い伝統に固執し、馬車馬のように働いた。実質的には、当時の農家の人たちが暮らしていたのと同じように暮らしていた。春から冬のほとんどのあいだ、ワインズバーグの町につながる本街道は泥の海になった。家族の四人の若者たちは一日じゅう畑で一生懸命働き、粗末な脂《あぶら》っこい食事をたらふく食べ、夜になると疲れ果てた獣たちのように藁《わら》の寝床で眠った。彼らの生活に入り込むのはがさつで荒っぽいものばかりだし、外見的には彼ら自身もがさつで荒っぽかった。土曜日の午後、彼らは三人乗りの馬車に馬をつなぎ、町に繰り出した。町では店のストーブのまわりに集まって、ほかの農民たちや店主たちと話をした。オーバーオールを着て、冬には泥が飛び散った厚手のコートをはおっていた。ストーブの熱にかざした手はひび割れて赤い。口下手だったので、彼らはたいてい黙っていた。肉と小麦粉と砂糖と塩を買い終えると、ワインズバーグの酒場の一軒に入ってビールを飲んだ。生来の強い欲求は、普段は新しい土地を開墾するという勇ましい労働で抑えられていたが、酒の影響で解き放たれた。ある種の粗野で動物的ながら詩的な情熱に心を捕らわれ、彼らは家に帰る道すがら馬車の座席の上に立ち上がり、星に向かって叫んだ。長いこと激しい喧嘩《けんか》をすることもあったし、一斉に歌いだすこともあった。一度など、長男のイーノック・ベントリーが父親の老トム・ベントリーを御者の鞭《むち》の柄で殴り、父親はいまにも死ぬかと思われた。その後の数日間、イーノックは馬小屋の二階の藁のなかに身を潜めた。一時的にカッとしてやったことが殺人につながったら、逃げるつもりでいた。彼は母親が差し入れする食べ物で食いつなぎ、その母親から父親の怪我《けが》の状態も聞いていた。父親が元通り元気になると隠れ場から姿を現わし、何事もなかったかのように土地を開墾する仕事に戻った。

南北戦争はベントリー家の運命に大きな変化をもたらし、その結果、末っ子のジェシーが家を継ぐことになった。イーノック、エドワード、ハリー、そしてウィル・ベントリーの四人はみな北軍に志願し、この長い戦争が終わる前に戦死したのだ。彼らが南部に行っているあいだ、老トムが農場を取りしきろうとしたが、うまくいかなかった。四人の最後の一人が死んだとき、彼はジェシーに使いを出し、戻ってくるように言った。

それから一年ほど体調を崩していた母親が急死すると、父親はすっかり打ちひしがれた。農場を売って町で暮らそうかと話すようになった。一日じゅう、首を振ってブツブツつぶやきながら歩き回った。畑仕事はおろそかになり、トウモロコシ畑には雑草が生い茂った。人を雇ったが、トム老人は彼らをうまく使うことができなかった。毎朝、彼らが畑に出ると、老人は森のなかにふらふらと入っていき、丸太の上に座った。夜になっても家に帰るのを忘れ、娘の一人が探しに行くこともあった。

農場を継ぐために家に戻り、仕事を始めたときのジェシー・ベントリーは、二十二歳の瘦《や》せ型で繊細そうな青年だった。十八歳のとき、彼は学問を修めるために家を出て学校に行き、最終的には長老派教会の牧師になるつもりだった。少年時代はずっと我が国で「変わった羊」と形容されるタイプの人間であり、兄たちとはうまくいっていなかった。家族のなかで母親だけが彼の気持ちを理解していたが、その母親ももう死んだ。農場を切り盛りするために家に戻ったとき、彼がこの仕事を継ごうとしていると聞いただけで、周辺の農場やワインズバーグの町の誰もが笑ったものだ。農場はすでに六百エーカーを超えており、屈強な兄四人でこなしていた仕事なのである。

確かに笑ってしかるべき理由があった。当時の基準に照らすと、ジェシーはまったく男らしくなかったのだ。小柄で、痩せていて、体型は女性のようだった。そして若き牧師の伝統にのっとって、細くて黒い紐《ひも》ネクタイを締め、その上に長くて黒い上着を羽織っていた。彼がよそで数年を過ごしてから戻って来たとき、近所の人々はその姿を見て面白がり、さらに彼が町で結婚した女性を見るともっと面白がった。

実をいうと、ジェシーの妻はすぐに死んだ。これはジェシーの落ち度だと言えるかもしれない。南北戦争後の厳しい時代、オハイオ州北部の農場は華奢《きゃしゃ》な女性に向いた場所ではなく、そしてキャサリン・ベントリーは華奢だった。ジェシーは当時、誰に対してもつらく当たったが、妻もその例外ではなかったのだ。キャサリンは周囲の女性がみんなやっているような仕事を自分もやろうとし、ジェシーは口を挟まずにやらせていた。乳搾りの仕事を手伝うとともに、家の仕事の一部を担《にな》った。男たちのベッドのシーツ替えをし、食事の準備をした。一年ほど、日の出から夜遅くまで休みなしに働き、子供を産んだのちに彼女は死んだのである。

ジェシー・ベントリーはどうだったかと言うと――彼も華奢な男だったが、彼のなかには簡単に滅びることのない何かがあった。茶色い縮れ毛と灰色の瞳《ひとみ》の持ち主で、厳しい視線をまっすぐに向けることもあれば、視線が不確かそうに揺らぐこともあった。痩せているだけでなく、身長も低かった。敏感で確固たる決意をもつ子供のような口の持主。ジェシー・ベントリーは狂信者だったのだ。別の時代と場所に生まれた男であり、そのために苦しんだし、ほかの者たちも苦しめた。人生に求めたものがまったく得られなかったが、自分が何を求めたかわかっていなかった。ベントリー農場に戻ってからわずかしか経たないうちに、周囲のみなが彼を少し恐れるようになり、母親と同じように彼と親密であるはずの妻までもが彼を恐れた。戻ってから二週間経った頃、老トム・ベントリーが土地の所有権のすべてを彼に譲り、背後に退いた。みなが背後に退いた。若くて未経験であったにもかかわらず、ジェシーは人々の心を摑《つか》むコツを心得ていた。やることや話すことのすべてが大真面目《おおまじめ》だったので、誰も彼のことが理解できなかった。農場の人たちはみんな、これまで働いたことがないほど彼のために働かされたが、その仕事には喜びがなかった。仕事がうまくいったら、それはジェシーにとってうまくいったということであり、彼が扶養している人々にとってではなかったのだ。この時期のアメリカで生を享《う》けた多くの屈強な男たちと同様に、ジェシーは中くらいにしか屈強ではなかった。他人を管理することはできるのだが、自分を管理できないのである。農場をこれまでとは違った形で経営することは、彼にとってたやすかった。学校に通っていたクリーヴランドから家に戻ると、彼は家族から離れて閉じこもり、計画を練り始めた。夜も昼も農場のことを考え、それが成功をもたらした。周辺のほかの農場にいる男たちは働きすぎ、疲れすぎて考えられないのだが、ジェシーにとっては農場について考え、成功のための計画を絶えず練り続けることは息抜きだった。彼の情熱的な性質の何かがいくらか満たされるのだ。故郷に戻ってすぐ、彼は古い実家の側面に建て増しをし、西に面した大きな部屋には、納屋の前庭を見下ろす窓と畑を見渡す窓を設《しつら》えた。その窓のわきに彼は座って考えた。来る日も来る日も、何時間もそこに座り、土地を見渡して、自分の人生の新しい場所について考え抜く。彼の内奥《ないおう》で燻《くすぶ》っていた情熱的なものが燃え上がり、そのため彼の目つきは厳しくなった。同じ州のどんな農場も生産したことがないくらい自分の農場の生産高を高めたかったが、彼が求めたのはそれだけではない。彼の目がぐらつくのはこの内奥のぼんやりとした飢えのためであり、そのために彼は人前でどんどん口数が少なくなった。心の平安を得るためならどんな代償も払ったろうが、心のなかでは、その平安が決して得られないという恐れを抱いていた。

ジェシー・ベントリーはその全身に生気をみなぎらせていた。遠い祖先から受け継がれてきた強靱《きょうじん》な男たちの力が小さな体に集まっていたのである。彼は農場で暮らしていた幼児期も、学校に通っていた青年期も、いつでも並外れて生き生きとしていた。学校では全身全霊で神と聖書のことを考えた。時が経ち、人のことをよく知るようになるにつれ、自分が並外れた人間であり、人間たちのなかから特別に選び出された人間なのだと考え、自分の人生を特別に重要なものにしたくてたまらなくなった。まわりの人間たちを見渡して、みんな出来損ないのように生きていると見なし、自分がそんな出来損ないになるのは耐えられないと感じた。自分自身のことと、自分の運命に完全に没頭するあまり、若い妻の状態には無関心だった。妻は妊娠してからも逞《たくま》しい女だけがするような仕事をし、その労苦で身をすり減らしていたのだが、彼はそのことに気づかなかったのである。とはいえ、妻に意図的に冷たくしていたわけではない。年老いた父が彼に農場の所有権を譲り渡したときも同様だった。重労働で体形が歪《ゆが》んでしまった父は、隅に退いて死を待つことに満足している様子だったが、それを見て彼は肩をすくめ、老人のことはもう考えなくなった。

例の部屋で、自分が所有することになった土地を窓から見下ろしながら、彼は自分の状況について考えた。馬小屋で馬たちが足を踏み鳴らす音、牛たちがそわそわと動く音が聞こえた。遠くの野原では、ほかの牛たちが緑の丘を歩き回っている。彼が雇っている男たちの声が窓の向こうから聞こえてくる。牛乳加工場からは攪乳器《かくにゅうき》のドンッドンッという音が一定の間隔で響いてくる。これを操っているのは頭の弱いイライザ・ストウトンだ。ジェシーは旧約聖書の時代の男たちに思いをはせた。彼らもまた土地と動物たちを持っていた。そして神は空から降り、こうした男たちに語りかけたのだ。それを思い出し、ジェシーは神が自分にも気づいて、話しかけてくれないものかと考えた。こうした男たちには重要人物という雰囲気が漂っている。自分の人生においてもその雰囲気を打ち立てたいという、熱にうなされた少年のような思いに彼は駆られた。祈る習慣のある男なので、彼はこのことを声に出して神に語りかけ、自分の言葉の音を聞くことでさらに熱意が強まり、焚《た》きつけられた。

「私はこれらの畑を所有することになった新種の人間です」と彼はきっぱりと言った。「私を見てください、神様。それから私の隣人たちを見てください。私の前にここにやって来たすべての男たちを！　神様、私を新しいジェシーにしてください、あの旧約聖書のエッサイのような男に〔ジェシーは旧約聖書のエッサイの英語読みであり、エッサイはダビデの父〕。人々を統治する男に、そして統治者となる者たちの父にしてください！」ジェシーは声を出して話しているうちに興奮してきて、跳び上がって立ち上がると、部屋を歩き回った。空想のなかで、古《いにしえ》の時代に古《いにしえ》の諸民族と暮らしている自分の姿が見えてきた。目の前に広がる土地がとてつもない重要性を帯びるようになり、彼から生まれ出る新しい人種の人々の住まう土地となった。別の時代、もっと古い時代においてと同様に、神は彼の時代においても、選んだ僕《しもべ》を通して語りかける——そして、その神の力によって王国は作られ、新しい動機が人々の生活に与えられる——彼にはそう思われ、自分こそそういう僕《しもべ》になりたいと思った。「私がこの土地に来たのは神の仕事をするためです」と彼は大きな声で宣言した。小さな体の背筋がピンと伸び、神の承認を表わす光輪が頭上に垂れ込めたように感じた。

男性であれ女性であれ、のちの時代の人にとってジェシー・ベントリーは理解しづらい人物であろう。この五十年のあいだに、国民の生活は大きく変わった。革命が起きたと言っていい。社会が工業中心へと変わっていき、それに伴ってありとあらゆる騒音が湧《わ》き起こった。海外から私たちのところにやって来た何百万もの新しい人々が金切り声をあげ、列車が行き来し、都市が発展した。都市と都市を結ぶ鉄道線路が建設されて縫うように都市に出入りし、農家のわきを走った。さらに時代が下ると、自動車が登場し、中部アメリカの国民の生活と習慣と思考にすさまじい変化をもたらすことになる。この忙しい時代、いい加減に構想され執筆されたものであっても、本がすべての家に置かれるようになった。雑誌は何百万部と流通し、新聞はどこにでもある。今日、村の店のストーブにあたっている農民は、他人の言葉で頭が溢れそうになっている。新聞と雑誌が彼の頭をいっぱいにしたのだ。かつての粗野な無知は、ある種の子供めいた美しい無垢《むく》を内包していたが、その大部分は永遠に失われた。ストーブにあたる農民は都市の男たちの兄弟のようなものだ。彼の言うことをよく聞いてみると、最高の都会人たちと同じくらい空疎《くうそ》なことを軽率にしゃべりまくっているのである。

ジェシー・ベントリーの時代はそうではなかった。南北戦争後の数年、中西部全体の田園地帯においては、状況はまったく違ったのだ。人々は重労働ですっかり疲れてしまい、本を読む気力などなかった。紙に印刷された文字を読みたいという欲求もなかった。畑で働いているときに頭で考えているのは、きちんと形成されていない漠然としたことばかり。神を信じており、神が自分たちの人生を操《あやつ》る力も信じていた。日曜日には小さなプロテスタントの教会に集まり、神とその御業《みわざ》の話を聞いた。当時の社会生活と知的生活の中心が教会だった。人々の心のなかで神は大きな存在だったのだ。

だからこそ、空想好きの子供で、心に大きな知的熱意を抱えていたジェシー・ベントリーは、全身全霊で神の御心《みこころ》を知ろうとした。戦争が兄たちを奪ったとき、彼はそこに神の意図を見た。父親が病気になり、農場経営ができなくなったときも、それが神の意志であると受け止めた。都会でその知らせを受けたとき、彼は夜に街を歩き回り、このことについて考えた。そして故郷に戻り、農場の仕事を軌道に乗せると、また夜に出歩くようになった。森をさまよい、低い丘を歩いて越えながら、神について考えるのだ。

歩いているうちに、神の計画において自分が重要な存在であるという思いが頭のなかで膨らんでいった。彼は貪欲《どんよく》になり、農場が六百エーカーしかないことに苛立《いらだ》ちを感じた。牧草地の縁にあるフェンスのわきにひざまずき、静まり返った闇《やみ》に向かって声を出した。空を見上げ、星が自分に向かってまたたいているのを見た。

父親が死んでから数カ月後のある夜、妻のキャサリンがいまにも産気づきそうになっていたとき、ジェシーは家を出て長いこと歩き回った。ベントリー農場はワインクリークが流れる小さな谷に位置しており、ジェシーはその流れの岸辺に沿って歩いた。自分の土地の端まで来て、そのまま近隣の人々の土地を歩き続けた。歩いているうちに谷は広くなり、それからまた狭くなる。広大な畑と森が目の前に広がり、雲に隠れていた月が現われた。彼は低い丘をのぼってから腰を下ろし、考えた。

自分は神の真《まこと》の僕《しもべ》である、というのが彼の考えたことだった。したがって、自分がいま歩いて来た土地は自分の所有物にならなければならない。彼は死んだ兄たちのことを思い、彼らがもっと一生懸命に働かなかったこと、もっと成果を上げなかったことを責めた。月明かりの下、目の前には岩場を流れる小さな川がある。彼は古《いにしえ》の時代の男たちのことを考え始めた。彼と同じように動物の群れや土地を所有していた者たちのことだ。

突飛な衝動でジェシー・ベントリーの心はいっぱいになった。半ば恐怖であり、半ば貪欲さである。彼は旧約聖書の物語で、神がもう一人のジェシーの前に現われ、息子のデイヴィッド〔旧約聖書のダビデの英語読み〕をイスラエルの王、サウルのもとに送るように言ったことを思い出した。サウルとイスラエルの民は、そのときエラの谷でペリシテ人と戦っていたのだ。ジェシーの心に一つの確信が生まれた。ワインクリークの谷で土地を所有しているオハイオの農民たちはみなペリシテ人であり、神の敵である、と。「ガトのペリシテ人、ゴリアテのような者が彼らのなかから現われたらどうなる」と彼は囁き声でひとりごちた。「私を打ち負かし、私の持ち物を奪い取る力のある者が現われたら?」そう想像し、彼はむかむかするような恐怖を抱いた。ダビデが現われる前のサウルの心には、こういう恐れが重くのしかかっていたに違いない。彼は走りながら神に呼びかけた。「万軍の主、エホバよ」と彼は叫んだ。「今日のこの夜に、キャサリンの子宮から息子を送り届けてください。あなた様の恵みを私に賜りますように。私にデイヴィッドと呼ばれる息子を送り、私の仕事を手伝わせてください。ここの土地をすべてペリシテ人の手から奪い取り、あなた様のお役に立つように変えます。そして、あなた様の御国《みくに》を地上に築き上げるのです」

II

オハイオ州ワインズバーグのデイヴィッド・ハーディは、ベントリー農場の所有者であるジェシー・ベントリーの孫で、十二歳のときに老ベントリーの家で暮らすことになった。彼の母、ルイーズ・ベントリーがジェシーの娘である。ジェシーが畑を走り回り、息子を授けてくださいと叫んだ夜、この世に生まれたのは娘だったのだ。彼女は大人になるまでベントリー農場で育ち、ワインズバーグのジョン・ハーディと結婚した。ハーディは銀行家になった。ルイーズと夫は一緒に暮らして幸せではなかったのだが、それは彼女の責任だと誰もが思っていた。鋭い灰色の目と黒髪の持ち主である小柄な女性。彼女は、幼少期から激しやすい傾向があり、癇癪《かんしゃく》を起こしていないときはむっつりとして塞《ふさ》ぎ込んでいた。ワインズバーグでは、彼女に飲酒癖があるという噂《うわさ》もたっていた。夫の銀行家は慎重で、如才ない男なので、妻を幸せにしようと努力した。お金が儲《もう》かるようになると、彼は彼女のためにワインズバーグのエルム通りに大きな煉瓦《れんが》造りの家を買った。妻の馬車を御するために下男を雇ったのは、ワインズバーグで彼が初めてだった。

しかしルイーズは幸せになりようのない女だった。唐突に癇癪を起こして正気を失いそうになり、そういうときは黙《だま》り込むか、騒々しく喧嘩《けんか》をしかけるかのどちらかなのだ。怒りに任せて汚い言葉を喚《わめ》き散らしたり、台所から包丁を取り出し、夫を殺すと脅したりした。一度など、わざと家に火を点《つ》けたこともあったし、何日も自室に引きこもり、誰とも会おうとしないことはしょっちゅうだった。このように半ば世捨て人のように暮らしていたので、彼女の人生にまつわるさまざまな噂話が生まれた。薬をやっているという噂があったし、人に会おうとせずに引きこもっているのは酔っ払っていて、それを隠せないからだという噂もあった。夏の午後、彼女はときどき家を出て、馬車に乗った。御者を乗せずに自分の手で手綱を握り、全速力で街路を走り抜ける。目の前に人がいてもまっすぐに走り続けるので、歩行者は怯《おび》え、必死に逃げ惑うことになった。自分たちをわざと轢《ひ》こうとしているみたいではないか、と町の人々は思った。彼女はそのまま馬を鞭《むち》で叩《たた》き続け、曲がり角も速度を落とさずに曲がり、街路をしばらく走った。それから郊外の田園地帯に入り、田舎道を走って人家が見えないところまで来ると、馬の速度を落として歩かせた。荒っぽい向こう見ずな気分は消え、物思いに耽《ふけ》りつつ独り言をつぶやいた。目に涙が浮かぶこともあった。それから町に戻ると、静かな街路を再びすさまじい勢いで走る。夫の影響力と、彼が町の人々から受けている尊敬の念がなかったら、彼女はすでに何度か町の警察官に逮捕されていただろう。

若きデイヴィッド・ハーディはこの女と同じ家で育ったので、容易に想像がつくように、その少年時代は楽しいことにあまり恵まれなかった。周囲の人々に対して独自の意見を持つには幼すぎたが、自分の母親である女に対して確固とした意見を持たずにいられないときもあった。規律正しく物静かな少年で、ワインズバーグの人々からは長いこと〝うすのろ〟のように思われていた。目は茶色く、子供の頃はその目で物や人を長いあいだじっと見つめる癖があり、見つめているものが見えていないかのようだった。母親が人に悪口を言われているのを聞いてしまったり、母親が父親を叱《しか》りつけているのを小耳にはさんだりすると、彼は怖くなり、急いで隠れようとした。隠れる場所が見つからないときには混乱してしまった。顔を木のほうに向けたり、屋内にいるときは壁に向けたりして、目を閉じて何事も考えないようにした。声に出して独り言を言う癖があり、幼い頃は静かな悲しみに暮れることがしばしばあった。

しかし、ベントリー農場に祖父を訪ねるとき、デイヴィッドはすっかり満ち足り、幸せになれた。町に帰りたくないと思うこともよくあった。そして一度、長い滞在のあとで町に戻るとき、彼の心に取り返しのつかない影響を与えることが起きた。

デイヴィッドは祖父の使用人の一人と町に戻って来た。使用人の男は自分の用事をさっさと片づけたくて、ハーディ家の通りの端にデイヴィッドを下ろすと、そのまま立ち去った。秋の夕暮れ時で、空は雲に覆《おお》われていた。そのときデイヴィッドに何かが起きた。母と父の住む家に入っていくのが耐えられず、衝動的に家出しようと決意したのである。祖父のいる農場に戻ろうとしたのだが、田舎道を歩いているうちに迷子になり、怖くて泣きながら何時間もさまよった。雨が降り出し、空に稲妻が光った。少年の想像力は刺激され、奇妙なものが闇《やみ》のなかに見えたり聞こえたりするような気がした。誰もまだ立ち入ったことのない、恐ろしい空白のなかを自分は歩き、走っているのだと思い込んだ。周囲の闇が限りなく深いように思われ、木々に吹きつける風の音が恐ろしかった。歩いている道を馬車が近づいて来たとき、彼は怖くなってフェンスをよじ登った。野原を走って行き、やがて別の道に出ると、ひざまずいて指で柔らかい地面に触れた。こんなに暗くては祖父の姿を見つけられないのではないかと心配になり、祖父という存在がなかったら、世界は空っぽに違いないと考えた。しばらくして、町から家に歩いて帰る途中の農民が彼の泣き声に気づき、彼を父親の家に送り届けた。そのときには、彼は疲れて興奮しきっており、自分に何が起きているのかもわからなかった。

父親はデイヴィッドが行方知れずになったことをたまたま知った。路上でベントリー農場の作男と出くわし、息子の帰宅を知らされていたのに、息子は家にいなかったのだ。緊急の知らせが流され、ジョン・ハーディと町の数人の男たちが田園地帯の捜索に出た。デイヴィッドが誘拐されたという知らせはワインズバーグの街々を飛び交った。彼が戻ったとき、家には灯りが点いていなかったが、母親が現われて彼をきつく抱きしめた。デイヴィッドは母親が突如として別人になったと思い、こんなうれしいことが起きるなんて信じられなかった。ルイーズ・ハーディは息子を風呂《ふろ》に入れ、自分の手でそのくたびれた体を洗ってやり、食事も作ってやったのだ。床には就かせようともせず、息子にナイトガウンを着せると、灯りを吹き消し、椅子《いす》に座って彼を抱きしめた。そして一時間ほど、女は暗闇で息子を抱きしめ、ずっと低い声で話し続けた。デイヴィッドはなぜ母がこんなに変わってしまったのか理解できなかった。いつもの不満そうな顔は、これまでに見たこともないほど平和で美しい顔になった。彼が泣き始めると、母はさらに強く抱きしめ、母の声はずっと響き続けた。夫に話すときのような、鋭い金切り声ではなく、木に降りかかる雨のような音。やがてデイヴィッドがまだ見つからないという報告をしに、男たちが戻り始めた。ルイーズは息子に隠れるように言い、男たちを追い払うまで口をきかないよう言いつけた。これは母親と町の男たちが彼と一緒に遊んでいるゲームに違いないと思い、デイヴィッドは楽しげに笑った。そして自分が迷子になり、闇のなかで怯えていたことなど取るに足らない、という考えが頭に浮かんだ。あの長くて暗い道の果てにこれがあるのなら、同じことを千回繰り返したっていい。恐ろしい経験のあとに、母親が突如として変化し、この美しい姿を見せてくれるなら——それが確実に起きてくれるのなら。

少年時代の最後の数年間、デイヴィッドはめったに母と顔を合わせなくなり、彼にとって母はかつて一緒に住んでいた女にすぎなくなった。それでも母の存在を心から消し去ることはできず、大人になるにつれて、それはますます確かなこととなった。彼は十二歳のときからベントリー農場で暮らし始めたのだが、それは老ジェシーが町にやって来て、孫の面倒を見させろと要求したためだった。老人は興奮していて、自分の要求を通すと固く決めていた。ワインズバーグ貯蓄銀行でジョン・ハーディと話をし、それから二人でエルム通りの家に行って、ルイーズとも話をした。二人ともルイーズがごねるだろうと思っていたが、そうはならなかった。ジェシーが自分の目的を説明しているあいだ、ルイーズはとても静かに聞いていた。デイヴィッドを屋外に連れ出すこと、古い農家の静かな環境で育てることの利点をジェシーが詳しく語ると、ルイーズは同意して頷《うなず》いた。「私の存在によって汚《けが》されていない環境よね」と彼女は鋭く言い、肩を震わせたので、いまにも癇癪を起こすのではないかと思われた。「男の子にはぴったりの場所だわ。私にとってはそうでなかったけど」と彼女は続けた。「農場で私は必要とされていなかったし、もちろん、あの家の空気は私の肌に合わなかったわ。私の血には毒のようなものだったけど、デイヴィッドにとっては違うでしょう」

ルイーズは男たちに背を向けて部屋から出て行き、二人の男たちは気まずそうに黙って座ったままだった。当時、とてもよくあることだったのだが、ルイーズはそのあと自室に数日のあいだ閉じこもった。息子の服がまとめられ、彼が出て行ったときでさえ、ルイーズは出てこなかった。息子を失ったことが人生の大きな転換点となり、彼女は以前ほど夫に対して喧嘩腰にならなくなった。ジョン・ハーディは結局のところすべてがうまくいったと考えるようになった。

ということで、デイヴィッド少年はベントリー農場で暮らし始めた。老ジェシーの姉二人はまだ生きていて、その家で暮らしていた。ジェシーのことを恐れ、彼が近くにいるときはめったにしゃべらない女たち。その一人、若いときは燃えるような赤い髪で知られていた女は、生まれついての母親気質で、少年の面倒を見るようになった。毎晩、デイヴィッドがベッドに入ると、彼女は彼の部屋に行き、彼が眠りに落ちるまで床に座る。デイヴィッドがうとうとし始めると、大胆になり、いろいろなことを彼の耳に囁《ささや》く。あとになって、彼はそういうことを夢に見たのだと考えた。

彼女は穏やかな声音を使い、愛情のこもった呼び名で彼のことを呼んだ。それを聞いているうちに、彼は母親が自分のところに戻って来たという夢を見た。母がすっかり変わり、いつでも彼が家出をした日のように優しいという夢だ。彼もまた大胆になって手を伸ばし、床に座っている女の顔を撫《な》でると、女は幸せのあまりうっとりとした。少年がこの古い家に移ってから、そこに住むすべての人々が幸せになった。その家の人々に沈黙と緊張を強いてきたものが、少年の存在によって追い払われたのだ。ジェシー・ベントリーの厳格で執拗な部分。ルイーズという少女の存在ではそれを追い払えなかったのに、まるで神が態度を和らげ、ジェシーに息子を贈ったかのようだった。

　ワインクリークの谷全体で、神の真《まこと》の僕《しもべ》は自分しかいない。ジェシーはそう宣言した男だった。そして神に対し、キャサリンの子宮から息子を送り届けるという形で承認のしるしをくださいと求めたのだ。彼はこの祈りがようやく聞き届けられたと考えるようになった。そのときまだ五十五歳だったが、外見は七十歳で、あれこれ考えたり企《たくら》んだりしてきたためにやつれていた。所有する土地を広げようという努力は報われ、ワインクリークの谷で彼のものではない農場はほんのわずかになった。しかし、デイヴィッドが現われるまで、彼は痛々しいまでの失望を抱えた男だった。

　ジェシー・ベントリーには二つの影響力が作用しており、生まれてからこの方、心のなかでこうした二つの力がせめぎ合っていた。第一に、彼のなかには古きものがあった。神の僕《しもべ》になりたかったし、その僕《しもべ》たちのなかの指導者になりたかった。夜な夜な畑を歩き、森を通り抜けることで自然に近づくと、情熱的で敬虔《けいけん》な男から流れ出る力は、自然のなかのさまざまな力と呼応し合った。キャサリンに息子ではなく娘が生まれたときに彼が味わった失望は、見えない手に殴られたような衝撃を彼に与え、その衝撃によって彼のエゴはいくぶん和らいだ。神がいまにでも風や雲のなかから姿を現わすのではないかとまだ信じていたが、そのような承認はもはや要求しなくなった。

ただ、それを求めて祈った。ときに彼は疑心に捉《とら》われ、神は世界を見捨てたのだと考えた。より単純で楽しい時代に生きることが許されなかった自分の運命を残念に思った。かつて男たちは、空に浮かぶ奇妙な雲の招きに応じて自分の土地や家を立ち去り、荒野へと進出して、新しい民族を作り上げたのだ。彼は自分の農場の生産性を高め、所有する土地を広げるために昼も夜も働いていたが、自分の不断のエネルギーをもっと別のことにも使えたらよかったのにと思った。寺院の建立《こんりゅう》、不信心な者たちを殺すこと、つまりは神の御名《みな》を地上で高めるための仕事である。

これがジェシーの渇望《かつぼう》していたことだが、彼にはもう一つ渇望していたものがあった。南北戦争が終わった直後の時代に成人したので、彼は同世代のすべての男たちと同様に、当時の国に作用していた根深い力の影響を受けた。揺籃期《ようらんき》の近代産業主義の影響である。彼は機械を買うようになり、それによって雇い人の人数を減らしながらたくさんの農作業ができるようになった。もっと若ければ農業からはすっかり手を引き、機械を製造する工場をワインズバーグに立ち上げたのにと考えることもあった。ジェシーは新聞や雑誌を読む習慣を身につけ、ワイヤでフェンスを作る機械も発明した。自分の心に育《はぐく》んできた古い時代や場所の雰囲気は、ほかの者たちの心に育まれているものとは違うのであり、反りが合わないのだと、うすうす気づいてもいた。世界史上で最も物質主義的な時代の始まりだ。愛国心なしに戦争が戦われ、男たちは神を忘れて道徳的基準のみに関心を払うようになった。権力への意志が奉仕への意志に取って代わり、人々がみな物質の獲得に狂奔するようになって、美はほとんど忘れられた。そういう時代が、ジェシーの周囲の男たちに語りかけるのと同じように、神の僕《しもべ》であるジェシーにも物語を語りかけてきたのだ。彼のなかにある貪欲《どんよく》な部分は、畑を耕すことで得られる以上の富を得たいと願った。幾度となく彼はワインズバーグに赴き、義理の息子であるジョン・ハーディとそのことについて話し合った。「君は銀行家なので、私には決してなかったチャンスがある」と彼は目を輝かせて言った。「しょっちゅうそのことを考えてるんだ。この国では大きなことができるようになるだろうし、大きな金が手に入るようになる。私などが夢にも見たことのない規模だ。君ならそれを摑《つか》める。自分がもっと若くて、君のようなチャンスを摑めたらよかったのにと思うよ」。ジェシー・ベントリーは銀行のオフィスのなかを行ったり来たりし、話しているうちにますます興奮してきた。人生で一度だけ脳卒中になりかけ、左半身がいくぶん不自由で、話しているうちに左の瞼《まぶた》がピクピクと動いた。その後、家に向かって馬車を走らせているうちに夜の帳《とばり》が下り、星が出て来るようなときも、神に対するかつての思いを取り戻すことは難しくなっていた。親密で人間的な神が頭上の空に住んでいて、いまにも手を伸ばして彼の肩に触れてくる、そして為《な》されるべき英雄的な任務を彼に委《ゆだ》ねる、といった思いである。ジェシーの心は新聞や雑誌で読んだ話に夢中になっていたのだ。物の売買のみによって、ほとんど努力せずに財を築いた抜け目ない男たちの話。しかしデイヴィッドという孫を得たことで、古い信仰心が新たな力をもって甦《よみがえ》り、神がついに好意の目で自分を見つめているように思われた。

農場に来た少年にとっては、人生が無数の形で新しく喜ばしい様相を見せ始めた。周囲の人々の親切な態度により、彼の物静かな性質はおおらかなものになった。家族に対して臆病《おくびょう》に、ためらいがちに接していたのに、そういうところも少なくなった。日中は馬小屋や畑で冒険し、祖父と一緒に農場から農場へと馬車でめぐるなど、長い一日を過ごす。そして夜にベッドに入るときには、家のすべての人々を抱きしめたい気分になる。毎晩ベッドのわきに座りに来るシャーリー・ベントリーがすぐに現われないと、彼は階段の上から叫び、長年ずっと静まり返っていた狭い廊下に彼の若い声が響き渡った。朝に目を覚ますと、彼はしばらくベッドに横たわり、窓から聞こえてくる音によって喜びに満たされた。そしてワインズバーグの家での生活を思い出して身震いした。母親の怒った声を聞くと、彼はいつでも震えていたのだ。田舎では、すべての音が耳に心地よかった。夜明けに目を覚ます頃には、家の裏にある納屋《なや》の前の庭も目を覚まし、家のなかの人々も動き始めた。頭の弱い娘、イライザ・ストウトンは作男にあばらをつつかれ、騒々しく笑った。少し離れた畑から牛の鳴く声が聞こえてきて、牛小屋の牛たちがそれに応《こた》えた。馬小屋の入り口では、作男の一人がブラシをかけてやっている馬に鋭い声で話しかけている。デイヴィッドはベッドから跳ね起き、窓に走った。周囲の人々の動いている音に気分が高揚し、ワインズバーグで母親は何をしているのだろうと考えた。

納屋の庭には作男たちが集まり、朝の仕事を始めていた。自分の部屋の窓からは直接見えなかったが、男たちの声と馬のいななきは聞こえた。男たちの一人が笑うと、彼も笑った。開けた窓から身を乗り出して果樹園のほうを見ると、太った雌豚が子豚たちを従えて歩いていた。毎朝、彼は豚の数を数えた。「四、五、六、七」とゆっくりと言い、指を濡《ぬ》らして、窓台に縦の直線を書いていく。それから急いでズボンをはき、シャツを着た。外に出たいという欲求が燃え上がった。毎朝、ものすごい音を立てて階段を降りるので、家政婦のキャリー小母《おば》さんには、あなたは家を壊すつもりかねと言われた。ドアをバタンバタンと閉めながら細長く古い家を走り抜け、納屋の庭に出ると、驚きと期待に満ちた視線を周囲に向けた。こんな場所では、とてつもないことが夜のあいだに起きたに違いないと思っていた。作男たちが彼を見て笑った。へンリー・ストレイダーはジェシーが農場を所有するようになったときからいる老人で、デイヴィッドが来るまでは冗談を言うことなどなかったのに、いまでは同じ冗談を毎朝言うようになった。デイヴィッドにはそれが面白く、手を叩いて笑った。「こっち来て、見てみんさい」と老人は叫ぶのだ。「ジェシーお祖父《じい》さんの白い馬が、足にはいていた黒い靴下を破っただよ」

長い夏のあいだ、ジェシー・ベントリーは来る日も来る日も馬車を走らせ、ワインクリークの谷の農場をめぐり、孫もそれについていった。白い馬に引かせた四輪馬車《フェートン》は心地よかった。老人は薄くて白い顎鬚《あごひげ》を掻《か》きながら、訪れた畑の生産性を高める計画や、あらゆる人間の立てる計画には神が関わっていることについて、独りで話し続けた。ときどきデイヴィッドを見つめ、幸せそうに微笑《ほほえ》んだが、それから長いこと孫の存在を忘れている様子だった。日に日に彼の心はかつての夢に戻るようになっていた。町を離れ、最初にこの土地に住みついたときの夢である。ある午後、彼の心は完全にその夢に取り憑かれてしまい、それによってデイヴィッドをギョッとさせた。少年の見ている目の前である宗教儀式を執り行い、二人のあいだにできかけていた友好関係をぶち壊しそうになったのである。

ジェシーと孫は家から数キロ離れた、谷の遠いところを馬車で走っていた。森が道に迫っていて、その森のなかをワインクリークが蛇行しながら流れている。石の転がっている河床を水が流れ、やがて遠くの川に合流するのだ。その午後のあいだじゅう、ジェシーは物思いに耽っている様子だったが、ようやく口を開いた。彼の心は、巨人が現われて自分の所有物を剝奪《はくだつ》するのではないかと恐れた夜に戻っていた。そして、息子を欲しがって叫び、畑を走ったあの夜と同じように、ほとんど正気を失うまで興奮した。馬を止め、馬車から降りると、デイヴィッドにも降りるように言った。二人はフェンスを乗り越え、小川の岸辺を歩いた。少年は祖父のつぶやきにまったく関心を払わなかったが、彼と並んで走りながら、何が起こるのだろうといぶかっていた。ウサギが飛び跳ね、森のなかを逃げていくと、彼は手を叩き、喜んで踊った。大きな木々を見上げ、小動物なら恐れることなく高いところまでのぼっていけるのにと思い、自分が小動物でないのを残念がった。身を屈《かが》め、小さな石を拾い上げると、祖父の頭越しに藪《やぶ》に向かって投げつけた。「起きろ、ちっちゃな動物たち。木のてっぺんまでのぼれ」と彼は甲高い声で叫んだ。

ジェシー・ベントリーは木々の下を歩き続けた。顔を伏せていたが、心は沸き立っていた。その真剣さが少年の心にも伝染し、少年は少し怖くなって黙り込んだ。老人の心には、神の言葉かしるしが空からもたらされるのではないかという思いが生まれていた。少年と男が人里離れた森のなかでひざまずけば、自分が求めていた奇跡が否《いや》応《おう》なく起こるのではないか。「まさにこういう場所で、デイヴィッド《ダビデ》が羊の世話をしていたとき、父親が来て、サウルのもとへ行けと言ったのだ」と彼はつぶやいた。

少年の肩をかなり乱暴に摑み、彼は一本の倒木を乗り越えて歩いた。そして森のなかの開けた場所に来ると、ひざまずき、大きな声で祈り始めた。

これまでに経験したことのないような恐怖に襲われ、デイヴィッドはただ木の下にうずくまっていた。目の前の老人がひざまずいているのを見て、彼の膝《ひざ》は震え始めた。祖父というだけでなく誰か別の人、自分を傷つけるかもしれない人のそばにいるのだという気がした。親切ではなく、危険で乱暴な人なのではないか。彼は泣き出し、地面から小さな棒を拾い上げて、それを手でしっかりと握った。思索に耽っていたジェシー・ベントリーが唐突に立ち上がり、自分のほうに向かって来ると、彼の恐怖は全身が震えるまでに高まった。張り詰めた沈黙が森の至るところに降り立ったかのようだった。そしてその沈黙のなかから唐突に、老人の激しく執拗《しつよう》な声が響いてきた。ジェシーは少年の両肩を摑むと、空に顔を向けて叫んだのだ。顔の左側全体が引きつり、少年の肩にかけた手もひきつった。「おしるしを見せてください、神よ」と彼は叫んだ。「私はデイヴィッドとともにここにおります。空から現われ、あなた様のお姿をお見せください」

　デイヴィッドは恐怖の叫び声をあげ、祖父に背を向けた。そして自分を摑んでいる手を振りほどき、森のなかを駆け抜けた。顔を上げて鋭い声で空に向かって叫んでいる男が、自分の祖父だとはまったく信じられなかった。祖父のようには見えなかった。奇妙で恐ろしいことが起きたのだと確信した。何らかの奇跡によって、親切な老人の体に新しく危険な人間が入り込んだのだ。少年は斜面を走って降りていき、走りながらむせび泣いた。木の根につまずいて転び、頭を打ったが、それでも起き上がって走り続けようとした。頭がすごく痛んだので、やがて彼は倒れ、そのまま静かに横たわった。しかし恐怖が去ったのは、ジェシーによって馬車まで運ばれ、老人の手が頭をやさしく撫でているのに気づいたときだった。「ここから逃げないと。森の奥に怖い男がいるんだ」と彼はしっかりとした声で言った。ジェシーは目を背け、木々のてっぺんより上を見つめて、再び神に向かって語りかけた。「あなた様に認めていただけないとは、私はいったい何をしたのでしょうか」と彼は静かな声で囁いた。そして馬車で家路を急いでいるあいだもこの言葉を何度も繰り返した。少年の頭は切れて血を流していたが、それを肩でやさしく支えてやっていた。

Ⅲ　身を委《ゆだ》ねる

ここでルイーズ・ベントリーの物語を。彼女はジョン・ハーディ夫人となり、ワインズバーグのエルム通りにある煉瓦造りの家で、夫とともに暮らしていた。彼女の物語を語るとき、心にとどめなければならないのは、それが誤解の物語だということである。

ルイーズのような女性が理解され、彼女らの人生が生きるに値するものになるまでには、たくさんのことが為されなければならない。彼女らに関わるたくさんの思慮深い本が書かれ、周囲の人々が思慮深い人生を生きなければならない。

彼女の母親は華奢で働きすぎの女性だった。父親は衝動的で厳しく、想像に耽《ふけ》りがちで、彼女の誕生を好意的に見ることはなかった。こうした両親から生まれ、彼女は少女時代からノイローゼ気味となった。のちに産業主義が世界に大量に送り出すことになる、神経過敏な女性たちという人種の一人である。

少女時代、彼女はベントリー農場で暮らしていた。物静かで陰気な子供で、世界の何よりも愛を求めていたのだが、それを得られなかった。十五歳になって、彼女はワインズバーグでアルバート・ハーディの家族と暮らすことになった。ハーディは軽装馬車や荷馬車を売る店を持っており、町の教育委員会の一員だった。

ルイーズが町に移ったのは、ワインズバーグ高校に通うためだった。そこで、アルバート・ハーディが父親の友人だったために、ハーディ家で暮らすことになったのである。

ワインズバーグで馬車を売っていたハーディは、当時の何千もの男たちと同様に、教育に関して熱心だった。彼自身は本から何も学ばず、独力で世間を渡ってきたのだが、本からの知識があればもっとうまくいっただろうと信じていた。店に来るすべての人にこうしたことを話しかけ、家でも同じことをくどくどと言い続けるので、家族からは嫌がられていた。

彼には娘が二人いたが、息子はジョン・ハーディ一人だった。娘たちは一度ならず学校を退学すると彼を脅した。教室での勉強は、原則として罰を免《まぬが》れる程度にしかやらなかった。「私、本が嫌いだし、本が好きな人はみんな嫌い」と、ハリエットという若いほうの娘は力を込めて訴えた。

ワインズバーグでも、農場時代と同様、ルイーズは不幸せだった。何年も前から彼女は世間に出るときのことを夢見ていたし、ハーディ家に移るのは、自由への大きな一歩だと考えていた。町ではすべてが楽しくて生き生きとし、そこの男女はみな幸せに自由に生きているに違いない。町に出る前はそう考えていた。頬に風を感じるのと同じように、町の人々は友情や愛情を与えたり受け取ったりしているのだろう、と。静まり返ったベントリー家での活気のない暮らしが終われば、生命と現実感に脈動する温かい雰囲気が待っている。それに飛び込むのだ。そう彼女は夢見ていたし、強く求めてきたものの一部をハーディ家で得られたかもしれなかった——町に出たばかりのときにミスさえしなければ。

ルイーズは学校で勉強に励んだためにハーディの娘たち、メアリーとハリエットの不興を買ってしまったのだ。学校が始まる直前にハーディ家にやって来たので、娘たちが勉強に関してどういう感情を抱いているか、まったく知らなかったのである。ルイーズは臆病《おくびょう》で、最初の一カ月は知り合いもできなかった。金曜の午後になると、農場の雇い人の一人が馬車でワインズバーグにやって来て、彼女が実家で週末を過ごせるように連れ帰った。そのため、町の人たちと土曜の休日を過ごすことがまったくなかった。恥ずかしがり屋で孤独だったので、ルイーズはいつでも勉強ばかりしていた。メアリーとハリエットからすれば、ルイーズは自分たちを困らせるために優等生ぶっているように見えた。みんなによく思われたい一心で、ルイーズは教師が教室でする質問にすべて答えようとした。勢いよく手を挙げ、目はギラギラと輝いた。そしてクラスのほかの者たちが答えられない質問に答えたときは、幸せそうに微笑《ほほえ》むのだ。「私、あなた方のために答えてあげたのよ」と彼女の目は言っているようだった。「気にしなくていいのよ。質問は私が全部答えてあげるから。私がいれば、クラス全体が楽になるでしょう」

ある晩、ハーディ家での夕食のあと、アルバート・ハーディがルイーズを褒め始めた。教師の一人が彼女を褒めちぎったので、うれしくなったのだ。「また評判を聞いたよ」と彼は始め、娘たちを厳しい目で見つめてから、ルイーズのほうを向いて微笑んだ。「別の先生も言ってたんだ、ルイーズは本当によく勉強するって。ワインズバーグの誰もが、ルイーズは賢い子だって私に言う。自分の娘たちがそう言われないのは恥ずかしいよ」。馬車の商人は立ち上がって部屋を歩き回り、それから夕食後の葉巻に火を点《つ》けた。

二人の娘たちは互いに顔を見合わせ、うんざりしたように首を振った。娘たちが無関心なのを見て、父親は怒った。「おまえたちが考えるべきことだと言ってるんだ」と声を荒らげ、二人を睨《にら》みつける。「アメリカには大きな変化が起きている。そして、これからの世代の希望は学問にしかない。ルイーズはお金持ちの娘なのに、恥ずかしがらずに勉強している。ルイーズを見て恥ずかしがるべきはおまえたちだ」

馬車の商人はドアの近くのラックから帽子を取り、夕べの外出の支度をした。それからドアのところで立ち止まり、振り返って睨みつけた。その態度があまりに荒々しいので、ルイーズは怖くなって階段を駆け上がり、自分の部屋に戻った。娘たちは勝手なことをしゃべり始めた。「聞いているのか！」とハーディは吠《ほ》えるように言った。「おまえたちの精神はたるんどる。勉強に関心がないために、人格にも影響が出ている。ろくな者にならないぞ。お父さんの言うことをよく覚えておけ――ルイーズがどんどん先に進んでしまって、おまえたちは追いつけなくなるぞ」

ハーディは取り乱した状態で家を出て、怒りに震えながら道を歩いた。ぶつぶつとつぶやき、汚い言葉を口にしたが、メインストリートまで来ると、怒りは収まっていた。ときどき立ち止まり、町に出て来ているほかの商人や農民と天候や収穫の話をしているうちに、娘たちのことはすっかり忘れた。娘たちのことを考えるにしても、肩をすくめ、「まあ、女の子は女の子だ」と達観した様子でつぶやくくらいだった。

ルイーズは、娘たちのいる部屋に行っても無視され続けた。この家に来て六週間以上経《た》ったある晩、いつでも冷淡に扱われることにやるせなくなって、彼女はワッと泣き始めた。「うるさいわね。部屋に戻って、本でも読んでなさいよ」とメアリー・ハーディはとげとげしい声で言った。

ルイーズが寝泊まりしている部屋はハーディ家の二階にあり、窓からは果樹園が見下ろせた。部屋にはストーブがあり、晩ごとにジョン・ハーディ青年が薪《たきぎ》を腕いっぱいに抱えて来て、それを壁際《かべぎわ》の薪箱のなかに入れた。家に来てから二カ月目になると、ルイーズはハーディ家の娘たちと親しくなれるという希望をすっかり失っていた。そして夕食が終わるとすぐに自室に引きこもるようになった。

彼女の心はジョン・ハーディと親しくなるという空想をいじくり回すようになった。彼が薪を抱えて部屋に入って来ると、彼女は忙しく勉強しているふりをしたが、彼の様子を熱心にうかがった。彼が箱に薪を入れ、部屋から出て行こうとすると、彼女は赤くなった顔を下に向けた。何か話をしようとしたが、言葉が出てこない。彼が出て行ってしまうと、彼女は自分の馬鹿《ばか》さ加減に腹を立てた。

田舎娘の心はこの青年にいかに近づくかでいっぱいになった。自分が生まれてからずっと人々に求めていた資質が彼には具《そな》わっているのではないかと考えた。自分は世間のすべての人々から壁で隔てられ、ある内輪のグループの外側にいるような気がした。ほかの人々には開かれている人生の温かい部分、ほかの人々には理解できる部分が、自分には閉ざされている。しかし自分が勇敢な行動を取れば、ほかの人々との関係は完全に変わるのではないか。そうすれば、ドアを開けて部屋に入るように、新しい人生を切り開けるのではないか。彼女はそういう考えに取り憑《つ》かれ、昼も夜もそのことを考え続けた。とても温かくて親密なものを真剣に求めていたが、それはまだ意識の上ではセックスと結びついていなかった。そこまではっきりしたものではなく、彼女の心はたまたまジョン・ハーディに出くわしただけだったのだ。彼が身近にいたし、娘たちとは違って、自分に対して冷淡ではなかったからである。

ハーディ家の娘たち、メアリーとハリエットは、どちらもルイーズより年上だった。ある種の世間知においては、数年分年上と言ってよかった。彼女らは中西部の町に住むすべての若い女性たちと同じように生きていた。その当時、若い女性たちは故郷の町を出て東部の大学に行ったりしなかったし、社会階級といった考えはほとんど存在していなかった。労働者の娘は社会的地位において農民の娘や商人の娘と同じであり、有閑階級はいなかったのである。娘は「きちんとしている」か「きちんとしていない」かのどちらかだった。きちんとしている娘だったら、若い男の友人が土曜と水曜の夜に家に訪ねて来るようになる。その若い男とダンスや教会の懇親会に行くこともある。それ以外のときには男を家に出迎え、客間を二人だけで使うことが許される。

誰にも邪魔されずに数時間、二人はドアを閉めきって過ごす。灯りを暗くして抱き合うこともある。頬が熱くなり、髪が乱れる。一年か二年して、二人の思いが強くなり、揺るぎないものであったら、彼らは結婚する。

ワインズバーグに来て最初の冬のある夜、ルイーズは冒険をした。自分とジョン・ハーディとのあいだには壁があると考えていたのだが、それを壊したいという欲求に新たな弾みをつけた。それは水曜日で、夕食のあとすぐにアルバート・ハーディは帽子をかぶって外出した。ジョン青年は薪を抱えて来て、ルイーズの部屋の箱に入れた。「よく勉強するんだね」と彼はぎこちなく言い、彼女が返事をする前に部屋を出て行った。

彼が家から出て行く音が聞こえ、ルイーズは走って追いかけたいという狂おしい欲求を抱いた。窓を開け、身を乗り出して、静かな声で呼びかけた。「ジョン、愛《いと》しいジョン、戻って来て、行かないでよ」。夜空は曇っていて、闇《やみ》の奥まで見通すことはできなかった。しかし耳を澄ましていると、誰かが果樹園の木々のあいだを爪先《つまさき》立ちで歩いて来るような、静かな音が聞こえた気がした。彼女は怖くなり、すぐに窓を閉めた。興奮のあまり身を震わせ、一時間ほど部屋を歩き回ったが、もはや待っていられなくなって、こっそりと廊下に出た。そして階段を静かに降り、客間に隣接するクロゼットのような部屋に入った。

ルイーズは数週間にわたって考えてきた勇敢な行動を取ろうと決心した。ジョン・ハーディが窓の下の果樹園に隠れていると確信し、そこで彼に話しかけ、求めていることを訴えかけようと考えた。もっと近くに来てほしい、抱きしめてほしい、考えていることや夢を話してほしい、そして彼女が考えていることや夢を語るのを聞いてほしい。「暗闇なら、そういうことを楽に言えるはずだわ」と彼女は自分に向かって囁《ささや》いた。小さな部屋のなかで手探りし、ドアを探した。

そのとき、ルイーズは突如として自分が一人きりでないことに気づいた。ドアの向こうの客間で男の静かな声がし、それからドアが開いた。メアリー・ハーディが若い男とともに小さな暗い部屋に入って来たとき、ルイーズは階段の下の狭い空間にかろうじて隠れることができた。

一時間ほど、ルイーズは暗闇に座って聞いていた。メアリー・ハーディは彼女と夜を過ごしに来た男の助けを借り、言葉はまったく使わずに、男女のことに関する知識を田舎娘に与えたのだ。ルイーズは頭を低くし、しまいには小さな玉のように丸くなって、息を殺していた。彼女には、神々が奇妙な衝動によってメアリー・ハーディに素晴らしい贈り物をもたらしているように思われ、どうしてこの年上の娘が断固として抵抗するのか理解できなかった。

若者はメアリー・ハーディを抱きしめてキスをした。彼女がもがいて笑っても、もっと強く抱きしめるだけだった。一時間ほど二人のせめぎ合いは続き、それから客間に戻ったので、ルイーズはこっそりと階段を上がった。ルイーズが二階の自室の前まで来たとき、ハリエットがメアリーに話しかける声が聞こえた。「あんたたち、静かにしてほしかったわ。あのガリ勉ネズミの邪魔をしたら駄目よ」

ルイーズはジョン・ハーディに手紙を書いた。そしてその日の夜遅く、みなが寝静まってから、こっそりと階段を降りて手紙を彼の部屋のドアの下に滑り込ませた。すぐに実行しないと、勇気がなくなってしまうのではないかと恐れたのだ。手紙で彼女は自分が何を求めているのかをはっきりさせようとした。「私は誰かに愛してほしし、誰かのことを愛したい」と彼女は書いた。「それがあなただとしたら、夜に果樹園に来て、私の窓の下で音を立てて。物置から下に降りるのは簡単だから、私からあなたに会いに行くわ。このことをずっと考えているの。だから来てくれるなら、すぐに来てね」

恋人を手中にしようというこの大胆な試みの結果がどうなるのか、ルイーズには長いことわからなかった。ある意味では、彼に来てほしいのかどうかもわからなかった。

きつく抱きしめられてキスされることが人生の秘密のすべてのように思われることもあったが、それから新しい衝動が起こり、すべてがとても怖くなった。古来からの女性の欲求である、支配されたいという欲求が彼女を支配した。しかし、彼女が人生について抱いている考えがいまだ曖昧《あいまい》だったので、ジョン・ハーディの手が彼女の手に触れるだけで満足できるように思われた。そして、彼がこの気持ちをわかってくれるのだろうかと考えた。翌日の食卓で、アルバート・ハーディがおしゃべりし、娘たちが囁いたり笑ったりしているとき、彼女はずっとジョンを見ずにテーブルを見つめ、食事が終わるや否《いな》や自室に退散した。その夜は外出し、ジョンが彼女の部屋に薪を届けにくる時間が確実に過ぎるまで戻らなかった。緊張して耳を澄ましても、果樹園の闇からは何も聞こえない夜が続いた。そうしているうちに彼女は悲しみで気がふれそうになり、自分を人生の喜びから閉め出してきた壁を破る術《すべ》はないのだと観念した。

手紙を書いてから二、三週間後の月曜の夜、ジョン・ハーディが誘いに応《こた》えた。ルイーズは彼が来ることはないと完全に諦《あきら》めてしまっていたので、果樹園からの呼び声にしばらく気づかなかった。直前の金曜日の夜、彼女は衝動的に自分でも驚くようなことをしていた。週末を実家で過ごすために、雇い人の一人が迎えに来た馬車に乗っているときのことだった。月曜の夜、窓の下の暗闇にジョン・ハーディが立って、彼女の名前を小さな声でしつこく呼んでいるとき、彼女は部屋を歩き回って考えていた。いったいどんな新しい衝動が生まれ、あんな馬鹿げたことをしてしまったのか、と。

農場の雇い人は黒い縮れ毛の若者だった。金曜日の夜の少し遅い時間に来たので、二人の馬車は闇のなかを走ることになった。ジョン・ハーディのことで頭がいっぱいだったルイーズは、若者とおしゃべりをしようとしたが、田舎の若者のほうはどぎまぎし、黙っていた。彼女の心は少女時代の孤独を振り返り始め、自分に降りかかった新たな激しい孤独を痛切に思い起こした。「みんな、大嫌い」と彼女は突如として叫んだ。そして次から次へと悪口を言い始めたので、雇い人のほうは怯《おび》えてしまった。「お父さんもハーディの小父《おじ》さんも嫌い」と彼女は熱を込めて強調した。「町の学校では勉強を教わってるけど、それも大嫌い」

ルイーズが雇い人のほうを向き、頬を彼の肩にもたせかけたので、雇い人はさらに怯えた。暗闇でメアリーと一緒にいた若者がやったようなことをしてほしい、と彼女はぼんやりと望んだ。自分を抱きしめ、キスしてほしい、と。しかし田舎の青年はびっくりしただけで、馬を鞭《むち》で打ち、口笛を吹き始めた。「道がデコボコですね」と彼は大声で言った。ルイーズはとても腹を立て、若者の帽子をひったくると、それを道に投げ捨てた。男が馬車から飛び降り、帽子を取りに行ったので、彼女は自分で手綱を取って馬車を走らせた。置き去りにされた男は農場までの残りの道を歩かなければならなくなった。

ルイーズ・ベントリーはジョン・ハーディを恋人にした。それは彼女が求めていたことではなかったが、ジョン青年のほうは彼女が近づいてきたのをそう解釈し、彼女も抵抗しなかった。いまとは違う何かをやり遂げたくてたまらなかったのだ。数カ月後、二人はルイーズが妊娠したのではないかと心配になり、ある夜に郡庁所在地に行って結婚した。それから数カ月、二人はハーディ家で暮らし、それから自分たちの家を持った。最初の一年のあいだ、ルイーズは自分の漠然とした飢餓感を夫に理解させようと努めた。自分にあの手紙を書かせたもの、そしていまだに満たされていないものは何か。何度も彼女は彼の腕のなかに入り込み、それについて語ろうとしたが、いつもうまくいかなかった。彼のほうは、男女の愛についての自分なりの考えに捉われていたので、耳を傾けようとせず、彼女の唇にキスし始めるだけだった。それで彼女は混乱し、しまいにはキスされるのが嫌になった。自分が何を求めているのかわからなかった。

二人を結婚に追い込んだあの心配事には根拠がなかったとわかり、ルイーズは腹を立て、人を傷つけるような言葉を口にするようになった。あとになって息子のデイヴィッドが生まれると、彼女は赤ん坊に母乳をやることができず、自分が赤ん坊を求めていたのかどうかもわからなくなった。赤ん坊と一緒に一日じゅう部屋に閉じこもるときもあったが、そういうときは歩き回ったり、ときには赤ん坊にすり寄っていって、手でやさしく触れたりした。そうかと思うと、家に侵入してきた人間の欠片《かけら》のようなものを見るのも嫌だし、近づきたくもないという日もあった。ジョン・ハーディに冷淡な母親だと責められると、彼女は笑った。「これは男の赤ん坊だから、欲しいものを自分で手に入れるわよ」と彼女は鋭く言った。「これが女の子だったら、どんなことだってしてあげるでしょうけど」

Ⅳ　恐怖

デイヴィッド・ハーディが背の高い十五歳の少年だったとき、母親と同じように冒険をし、それが彼の人生の流れを完全に変えた。彼は静かな田舎町を飛び出し、世界へと飛び込んだ。自分を取り巻いていた殻が破れ、人生を切り開かざるを得なくなったのだ。ワインズバーグを去ったあと、町の人々が彼の姿を見ることは二度となかった。彼が姿を消してから母親と祖父は死に、父親は大金持ちになった。彼は大枚をはたいて息子を探そうとしたのだが、それはまた別の話である。

ある年の晩秋のことだった。ベントリー農場はどの畑も珍しいほどの豊作となり、大きな収穫があった。その年の春にジェシー・ベントリーは、ワインクリークの谷にある黒土の沼地の一部を買ったのだった。細長い土地を安い値段で買い、大金を費やして土地を改良しようとした。大きな溝を掘り、排水用の土管を何千と設置しなければならなかった。近所の農民たちはこの出費の話を聞いて首を振った。大笑いし、ジェシーがこの事業で大損することを期待する者さえいた。しかし老人は黙々と計画を進め、何も反論しなかった。

土地の排水が終わってからジェシーはそこにキャベツとタマネギを植え、隣人たちはまた笑った。しかし収穫は莫大《ばくだい》で、高い値段で売れた。その一年の収入だけで、ジェシーは土地の開墾にかかった費用をすべて払うことができ、さらに余った金で農場を二つ買うことができた。彼は大喜びし、その喜びを隠せなかった。農場を持つようになってから初めて、雇い人たちの前で笑顔を見せるようになった。

ジェシーは人件費を節約するためにたくさんの機械を買い、肥沃《ひよく》な黒土の沼地の残りをすべて手に入れた。それからある日、ワインズバーグの町に出て、デイヴィッドのために自転車と新しい背広を買った。二人の姉にはオハイオ州クリーヴランドで開かれる宗教的な集会に行くための金を渡した。

その年の秋、霜が降りてワインクリーク沿いの森の木々が金色がかった褐色になった頃、デイヴィッドは学校に行く以外の時間をすべて屋外で過ごしていた。一人であれ友達と一緒であれ、午後になると必ず森に出かけて木の実を集めるのだ。ほかの田舎の少年たちはだいたいがベントリー農場の雇い人の息子で、みんな銃を持っており、よく銃でウサギやリスの狩りをしに行った。しかしデイヴィッドは彼らと一緒に行かず、Y字型の枝とゴムバンドでパチンコを作り、一人で木の実を集めに行った。歩いていると、いろいろな考えが心に浮かんだ。自分がもうすぐ成人するのだと気づき、人生で何をしようかと考えた。しかし、具体化する前にそういう考えは消え、彼はまた少年に戻るのだった。ある日、木の枝の低いところにリスが座っていて、彼に向かって鳴いた。彼はそのリスを殺し、手にリスを摑《つか》んで、家に走って帰った。ジェシーの姉の一人がこの小動物を料理してくれ、彼はガツガツと食べた。皮は板に鋲《びょう》で留め、その板を糸で寝室の窓から吊《つ》るして干した。

これが彼の心の転機となった。その後は必ずパチンコをポケットに入れて森に入るようになり、木々の褐色の葉の陰に隠れている想像上の動物を撃つことで何時間も過ごした。もうすぐ成人だという思いは消え、少年らしい衝動を持った少年であることに満足した。

ある土曜日の朝、パチンコをポケットに入れ、木の実を入れる袋を持って森に出ようとしたとき、彼は祖父に呼び止められた。老人の目には張りつめた真剣な表情があり、そういう祖父の目を見るとデイヴィッドはいつでも少し怯《おび》えてしまった。まっすぐ前を見るのではなく、視線がぐらつき、何も見ていないように見えるのだ。老人とそれ以外の全世界とのあいだには、目に見えない幕が下りているかのようだった。「一緒に来てほしいんだ」と祖父は簡潔に言い、その目は少年の頭上の空を見つめていた。「今日は、重要なことをしなければならない。持って行きたければ、木の実の袋を持って行ってもいい。邪魔にはならないし、どちらにしても森に行くんだからな」

ジェシーとデイヴィッドは白い馬が引く古い四輪馬車《フェートン》でベントリー農場の家から出発した。長いこと黙り込んで馬車を走らせてから、羊の群れが草を食《は》んでいる野原の縁に止まった。羊のなかには季節外れに生まれた子羊がいて、それをデイヴィッドと祖父とで捕まえ、しっかりと縛った。子羊は小さな白いボールのようになった。また馬車を出すとき、ジェシーはデイヴィッドに子羊を抱きかかえさせた。「昨日、この子羊に気づき、ずっとやりたかったことが頭に浮かんだんだ」と老人は言った。彼の視線は再び少年の頭上を漂い、自信なさそうに空を見つめていた。

大成功を収めたこの年の高揚感が冷めてくると、別の気分が老農夫の心を摑んだのである。長いこと彼はとても謙虚な気持ちでいて、神に熱心に祈っていた。夜にまた一人で出歩き、神のことを考えていると、再び自分を旧約聖書の人々とつなげて考えるようになった。星空の下、湿った草の上にひざまずき、大きな声でお祈りをした。そしていま、彼は決意した。聖書に収められた物語の登場人物たちのように、神に生《い》け贄《にえ》を捧《ささ》げよう、と。「今年はもったいないほどの収穫を授かりましたし、神様はまたデイヴィッドという名の少年も私に送られました」と彼は自分にだけ聞こえるように囁《ささや》いた。「たぶん、ずっと前にこれをしておくべきだったのでしょう」。彼は、娘のルイーズが生まれる前にこれを考えつかなかったことを悔やんでいた。そして、誰もいない森の奥に薪《たきぎ》を積み上げ、燔祭《はんさい》の生贄として子羊を捧げれば、神が現われ、御言葉《みことば》をくださるであろうと考えていた。

このことを考えれば考えるほど、ジェシーはデイヴィッドのことも考えるようになり、彼の激しい自己愛は和らいだ。「世界に出ることをこの子が考え始めるべき時だし、御言葉はこの子に関するものになるだろう」と彼は自分に言い聞かせた。「神様がこの子の進む道を切り開いてくださるはずだ。デイヴィッドが人生でどんな場所を占めるか、その旅立ちをいつ始めるべきか、私にお示しくださるだろう。この子はここで私と一緒にいるべきだ。私の運がよければ、神の天使が現われ、デイヴィッドは神の美と栄光が現前する姿を目撃することになる。そうなれば、この子もまた真《まこと》の神の僕《しもべ》となるだろう」

ジェシーとデイヴィッドは黙り込んだまま馬車で走り続け、やがてジェシーがかつて神に訴えかけて孫を怯えさせた場所まで来た。朝は陽ざしが明るく生き生きとしていたが、いまは冷たい風が吹き始め、雲が太陽を隠した。祖父と以前に来た場所だと気づき、デイヴィッドは恐怖で震え出した。そして木々のあいだから小川が現われ、橋が架かっているところで馬車が止まったとき、飛び降りて逃げたいと思った。

逃亡計画がさまざまな形を取ってデイヴィッドの頭を駆けめぐった。しかしジェシーが馬を止め、フェンスを乗り越えて森に入っていったとき、彼もついていった。「怖がるなんて馬鹿《ばか》げている。何も起こりはしない」と彼は自分に言い聞かせ、子羊を腕に抱えて歩き続けた。自分がギュッと抱きしめている小さな動物の無力さに、勇気を与えてくれる何かがあった。動物の心臓が忙《せわ》しなく鼓動しているのを感じ、それによって自分の心臓の鼓動は落ち着いてきた。祖父のあとを早足でついて行きながら、彼は子羊の四本の脚を縛っている紐《ひも》を解いた。「何かが起きたら、小羊と一緒に走って逃げよう」と彼は考えた。

道路から森のかなり奥深くまで入ると、開けた場所があり、ジェシーはそこで立ち止まった。低木が生い茂り、斜面になっていて、その下には小川が流れている。ジェシーはまだ口をきかなかったが、すぐに乾いた枝を集めて積み上げ、それに火を点《つ》けた。少年は子羊を抱えたまま地面に腰を下ろした。頭のなかで老人の一挙手一投足に意味を思い描くようになり、刻一刻と恐ろしさも増していった。「この子の頭に羊の血をかけなければならない」。薪が勢いよく燃え上がってきたとき、ジェシーはつぶやいた。そしてポケットから長いナイフを取り出し、デイヴィッドのほうを振り返ると、空き地を早足で歩いて来た。

恐怖が少年の心を捉《とら》え、彼はそのために気分が悪くなった。一瞬、身じろぎせずにうずくまったが、それから身を強張《こわば》らせ、跳ねるように立ち上がった。顔色は子羊の毛のように白くなった。その子羊は突然解放され、丘を駆け下りて行った。デイヴィッドも走った。恐怖のために足が激しく回転した。低い藪《やぶ》や倒木を闇雲《やみくも》に飛び越す。走りながら片手をポケットに入れ、ゴムバンドをつけたY字型の枝を取り出した。リスを撃つのに使っていたパチンコだ。丘の下の小川は水深が浅く、川床には石がたくさん転がっており、水は音を立てて流れていた。彼はそのまま走って小川に入り、振り返った。そして、祖父がまだ長いナイフを手にしっかり握って追いかけてくるのを見ると、ためらわずに川床に手を伸ばし、石を一つ選んで、それをゴムの部分に据えた。そして全身の力を込めて重いゴムバンドを引っ張り、手を離すと、石はヒューッと音を立てて飛んで行った。ジェシーは完全に少年のことを忘れ、子羊を追いかけていたのだが、石はそのジェシーの頭を直撃した。唸《うな》り声をあげて彼はつんのめり、少年の足下近くに倒れた。デイヴィッドは祖父が動かなくなったのを見て、死んだのだろうと思い込み、計り知れない恐怖を感じた。ほとんど狂気に近いパニックだった。

叫び声をあげて彼は祖父に背を向け、森のなかを発作的に泣きながら走って行った。「どうにでもなれ――僕が殺したんだけど、どうでもいい」と言ってむせび泣いた。そして走り続けているうちに、突如として決心した。ベントリー農場にもワインズバーグの町にも二度と帰らない、と。「僕は神の僕《しもべ》を殺した。もう一人前の男として世界に出ていかないといけない」。彼はそうきっぱりと言い、走るのをやめて、早足で道を歩いて行った。その道はくねくねと曲がるワインクリークに沿って野原を抜け、森のなかを西に向かっていた。

川岸の地面でジェシー・ベントリーはもぞもぞと動いていた。それから唸り声をあげ、目を開けた。長いこと彼はじっと横になったまま、空を見つめていた。ようやく立ち上がったとき、彼の心は混乱しており、少年がいなくなったことにまったく驚きを感じなかった。道路のわきの丸太に腰を下ろし、神について話し始めた。人々が彼から聞き出せたのはこれだけだった。デイヴィッドの名前が話に出ると、彼は空をぼんやりと見つめ、神の使いがあの子を連れて行ったと言うのだ。「私が神の栄光を求めすぎたからそうなったんだ」と彼は言い、この件についてはこれ以上語ろうとしなかった。

アイデアに溢《あふ》れた人

彼は母親と一緒に暮らしていた。母親は影の薄い無口な女性で、一風変わった灰色っぽい顔色の持ち主だった。彼らが住んでいる家は小さな灌木《かんぼく》のなかに建っていて、その向こうでワインズバーグのメインストリートとワインクリークが交差していた。彼の名はジョー・ウェリング。父親はこの町の名士で、弁護士であるとともにコロンバスにあるオハイオ州議会の議員でもあった。ジョー自身は小柄で、性格は町の誰とも似通っていなかった。数日間おとなしくしているかと思ったら、唐突に火を噴く、小さな活火山のようだった。いや、火山とは違う。いまにも発作を起こしそうな人——発作が突然起こり、一緒に歩いている人たちを怖がらせる人のようだった。白目を剝《む》き、脚や腕をピクピクと引きつらせるといった、奇妙で不気味な状態になる人。

彼もそのようなものだったが、ジョー・ウェリングに訪れるのは精神的なもので、肉体的なものではなかった。彼はアイデアに取《と》り憑《つ》かれるのであり、一つのアイデアによって発作を起こすと、手がつけられなくなるのだ。言葉が彼の口から転げ落ちるように、次々に出て来る。奇妙な微笑《ほほえ》みが唇に浮かび、金冠をかぶせた歯に光が当たってチカチカ光る。その場にいた人を捕まえて話し始めるのだが、捕まったほうは逃げようがない。ジョーは興奮して相手の顔に息を吹きかけ、相手の目を凝視し、震える人差し指で相手の胸をつつく。こうして相手の注意を要求し、強制するのだった。

その当時、スタンダード石油会社は今日のように石油を大きな馬車や貨物自動車で消費者に配達するのではなく、食料品や金物などの小売店に配達していた。ジョーはスタンダード石油の代理人で、ワインズバーグとそこを通る鉄道沿線のいくつかの町を担当していた。集金し、注文を取り、ほかにもいろいろな仕事をした。州議会議員の父親がその仕事を息子に用意してやったのだ。

ワインズバーグのさまざまな店にジョー・ウェリングは出入りした——物静かで極端なほど礼儀正しく、自分の仕事に熱心だった。彼を見る男たちの目には面白がるような表情が隠されていたが、そこには怯《おび》えも含まれていた。ジョーが発作を起こすのを待ち構え、起こしたらすぐに逃げようとしていたのだ。彼が起こす発作は無害だったが、笑って済まされるものでもなかった。それは抗しがたいものだったのだ。アイデアに取り憑かれると、ジョーは完全に周囲を圧倒し、その人格が大いに膨らんだ。話しかけている相手の度肝を抜き、その心を奪った。すべての人々の心を奪った――彼の声が聞こえるところにいる人々すべての心を。

シルヴェスター・ウェストのドラッグストアには四人の男がいて、競馬の話をしていた。ウェズリー・モイヤーの雄馬、トニー・ティップがオハイオ州ティフィンの六月のレースに出ることになっていたのだが、この馬のキャリアでも最も厳しいレースになりそうだという噂《うわさ》があった。ポップ・ギアーズという偉大な騎手〔実在したテネシー生まれの騎手。一八五一～一九二四〕が出場するというのである。トニー・ティップが勝てそうもないという予想がどんよりとワインズバーグの空気に漂っていた。

そのときジョー・ウェリングが網扉を勢いよく開けてドラッグストアに入って来た。そしてうっとりとした奇妙な光を目にたたえ、エド・トマスに襲いかかった。トマスはポップ・ギアーズのことを知っているので、トニー・ティップが勝てるかどうかについて、聞くに値する意見の持ち主であった。

「ワインクリークの水位が上がっているんだ」とジョー・ウェリングは叫んだ。マラトンの戦いでギリシャ軍が勝利したことを知らせるフェイディッピデスのような口調だった。ジョーの指はエド・トマスの広い胸をコツコツと叩《たた》いた。「トラニオン橋では、橋の床板から三十センチのところまで上がっている」と彼は続けた。言葉がどんどん溢れ出て来て、小さな口笛のような音が歯と歯の隙間《すきま》から聞こえてくる。四人の顔には困り果てたような表情が浮かんできた。

「この数字は正しい。信用してくれ。俺はシニング金物店に行って定規を買ったんだ。それから戻って計測した。自分の目が信じられなかったよ。だって、十日間は雨が降ってないだろ。最初はそれをどう考えたらいいのかわからなかった。いろんな考えが頭を駆けめぐったよ。地下に水路があるんじゃないか、泉が湧《わ》いているんじゃないか、とも考えた。心のなかで地面の下まで潜り、いろいろと探ったよ。橋の床板に座って、頭を掻《か》きむしった。空には雲がない。一つもない。外に出てみればわかるさ。あのとき雲はなかったし、いまでもない。いや、雲はあった。どんな事実も隠したくないから言うけど、雲は西の地平線近くにはあった。男の手くらいの小さな雲がね。

それが何か関係あるって考えているわけじゃない。そんなもんだ。俺がどれだけ途方に暮れたかわかるだろう。

それから一つ思いついたんだ。笑ったね。君たちも笑うよ。もちろん、雨はメディーナ郡で降ったんだ。面白いだろ？　汽車や郵便や電報がなくても、メディーナ郡で雨が降ったってのはわかる。ワインクリークはそこから流れて来ているんだからね。誰だってそれは知っている。我らがワインクリークがニュースを知らせてくれたんだ。面白い。笑ったよ。みんなに話そうと思った――面白いじゃないか？」

ジョー・ウェリングは体の向きを変え、店の玄関から外に出た。ポケットから帳簿を出し、立ち止まって、一つのページに指を走らせる。再び彼はスタンダード石油の代理人としての職務に熱中していた。「ハーンの食料品店は石油の在庫が足りなくなるな。回っておかないと」と彼はつぶやいた。通り過ぎる左右の人々に丁寧に頭を下げながら、道を急ぎ足で歩いて行った。

ジョージ・ウィラードは『ワインズバーグ・イーグル』紙で働き始めたとき、ジョー・ウェリングに捕まった。ジョーは青年を羨《うらや》ましく思っていた。ジョーにすれば、自分こそ新聞記者になるべくして生まれた人間だったのだ。「俺がやるべき仕事だよ、これには疑いの余地がない」と彼はドーアティ飼料店の前の歩道でジョージ・ウィラードを呼び止め、言い放った。目は輝き、人差し指はピクピク震え始めた。「もちろん、スタンダード石油で働いていたほうが給料はいいから、思いつきを言っているだけだけどね」と彼は付け加えた。「君が駄目だと言ってるんじゃないけど、俺が代わるべきなんだよ。俺なら余暇でできるからね。あっちこっちに行って、君が絶対に見つけられないようなネタを見つけられるさ」

さらに興奮してきて、ジョー・ウェリングは若き新聞記者を飼料店の正面に追いつめた。物思いに我を忘れている様子で、目をギョロギョロさせ、細い手で神経質そうに髪を掻きむしる。それから微笑みが顔全体に広がり、金歯が光った。「メモ帳を出しなよ」と彼は命令した。「ポケットに小さな紙の束を入れてるだろ？　そりゃ、入れてるよな。じゃあ、これをメモしておいてくれ。このあいだ思いついたんだ。腐敗を取り上げてみよう。腐敗って何だ？　これは火なんだよ。腐敗は木やなんかを燃やすものだ。そう考えたことはなかったかい？　そりゃ、ないよな。この歩道も飼料店も、この通りの木々も、みんな燃えてるんだ。燃え上がってる。腐敗っていうのはいつも進んでいる。止まらない。水やペンキでは止められないんだ。じゃあ、鉄だったらどうだと思う？　錆《さ》びるだろ。あれも火だよ。世界は燃えてるんだ。新聞の記事をこれで始めてみるといい。でっかい文字で、〝世界は燃えている〟ってな。みんなの目を惹《ひ》きつけるぞ。君は賢いやつだって言われるようになる。俺はそれで構わん。君を羨んだりはしないよ。どこからともなく摑《つか》んだアイデアだからな。俺なら新聞の売り上げを倍増できる。それは君も認めなければならんだろう」

急いで踵《きびす》を返し、ジョー・ウェリングは立ち去ろうとした。ところが数歩歩いたところで立ち止まり、振り返った。「君には注目し続けるよ」と彼は言った。「君を特ダネ記者にしてやる。俺は自分で新聞を始めるべきなんだ、俺がやるべきはそれだよ。すごい新聞を作れるぞ。それはみんなもわかっている」

ジョージ・ウィラードが『ワインズバーグ・イーグル』紙で働き始めてから一年のうちに、ジョー・ウェリングに四つのことが起きた。母親が死んだ、新ウィラード館で暮らすようになった、ある女性に恋をした、そしてワインズバーグ野球団を結成した。

ジョーが野球団を結成したのはコーチになりたかったからで、その役割によって町の人々の尊敬を勝ち得るようになった。「あいつはすごいよ」と、ジョーのチームがメディーナ郡のチームを破ったあと、町の人々は言った。「あいつはうまくみんなが一丸となって戦うように仕向けるんだ。見ているといい」

野球場に来ると、ジョー・ウェリングは一塁ベースのすぐわきに立ち、興奮のあまり全身を震わせた。すると、すべての選手たちは心ならずも彼をじっと見つめずにいられなくなる。相手のピッチャーは混乱した。

「さあ！　さあ！　さあ！　さあ！」とジョーは興奮して叫んだ。「俺を見ろ！　俺を見ろ！　俺の指を見ろ！　俺の手を見ろ！　俺の足を見ろ！　俺の目を見ろ！　一緒に戦うんだ！　俺を見ろ！　俺の動作にゲームの動きがすべて見えるはずだ！　俺と一緒に戦え！　俺と一緒に戦え！　俺を見ろ！　俺を見ろ！　俺を見ろ！」

ワインズバーグの選手がランナーとして塁に出ると、ジョー・ウェリングは霊感を受けたかのようになった。自分に何が起きたのかもわからぬまま、塁に出たランナーたちはジョーをじっと見つめ、見えない紐に引かれているかのようにベースから少しずつ離れたり、次の塁に進もうとしたり戻ったりした。相手チームの選手たちもジョーを見つめ、魅了されてしまった。一瞬、ぼんやりと見つめ、それから自分にかかった魔術を解こうとするかのように、ボールを無茶苦茶な方向に投げ始めた。ワインズバーグのチームのランナーたちは、コーチが獰猛《どうもう》な動物の鳴き声のような声を続けざまに出すと、慌《あわ》ててホームに向かって走った。

ジョー・ウェリングの恋はワインズバーグの町を騒然とさせた。最初にそのことを知ったとき、みなはひそひそ囁《ささや》き、首を振った。笑おうとしても、その笑いには無理があり、不自然だった。ジョーが恋したのはセアラ・キングという、痩《や》せて悲し気な目をした女だった。彼女は父と弟とともに煉瓦《れんが》造りの家で暮らしており、その家はワインズバーグ墓地に続く門の向かい側に建っていた。

父のエドワードと息子のトムという二人のキングは、ワインズバーグで評判が悪かった。高慢だし、危険だと言われていたのである。彼らは南部のどこかの町からワインズバーグにやって来て、トラニオン街道沿いでシードル工場を営んでいた。トム・キングはワインズバーグに来る前に人を殺したことがあると噂されていた。二十七歳で、灰色の小馬に乗って町を走り回った。長くて黄色い口髭《くちひげ》を生やし、それが歯までかかっていた。そして、頑丈で危険そうな杖《つえ》をいつも手に持っており、この杖で犬を殺したことがあった。靴屋のウィン・ポージーが飼っていた犬だ。歩道で尻尾《しっぽ》を振っていただけだったのに、それをトム・キングは一撃で殺した。彼は逮捕され、十ドルの罰金を払った。

老エドワード・キングは小柄な男だった。町で人とすれ違うと奇妙な笑い声をあげるのだが、その声はまったく楽しげではなかった。笑うとき、右手で左の肘《ひじ》を引っ掻く癖があり、その癖のために上着の袖《そで》はほとんど擦り切れていた。神経質そうにあたりを見回し、笑いながら通りを歩いている様子を見ると、寡黙《かもく》で獰猛そうな顔つきをした息子以上に彼のほうが危険に思われた。

セアラ・キングがジョー・ウェリングと夜に出歩くようになったとき、人々はびっくりして首を振った。背が高く、顔色は青白く、目の下に暗い隈《くま》のある女だった。一緒にいると何とも奇妙なカップルだった。木々の下を二人で歩き、ジョーだけがしゃべっている。情熱的に、心を込めて愛を訴えている彼の言葉が、墓地の塀に近い闇《やみ》のなかから聞こえてきた。あるいは、浄水場の貯水池から屋外市会場《フェア》までのぼる丘の木々の深い影からも聞こえ、それを店などで男たちが噂し合った。新ウィラード館のバーにたむろする男たちも、笑いながらジョーの恋について話していた。しかし、笑ったあとで沈黙が降りる。ワインズバーグ野球団は彼の指導によって連戦連勝であり、町の人々は彼を尊敬し始めていた。悲劇が起きることが予感されて、彼らは不安げに笑いながら待ち構えていた。

ある土曜日の午後遅く、ジョー・ウェリングとキング親子が面会した。それを予感していた町はすでにピリピリと張りつめていた。場所は新ウィラード館のジョー・ウェリングの部屋。ジョージ・ウィラードがその証人となった。面会は次のように進んだ。

若き新聞記者が夕食のあとで部屋に戻ると、ジョーの部屋の暗がりにトム・キングとその父親がいるのに気づいた。息子は重そうな杖を握り、ドアの近くに座っていた。老エドワード・キングはそわそわと歩き回り、右手で左の肘を引っ掻いている。廊下は人気《ひとけ》がなく、静まり返っていた。

ジョージ・ウィラードは自室に戻り、机に向かって座った。書こうとしたが手が震え、ペンを持つことができなかった。そこで彼もそわそわと部屋を歩き回った。ワインズバーグのほかの人たちと同様に困惑しており、どうしたらいいのかわからなかったのである。

七時半になり、表が急速に暗くなってきたとき、ジョー・ウェリングが駅のプラットフォーム沿いを歩いて新ウィラード館に戻って来た。腕には雑草の束を抱えていた。体が震えるほどの恐怖を感じていながら、ジョージ・ウィラードはこの姿を見て笑ってしまった。小柄で元気のいい男が雑草を抱え、半ば走るようにプラットフォーム沿いに歩いて来るのだから。

恐怖と不安で身を震わせつつ、若き新聞記者は廊下に隠れ、ドアのすぐ外から部屋の様子をうかがった。なかではジョー・ウェリングがキング親子に向かって話しかけていた。口汚い言葉と、老エドワード・キングの神経質そうな笑い声が聞こえ、そして静まり返った。そのとき、ジョー・ウェリングの鋭くて澄んだ声がドッと噴き出してきた。ジョージ・ウィラードは笑い出した。即座にわかったのだ。いつも周囲の男を魅了してきたように、ジョー・ウェリングはここでも言葉の奔流によって部屋の男たちを魅了している。聞いている青年は驚きのあまり我を忘れ、廊下を歩き回った。

部屋のなかの様子はこうだった。トム・キングが唸《うな》るように脅しの言葉を言ったが、ジョー・ウェリングは意に介さなかった。あるアイデアに熱中していたのだ。彼はドアを閉めてランプに火を灯《とも》すと、手にしていた雑草を床に広げた。「ちょっとしたものを持って来たんです」と彼は大真面目《おおまじめ》な声で言った。「ジョージ・ウィラードにこの話をして、新聞記事を書かせようかと思いまして。あなた方が来てくれてうれしいですよ。セアラもいたらよかった。お宅にうかがって、私のアイデアをいくつかお話ししたかったんです。面白いですよ。でも、セアラが許してくれないんです。喧嘩《けんか》になるって言って。馬鹿《ばか》げてますよね」

当惑している二人の男たちの前を行ったり来たりしながら、ジョー・ウェリングは説明し始めた。「誤解なさらないでください」と彼は叫んだ。「これはでかいことですよ」。興奮のあまり声が上ずっている。「とにかく聞いてください。面白いですから。聞いてくれますよね。考えてみてください。小麦もトウモロコシもオート麦も豆もジャガイモも、すべてが奇跡によって消えてしまったらどうなるか。我々はここに、つまりこの郡にいる。まわりには高いフェンスが張りめぐらされている。そう考えてみましょう。誰もそのフェンスをのぼれず、地球上のすべての果実は腐ってしまう。野生のものしか残らない。こういう草だけです。じゃあ、我々は終わりなのか？ あなたにお聞きします。我々は終わりなのか？」またトム・キングが唸り声をあげ、部屋は一瞬だけ静まった。それから再びジョーがアイデアを滔々《とうとう》と語り始めた。「しばらくは厳しい事態になるでしょう。それは認めます。認めないといけません。それを避けることはできないのです。我々は困窮するでしょう。いくつもの太った腹がへこみます。でも、我々が滅びるわけではない。それはないと言っておきましょう」

トム・キングは愉快そうに笑い、エドワード・キングの神経質そうに震える笑い声も新ウィラード館に鳴り響いた。ジョー・ウェリングはせっかちに話し続けた。「新しい種類の野菜や果物を育てるんですよ。すぐに我々は失ったものをすべて取り戻せる。言っておきますと、新しいものが古いのと同じってわけじゃない。そんなことはありません。もっとおいしいかもしれないし、それほどでもないかもしれない。面白いでしょう？　考えてみてください。いろいろと頭が回り始めるんじゃないですか？」

部屋は静かになり、それからまた老エドワード・キングが神経質そうに笑った。「セアラにいてほしかったな」とジョー・ウェリングは叫んだ。「お宅のほうに行きましょうよ。セアラにこの話を聞かせたい」

部屋で椅子《いす》が床にこすれる音がし、ジョージ・ウィラードは自室に退いた。窓から身を乗り出して見ると、ジョー・ウェリングがキング親子と連れ立って通りを歩いて行った。この小男の足取りに合わせるために、トム・キングは異常なほど大きな歩幅を取らざるを得なかった。歩きながらトムは身を傾けて聞いていた——心を奪われ、夢中になっている。ジョー・ウェリングは再び興奮してしゃべっていた。「ミルクウイード〔乳液を分泌する草〕について考えてみましょう」と大声で言う。「いろんなことがミルクウィードでできるはずです。信じられないくらいですよ。考えてみてほしいんです。あなた方二人に考えていただきたい。新しい野菜の王国ができるんです。面白いでしょう？　いいアイデアです。ともかくセアラに話してみましょう。彼女ならこのアイデアがわかりますよ。興味を持つはずです。セアラはいつもいろんなアイデアに興味を持つんです。賢さではセアラにかないませんよね？　もちろん、誰もかないません。それはおわかりでしょう」

冒険

アリス・ハインドマンはジョージ・ウィラードがまだ子供だったとき、すでに二十七歳になっていた。生まれてからずっとワインズバーグに住んでいて、いまはウィニー服地店で店員をしており、二度目の結婚をした母親と暮らしていた。

アリスの継父は馬車の塗装職人で、酒好きの男だった。彼の人生の物語もまた変わったものなので、いつか語る価値があるだろう。

二十七歳のアリスは背が高く、どちらかというと痩《や》せ型の女だった。頭が大きく、体が目立たなく感じられるほどだった。少し猫背で、髪と目は茶色い。とても物静かだったが、その落ち着いた外面の奥に、いつもふつふつと沸き立つものがあった。

十六歳で、まだ店で働いていなかった頃、アリスはある青年と恋をした。青年の名はネッド・カリーといい、アリスより年上だった。ジョージ・ウィラードと同じように『ワインズバーグ・イーグル』紙で雇われており、長いこと、ほとんど毎晩アリスに会いに行っていた。二人で町の通りに並ぶ木々の下を一緒に歩き、どういう人生を歩もうかといったことを語り合った。当時のアリスはとても美しい娘で、ネッド・カリーは彼女を抱きしめてキスをした。そうすると興奮してきて、言うつもりのなかったことを口にした。アリスのほうも、自分の狭苦しい人生に美しいものがほしいという欲求に騙《だま》され、どんどん興奮した。彼女のほうもいろいろと話をした。生まれついての自信のなさや慎み深さといった、人生の外側の殻が破れ、恋の情熱に身を任せた。彼女が十六歳のときの晩秋、ネッド・カリーがクリーヴランドに行ってしまった。都会の新聞社に勤め、出世しようと考えたのだ。アリスも一緒に行きたくて、震える声で自分の考えていることを打ち明けた。「私も働くから、あなたも思う存分仕事ができるわ」と彼女は言った。「不必要な出費のためにあなたを束縛し、あなたの活躍の邪魔をするなんていや。いまは私と結婚しないで。結婚しなくてやっていけるし、それでも一緒に暮らせる。同じ家に住んでいたって、誰も何も言わないわよ。都会では、誰も私たちのことを知らないし、気にもかけないわ」

ネッド・カリーは恋人の決意と大胆さに当惑し、同時に深く感動した。愛人になってもらいたかったのだが、その気を変え、彼女を守り、大事にしたいと思うようになった。「君は自分の言っていることがわかっていないんだ」と彼は鋭く言った。「僕は決して君にそんなことをさせないよ。いい仕事に就けたら、すぐに戻って来る。当面、君はここにとどまらなきゃいけない。そうするしかないんだ」

　ネッド・カリーが都会での新しい人生を始めるためにワインズバーグを去る前日の夜、彼はアリスを訪ねた。二人で中心街を一時間ほど歩き、それからウェズリー・モイヤーの貸し馬車屋で馬車を借りて、田舎に出かけた。月が出たが、二人は話すことができなくなってしまった。若者は悲しくなって、自分が彼女にこう振る舞おうと決意していたことを忘れた。

　二人は細長い牧草地で馬車から降りた。牧草地はワインクリークの岸辺まで下る斜面の上にあり、そこで二人は愛し合った。真夜中に町に戻ったとき、二人とも喜びを感じていた。未来に起き得るどんなことでも、さっき起きたことの驚きと美しさを消し去ることはできない。二人にはそう思われた。「僕たちは絶対に離れないようにしようね。どんなことがあっても、僕たちは互いを思い合うんだ」とネッド・カリーは言い、アリスをその父親の家まで送って立ち去った。

　若き新聞記者はクリーヴランドで新聞社の仕事を見つけることができず、その西のシカゴへと移動した。しばらくは孤独で、アリスに毎日のように手紙を書いていたが、ほどなくして都会の生活に夢中になった。友達ができ、新しく興味の持てるものを見つけたのだ。シカゴでは女性も数人住んでいるアパートに住むようになった。そのうちの一人に惹《ひ》かれ、彼はワインズバーグにいるアリスのことを忘れた。一年が終わる頃には、手紙も書かなくなった。ほんのときたま、寂しくなったときか、都会の公園で月を見たときだけ、彼女のことを思い出した。芝生の上で輝いている月が、ワインクリークでのあの夜、牧草地の上で輝いていた月を思い出させたのである。

ワインズバーグでは、彼に愛された娘が大人の女性になった。二十二歳のとき、馬具修理屋を営んでいた父親が急死した。馬具作りの職人はかつて兵士だったので、数カ月後、アリスの母親は寡婦《かふ》年金がもらえるようになった。母はその最初の年金で織《しょっ》機《き》を買い、カーペットを織って稼ぎ始めた。アリスはウィニー服地店の店員になった。何年ものあいだ、ネッド・カリーが自分のもとに帰って来ると信じ続けていた。そんなことは起きないと彼女に理解させることは、何をもってしてもできなかっただろう。

店員として雇われたのはありがたかった。店で毎日やるべき仕事があると、ネッドを待つ時間がそれほど長くもつまらなくもないように感じられたのである。彼女は貯金を始めた。二百ドルか三百ドル貯《た》まったら、恋人を追って都会に行こうと考えていた。自分が目の前に現われることで、恋人の心を取り戻せるかどうか試したかったのだ。

アリスは牧草地の月光の下で起きたことに関して、ネッド・カリーを責めなかったが、ほかの男とは結婚できないと感じていた。いまだに自分はネッドだけのものだと感じていたので、ほかの男に身を任せるなど、考えるのもいやだった。ほかの男たちが気を惹こうとしても、彼女は関わろうとしなかった。「私は彼の妻だし、彼が帰って来ようと来なかろうと、彼の妻であり続けるのだ」と自分に言い聞かせた。自活していくつもりは充分にあったが、新しい女性の考え方は理解できなかったであろう。その当時、広がりつつあった近代的な考え方——自分は自分のものであり、奉仕するのも報酬を得るのも、自分の人生の目的のためにするのだ、という考え方である。

アリスは服地店で朝の八時から夜の六時まで働いた。週に三回だけ、夕食のあともまた店に戻り、七時から九時まで店番をした。時が経《た》つにつれてますます寂しくなり、彼女は孤独な人がよくやる工夫をすることで寂しさを凌《しの》ぐようになった。夜になると二階の自室にこもり、床にひざまずいてお祈りをするのだが、お祈りのなかで恋人に言いたいことを囁《ささや》いた。置物などに愛着を感じるようになり、部屋の家具など、自分の持ち物を人に触られるのが耐えられなくなった。貯金の習慣は目的があって始めたものだったが、都会に出てネッド・カリーを探すという計画を断念したあとでも続いた。すっかり習慣になってしまったので、新しい服が必要になっても買おうとしなかった。雨の日の午後など、店で銀行通帳を取り出し、目の前に広げてみることがあった。そして利子だけで自分と未来の夫を養えるくらい貯金するといった、あり得ないことを何時間も夢想して過ごすのだ。

「ネッドはよく旅行をしたがっていたわ」と彼女は考えた。「そのチャンスを与えてあげる。いつの日か結婚したら、私は彼のお金も私のお金も貯金して、お金持ちになるの。そうしたら二人で世界じゅうを旅して回れるわ」

服地店での日々が何週間にも、何カ月にも、何年にもなるあいだ、アリスは恋人の帰りを待ち、夢見続けた。彼女の雇い主は義歯を入れた白髪頭の老人で、口数が少なく、灰色の薄い口髭《くちひげ》が口まで垂れ下がっていた。雨の日や、メインストリートが吹雪に見舞われている冬の日は、何時間も客が来ないことがあった。アリスは在庫を整理し、また整理し直した。正面の窓のそばに立ち、人気《ひとけ》のない通りを見下ろして、ネッド・カリーとデートした夜のことを考え、彼の言葉を思い出した。「僕たちは互いを思い合うんだ」。この言葉は、成熟しつつある女の心に何度も何度も響き渡り、その目には涙が浮かんで来た。雇い主が外出し、店に一人きりになるときなど、彼女はカウンターに突っ伏して泣いた。「ああ、ネッド、待っているわ」と彼女は何度も囁いた。彼が戻って来ないという恐怖が彼女の心に忍び寄り、どんどん強くなっていた。

春になって雨が降らなくなり、夏の長く暑い日々が始まる前、ワインズバーグ周辺の田園地帯は実に快適だ。町の四方には野原が広がっているが、野原の向こうには涼しげな森があちらこちらに散らばっており、その奥には人目につきにくい場所がある。恋人たちは日曜の午後になると森に出かけ、静かなところを見つけて腰かける。木々の隙間《すきま》から畑が見渡せ、納屋《なや》のあたりで働く農民たちや、道を馬車で行き来する人々が見える。町の鐘が鳴り、列車が通り過ぎることもある。遠くから見ると玩具《おもちゃ》のようだ。

ネッド・カリーが去ってからしばらく、アリスはほかの若者たちと日曜日に森に行ったりはしなかった。しかし、彼が去ってから二年か三年経ち、孤独に耐えられないように思われたある日、彼女は最高のドレスを着て外に出た。人目につかず、周囲に広がる野原と町が見える場所を見つけ、腰を下ろした。歳《とし》を取り、人から見向きもされなくなっていくという恐れが彼女を捉《とら》えた。じっと座っていられなくなり、立ち上がって周囲の土地を見下ろすと、何かが起きた。おそらく生命の流れが決して終わらないのだということ、それが季節の流れに現われているのだということに気づき、月日の経過を直視せざるを得なくなったのだ。青春の美と新鮮さがなくなったのだと気づき、恐怖のあまり身震いをした。そして初めて自分が騙されたのだと感じた。ネッド・カリーのことは責めなかったし、何を責めたらいいのかもわからなかった。ただ全身が悲しみに包まれた。膝《ひざ》からくずおれ、祈ろうとしたが、口をついて出たのは祈りではなく抗議の言葉だった。「私の願いがかなうことはない。絶対に幸せになれない。どうして自分に嘘《うそ》をつくのだろう?」と彼女は叫び、それとともに奇妙な解放感が訪れた。日常生活の一部となっていた恐怖に、初めて果敢にも向き合おうとした。

アリス・ハインドマンが二十五歳になった年、二つのことが起き、何もない単調な日々を揺るがした。まず、母親がブッシュ・ミルトンというワインズバーグの馬車塗装職人と再婚した。それから彼女自身がワインズバーグのメソジスト教会の一員になった。アリスが教会に行くようになったのは、人生における自分の立場の寂しさに怖《おじ》気《け》づいたためである。母の二度目の結婚によって自分の孤独が際立《きわだ》って感じられるようになっていたのだ。「私は年寄りの変人になりつつあるわ。ネッドが戻って来ても、こんな女とは結婚したくないでしょう。彼が暮らしている都会では、みんないつまでも若い。いろんなことが起きているから、歳を取っている時間がないのよ」と彼女は苦々しげな笑みを浮かべつつ、自分に言い聞かせた。そして意を決し、友人を作るという取り組みを始めた。毎週木曜日、お店が閉まってから、教会の地下室で行われるお祈りの集会に行き、日曜日の夜はエプワース同盟〔米国メソジスト派の青年団体〕と呼ばれる組織の集会に出席した。

同じ教会の一員で、ドラッグストアの店員であるウィル・ハーリーという中年男が、家まで一緒に歩いて帰りましょうと言ったとき、彼女は断らなかった。「もちろん、いつも私にまとわりつくようなことはさせないけど、彼がたまに会いに来るくらいなら、何も害はないわ」と彼女は自分に言い聞かせた。心のなかでは、まだネッド・カリーに純潔を誓っていたのである。

何が起きているのかわからないまま、アリスは人生を新たにしっかり摑《つか》もうとしていた――初めはおずおずと、しかし次第に決意を募らせて。彼女はドラッグストアの店員の隣りを黙って歩いていたが、ときどき闇《やみ》のなかで手を差し出した。一緒にのっそりと歩きながら、彼の上着の折り目にそっと触れるのだ。彼女の母親の家に着き、門の前で彼が立ち去ったあとも、彼女は中に入らず、しばらくドアのところに立っていた。ドラッグストアの店員に呼びかけ、家の前にあるポーチの暗闇でしばらく座っていてくれないかと頼みたかったが、彼がわかってくれないのではないかと恐ろしかった。「私が求めているのは彼ではない」と彼女は自分に言い聞かせた。「いつも一人ぼっちでいるのを避けたいのだ。気をつけないと、人と一緒に過ごす習慣をなくしてしまうから」

二十七歳になった年の初秋、アリスは激しい不安に襲われた。ドラッグストアの店員と一緒にいるのに耐えられず、夜道を一緒に歩いて帰りましょうと言われたとき、彼を追い払った。彼女の心は張りつめ、異常に活動的になった。店のカウンターに長い時間立っていたので、くたびれていたのだが、家に帰ってベッドにもぐり込んでも眠れなかった。闇の中をじっと見続け、長い眠りから覚めた子供のように、空想が部屋じゅうを駆けめぐった。彼女の心の奥深くに、幻影ではごまかされない何かがあり、それが人生からのしっかりした答えを求めていた。

アリスは枕《まくら》を腕に抱き、しっかりと胸に押しつけた。ベッドから出て、毛布をシーツの下に入れ、闇のなかで人が横たわっているように見せた。そして、ベッドのわきにひざまずくと、それを撫《な》でながら、同じ言葉を反復句《リフレーン》のように何度も繰り返した。「どうして何も起こらないの？　どうして私はここに一人でいるの？」そう彼女はつぶやいた。ネッド・カリーのことはときどき考えたが、もはや心の支えではなかった。彼女の欲求は曖昧《あいまい》になった。ネッド・カリーもほかの男も欲しくなく、ただ愛されたかった。そして、彼女のなかでどんどん大きくなっている呼び声に対して、答えてくれるものが欲しかった。

ある晩、雨が降っているとき、アリスは冒険した。そして混乱し、恐ろしくなった。その日、夜九時に店から帰宅すると、家には誰もいなかった。継父のブッシュ・ミルトンは町へ、母は近所の人の家へ行っていたのだ。彼女は二階の自室に上がり、暗闇のなかで服を脱いだ。しばらく窓のそばに立ち、ガラスを打つ雨の音を聞いていた。すると、奇妙な欲求に取り憑《と》かれた。自分が何をしようとしているのか立ち止まって考えることもせず、彼女は暗い家のなかを駆けて下に降り、雨のなかに飛び出した。そして家の前の草が生えている一画で立ち止まり、体に冷たい雨が落ちるのを感じているうちに、裸で町を走りたいという狂おしい欲求に捉われた。

雨には自分の体に作用する独創的な素晴らしい力があるはずだ、と彼女は考えた。もう何年もこんなに自分が若さと勇気に溢《あふ》れていると感じたことはなかった。彼女は跳び、走り、叫びたかった。そして孤独な人を見つけ、抱きしめたかった。家の前に敷かれた煉瓦《れんが》の歩道を帰宅途中の男がよろよろと歩いて来た。アリスは走り始めた。荒っぽく自暴自棄な気分に取り憑かれた。「あれが誰だって構うものか。あの人は一人ぼっちだ。彼のところへ行こう」と彼女は考えた。それから自分の狂乱の結果がどうなるかを考えもせず、静かな声で呼びかけた。「待って！」と彼女は叫んだ。「行かないで。どなたであれ、待ってください」

歩道の男は立ち止まり、その場で耳を澄ませた。歳を取っていて、耳が遠いのだ。口に手を添えて彼は叫んだ。「何だ？　何て言った？」と彼は呼びかけた。

アリスはくずおれ、地面に手をついて震えた。自分がしてしまったことを考えると恐ろしく、男がまた歩き始めても、立ち上がろうとしなかった。四つん這《ば》いになって草地を通り抜け、家に帰った。自分の部屋に戻ると、ドアの鍵《かぎ》をかけ、鏡台をドアのところまで引っ張ってきた。体は風邪をひいたかのように震え、手も震えて、寝巻を着ることができなかった。ついにベッドに入ったとき、彼女は顔を枕にうずめ、激しく泣きながら考えた。「私はどうしてしまったのだろう？　気をつけないと、とんでもないことをしてしまいそうだ」。それから壁に顔を向け、一つの事実を無理やりでも直視しようとした。ワインズバーグにおいてでさえ、多くの人々が一人で生き、一人で死なねばならないという事実である。

品位《リスペクタビリティ》

どこかの都市に住んでいて、夏の午後に公園を歩いたことがあるなら、おそらくこんな猿を見たことがあるはずだ。鉄の檻《おり》の隅で目をしばたたかせている、巨大で奇怪な猿。目の下の皮膚には毛が生えておらず、たるんでいて醜い。下腹部は明るい紫色。この猿は本当の怪物だ。完璧《かんぺき》な醜さを持つという点で、ある種の歪《ゆが》んだ美に到達している。檻の前に立ち止まる子供たちはうっとりとし、男たちは嫌悪《けんお》の表情を浮かべて目を逸《そ》らす。女たちは少しだけ檻の前にとどまり、この猿が誰に似ているのか思い出そうとする。男の知り合いの誰かが、かすかにだが、これに似ているのだ。

あなたが人生の早い時期にオハイオ州ワインズバーグの村の住人だったなら、檻の猿が誰に似ているのかについて、まったく迷うことはなかっただろう。「これはウォッシュ・ウィリアムズに似ている」とあなたは言ったはずだ。「この猿が隅っこに座っているところは、まさにウォッシュ爺《じい》さんが芝生に座っているのと同じだ。夏の夜に事務所を閉めたあと、爺さんはよく駅構内の芝生にああやって座っていた」

ワインズバーグの電信技手、ウォッシュ・ウィリアムズは、町で最も醜い存在であった。胴回りは大きく、首は細く、脚は弱々しかった。しかも汚かった。何から何まで不潔だったのである。白目でさえ汚れているように見えた。

しかし、私は先を急ぎすぎている。ウォッシュのすべてが不潔だったわけではない。手だけはよく手入れしていた。指は太かったが、手にはどこか繊細そうなところがあり、均整が取れていた。その手で、電信事務所の机の上に置かれた機械を操っていたのである。若い頃、ウォッシュ・ウィリアムズは州で最高の電信技手と呼ばれていた。降格され、ワインズバーグの薄暗い事務所に移されたあとでも、彼は自分の技術に誇りを抱いていた。

ウォッシュ・ウィリアムズは、住んでいる町の人々と付き合おうとしなかった。「あいつらとは関わりたくないよ」と彼は男たちを充血した目で見つめながら言った。電信事務所の前を通り過ぎ、駅のプラットフォームを歩いていく男たちのことだ。ウォッシュは夜になるとメインストリートにあるエド・グリフィスの酒場に繰り出し、信じられないほどの量のビールを飲んでから、よろよろと部屋に戻って床に就いた。部屋は新ウィラード館の一室だった。

ウォッシュ・ウィリアムズは勇気のある男だった。あることが起きて、人生を憎むようになってしまい、全身全霊で、詩人のような無遠慮さで憎んでいた。第一に、彼は女性を憎んでいた。「雌犬《ビッチ》ども」と女性たちのことを呼んだ。男たちに対する感情は少し違っていて、彼らのことは憐《あわ》れんでいた。「男たちはみんな、自分の人生を雌犬《ビッチ》に操られてしまうじゃないか？」と彼は問いかけた。

ワインズバーグでは、誰もウォッシュ・ウィリアムズに関心を払わなかったし、彼がほかの人々を憎んでいることも気にしなかった。一度、銀行家の妻であるホワイト夫人が電信会社に苦情を申し立てたことがあった。ワインズバーグの事務所は汚くてひどい匂《にお》いがすると言ったのだが、彼女の苦情は何の結果ももたらさなかった。電信技手としてのウォッシュを尊敬する人があちこちにいたのである。本能的に男は彼のなかにある怒りが燃えていること、それが自分には怒る勇気のないものへの怒りだということに気づく。ウォッシュが街路を歩くとき、そういう男は本能的に彼に敬意を表し、帽子を持ち上げるかお辞儀をするのだ。ワインズバーグを通る鉄道の電信技手を管理する責任者も同じように感じていた。そこでウォッシュを解雇しないで済むように、ワインズバーグの薄暗い事務所に赴任させ、とどめておくことにしたのである。銀行家の妻から苦情の手紙を受け取ったときも、彼がそれを破り捨て、不愉快そうに笑った。手紙を破り捨てるとき、彼はなぜか自分の妻のことを考えた。

ウォッシュ・ウィリアムズにはかつて妻がいた。まだ若かった頃、オハイオ州デイトンの女性と結婚したのだ。その女性は背が高く、スリムで、青い目と黄色い髪の持ち主だった。ウォッシュ自身もハンサムな若者だった。その女性をものすごく愛したのだが、それは後年にすべての女性に感じるようになった憎悪《ぞうお》と同じくらい、心の底からの思いだった。

何がウォッシュ・ウィリアムズの外見と性格を醜くしたのか。その話を知っているのは、ワインズバーグに一人しかいなかった。ジョージ・ウィラードである。ウォッシュはこれから記すような流れで、その話を打ち明けることになったのだ。

ジョージ・ウィラードはある晩、ベル・カーペンターとデートした。ケイト・マクヒュー夫人が経営する帽子店で、婦人帽の飾りつけをしている女性である。青年はベルのことを愛していなかったし、ベルには実のところ恋人がいた。エド・グリフィスの酒場でバーテンをしている男だった。それでも、一緒に木々の下を歩いているとき、二人はたびたび抱き合った。夜だということと、それぞれの頭で考えていたこととが、二人の心の奥の何かを刺激したのだ。メインストリートに戻ろうとしていたとき、二人は鉄道駅の横の小さな芝地を通り過ぎ、ウォッシュ・ウィリアムズを見かけた。木の下の芝に横たわり、眠っている様子だった。次の夜、電信技手とジョージ・ウィラードは一緒に外出した。鉄道のほうに歩いて行き、線路の横にある腐りかけた枕木《まくらぎ》の山の上に座った。電信技手が若き新聞記者に憎悪の物語を話したのはこのときだった。

おそらくすでに十回くらい、ジョージ・ウィラードとこの男は話をする寸前までいっていた。父のホテルに住んでいる、体形の崩れた奇妙な男。ホテルの食堂を横目で見回している彼の醜い顔を見て、青年は好奇心に取《と》り憑《つ》かれていたのである。じっと見つめる目に潜んでいる何かが、彼にこう語りかけていた。この男は他人には何も語ろうとしないが、自分には話したいことがある、と。その夏の夜、枕木の上で、彼は話が始まるのを心待ちにしていた。技手が黙り込み、語る気をなくした様子を見せると、彼は努めて会話しようとした。「結婚したことがあるんですか、ミスター・ウィリアムズ？」と彼は始めた。「あるんですよね。そして、奥様は亡《な》くなったんじゃないんですか？」

ウォッシュ・ウィリアムズは汚い罵《のの》り言葉を続けざまに吐き出した。「そうさ、妻は死んだ」と彼は認めた。「すべての女が死んでいるのと同じように、あいつは死んだんだ。生きながら死んでるってやつ。男の目にとまるところを歩いて、その存在で世界を汚《けが》す」。青年の目をじっと見つめている男の顔は、怒りのあまり紫色になった。「愚かしい考えを抱くんじゃないぞ」と彼は命じた。「俺の妻は死んだんだ。そう、本当にな。言っておくが、女はすべて死んでいる。俺の母親、君の母親、あの背が高い黒髪の女。君が昨日一緒に歩いていた、帽子店で働いている女さ。あの連中はみんな死んでいる。何か腐っているところがあるんだな。確かに俺は結婚した。妻は俺と結婚する前に死んでいたんだ。あれは不潔な存在で、もっと不潔な者から生まれてきた。俺の人生が耐え難いものになるように送られてきたんだ。俺は愚かだった。いまの君と同じさ。だからあの女と結婚した。男たちがもうちょっと女ってものを理解するようになればいいんだが。男が世界を価値のあるものにしようとしても、やつらがそれを妨げる。そのために送られて来るんだ。これが自然の策略だよ。反吐《へど》が出る！　やつらは這《は》い回り、のたくる、ぞっとするような生き物だ。手は柔らかく、目は青いけどな。女を見ただけで気持ちが悪くなるよ。どうして俺が女を一人残らず殺さないのか、自分でもわからないくらいだ」

この醜い老人の目は赤々と輝いていた。聞いているジョージ・ウィラードはその光に半ば怯《おび》え、しかし魅了されて、好奇心が焚きつけられた。あたりが暗くなったので身を乗り出し、しゃべっている男の顔を見ようとした。闇《やみ》が深くなると、もはや紫色の膨らんだ顔と燃える目が見えなくなり、奇妙な空想が湧《わ》き起こった。単調な低い声で話し続けるので、ウォッシュ・ウィリアムズの言葉はいっそう空恐ろしく響くのだ。ふと気づくと、若き新聞記者は闇のなかでハンサムな青年の隣りに座っているような気になっていた。枕木の上に座っている青年は黒髪で、黒く輝く目の持ち主だ。醜い老人が憎悪の物語を語っているのに、ウォッシュ・ウィリアムズの声にはほとんど美しいと言ってよいところがあった。

暗闇のなか、枕木に座っているワインズバーグの電信技手は詩人になった。憎悪が彼をそのレベルにまで引き上げたのである。「君がベル・カーペンターの唇にキスしているのを見たから、俺の話をするんだ」と彼は言った。「俺に起きたことが次は君に起きるかもしれない。だから用心してほしいんだ。すでに頭のなかで夢を見ているかもしれないから、その夢をぶち壊したいんだよ」

ウォッシュ・ウィリアムズは自分の結婚生活の話を始めた。妻は背が高くて目が青い金髪娘。彼はオハイオ州デイトンの若き技手だったときに彼女と出会った。物語のところどころに美しい部分があったが、口汚い罵り言葉がそこに入り混じっていた。技手が結婚したのは歯科医の娘で、三人姉妹の末娘だった。結婚した日、彼はその能力を買われて操車係に昇進し、給料も上がって、オハイオ州コロンバスの事務所に送られた。そして新妻とともにコロンバスに落ち着き、ローンで家を買った。

若き電信技手は激しい恋をしていた。ある種の宗教的な熱情によって青春の落とし穴を切り抜け、結婚まで純潔でいたのだ。彼はオハイオ州コロンバスの家における新妻との生活をジョージ・ウィラードのために言葉で描いて見せた。「家の裏庭に野菜を植えたんだ」と彼は言った。「豆とかトウモロコシとかだな。三月の初めにコロンバスに移って、気候が暖かくなるやいなや、庭仕事を始めた。俺が黒土の地面を鋤《すき》でほじくり返し、あいつは笑ったり、俺が掘り出した虫を怖がっているふりをしながら走り回った。四月の末になって種まきを始めた。苗床のあいだの細い道で、あいつは紙袋を手に持って立っていた。袋には種がいっぱい入っていた。一度に数個ずつ、あいつが俺に種を渡してくれ、それを温かくて柔らかい地面に投げ入れるんだ」

闇のなかで話している男の声には、一瞬だけ喉《のど》を詰まらせるような音が混じった。「あいつを愛していた」と彼は言った。「俺は自分が愚かでないと言うつもりはない。いまでも愛してるよ。春の夜陰のなかで、俺は黒い土の上を這っていき、あいつの足下で這いつくばった。あいつの靴や、靴の上の足首にキスをした。あいつの服の縁が顔に触れると、俺は震えたよ。こうした生活が二年続いたあとで、俺はあいつが三人の恋人を作っていたことを知ったんだ。三人は俺が家を空けているときに、定期的にあいつに会いに来ていた。それを知ってしまったとき、俺はその恋人たちにもあいつにも関わりたくなかった。ただあいつを実家に帰し、何も言わなかった。言うべきことなんて何もない。銀行に四百ドル貯金していたから、それをあいつにやった。理由を訊《たず》ねたりもしなかった。何一つ言わなかったよ。あいつが立ち去ってから、馬鹿《ばか》な子供のように泣きじゃくった。そのあとすぐ家を売ることができ、俺はその金をあいつに送ったんだ」

ウォッシュ・ウィリアムズとジョージ・ウィラードは枕木の山から立ち上がり、線路に沿って町の方向へと歩いた。技手は自分の物語をせっかちに、息を切らせながら締めくくった。

「あいつの母親が俺に使いを出した」と彼は言った。「俺に手紙を書いて、デイトンの家に来てくれと言うんだ。それで、俺はちょうど夜のこれくらいの時間にそこを訪ねた」

ウォッシュ・ウィリアムズの声は荒々しくなり、いまや叫び声に近くなった。「俺はその家の客間に二時間座っていた。あいつの母親が俺をそこに通し、置き去りにしたんだ。しゃれた家だったよ。あの家族はいわゆる〝品位のある家柄〟だったんだ。

フラシ天の椅子《いす》とソファが部屋に置いてあった。俺は全身が震えた。あいつと交わったと思われる男たちを憎んだ。一人で暮らすのにうんざりしていて、あいつを取り戻したかった。長く待てば待つほど、無防備で肌がヒリヒリ痛むような感じがしたよ。あいつが入って来て、手で俺に触れたら、たぶん気絶するんじゃないかって思った。すべてを忘れ、許したくてたまらなかったんだ」

ウォッシュ・ウィリアムズはここで話を中断し、ジョージ・ウィラードをじっと見つめた。青年の体は寒気を感じたかのように震えた。男の声は再び穏やかで低くなった。「あいつは裸で部屋に入って来た」と彼は続けた。「母親がやったんだよ。俺が待っているあいだに、娘の服をむしり取ったんだ。おそらくなだめすかして脱がせたんだろう。小さな廊下につながるドアのところで声が聞こえ、それからゆっくりとドアが開いた。あいつは恥ずかしがって、床をじっと見つめ、身じろぎもせずに立っていた。母親は部屋に入って来なかった。娘を部屋に押し込むと、廊下に立ってたんだ。俺たちが――まあ、わかるだろ――とにかく待ってたんだよ」

ジョージ・ウィラードと電信技手はワインズバーグのメインストリートに入った。店の窓の灯りは歩道を明るく照らし、輝いていた。人々が笑ったり話したりしながら通り過ぎていく。若き新聞記者は病気にかかったかのように弱々しく感じた。想像のなかで自分も老人になり、体形が崩れてしまったのだ。「俺は母親を殺しはしなかった」とウォッシュ・ウィリアムズは通りを見回しながら言った。「椅子で一回殴っただけさ。そうしたら近所の人たちが入って来て、椅子を取り上げた。母親がものすごく叫んだからね。いまでは母親を殺したくても殺せない。あの事件から一カ月後に熱病で死んだんだよ」

考え込む人

ワインズバーグのセス・リッチモンドが母親と暮らしている家は、かつて町の名所であった。しかし、セス青年が暮らしていた頃には、その栄光はどことなく色褪《いろあ》せていた。銀行家のホワイト氏がトチノキ通《バックアイ》りに建てた大きな煉瓦《れんが》造りの家のために、影が薄くなってしまったのだ。リッチモンド邸はメインストリートの果ての小さな谷にあった。埃《ほこり》っぽい道沿いに南から町に入って来る農民たちは、クルミの木立を通り過ぎ、広告がたくさん貼《は》られた高い木の塀のある屋外市会場《フェア》のわきをすり抜けて、馬たちを谷まで勢いよく下らせる。そして、リッチモンド邸を通り過ぎて町に入る。ワインズバーグの北と南の田園地帯は果物やイチゴの栽培に力を入れているところが多いので、イチゴ摘みの人々――十代の男女や大人の女たち――をたくさん乗せた馬車が通り過ぎるのをセスはよく見かけた。果樹園に朝出かけた者たちが、埃だらけになって夕方に戻って来る。品のない冗談を馬車と馬車のあいだで叫び合う、おしゃべりな連中を見ていると、セスはときどき激しい苛立《いらだ》ちを覚えた。自分が思い切り笑うことができないのを悔んだりもした。あの連中の一員となって、意味のない冗談をがなり立てるようなことができない。道路を行ったり来たりするあの集団、クスクス笑いながら常に動いているあの流れのなかに入っていくことができないのだ。

リッチモンド邸は石灰岩で造られていた。かなりみすぼらしくなったと村では言われていたが、実のところ年月が経《た》つごとに美しさを増していた。すでに時という絵筆が岩に彩色を始めており、その表面に豊かな金色が加わっているとともに、暗い日か夕方に見ると、庇《ひさし》の下の陰になっている部分に茶色と黒の揺れるようなタッチが入っているのがわかった。

邸宅はセスの祖父が建てたものだった。祖父は採石工で、三十キロほど北にあるエリー湖畔の採石場とともに、この邸宅を息子クレアランス・リッチモンドに遺《のこ》した。これがセスの父親である。物静かで情熱的な男だったクレアランス・リッチモンドは、近所の人々から異常なほど尊敬されていた。ところが、オハイオ州トレドの路上で新聞の編集長と喧嘩《けんか》になり、殺されてしまった。この喧嘩は、ある女教師の名前と一緒に彼の名前が発表されたことに関係していた。そして死んだ男のほうが先に編集長を撃ち、この喧嘩を始めたので、殺人者を罰しようという試みはうまくいかなかった。採石工の死後、彼に遺された金の多くが浪費されていたことがわかった。彼は友人の口車に乗って相場で思惑買いをしたり、無茶な投資をしたりしていたのである。

わずかな収入しかなくなって、ヴァージニア・リッチモンドは村に退いて引退生活を送ることにし、息子の養育に専念した。夫であり父である男の死には大いに動揺したが、彼の死後に出回った噂《うわさ》はまったく信じなかった。彼女の心のなかでは、夫は鋭敏で子供っぽく、誰もが本能的に愛してしまう男だった。しかし運が悪く、世俗の生活を営むには繊細すぎたのだ。「いろんな噂を聞くでしょうけど、それを信じちゃ駄目よ」と彼女は息子に言った。「お父さんは善良な人で、すべての人への優しさに溢《あふ》れていたの。だから実務家になろうとしてはいけなかったのよ。私がどれだけあなたの未来のために計画を立て、夢を見ても、あなたがお父さんのような善良な人になるという以上に素晴らしい未来は想像できないわ」

夫の死後数年して、ヴァージニア・リッチモンドは収入に対して出費が増えていることに不安を感じ、自分で収入を増やす作業に取りかかった。速記術を学び、夫の友人の口利《くちき》きによって、郡庁の法廷の速記者となったのである。裁判の開廷中は、郡庁舎に毎朝列車に乗って出かけ、裁判がないときは、庭のバラ園の手入れをして過ごした。背が高く、背筋がまっすぐに伸びた女性で、茶色い髪が盛り上がり、平凡な顔立ちをしていた。

セス・リッチモンドと母親との関係には、十八歳になってもなお、ほかの男たちとの交流に影響を与えるような何かがあった。息子にほとんど不健康なほどの敬意を抱いていたので、母親は彼と一緒にいるとたいてい黙り込んでいた。彼に鋭い声で意見することがあっても、彼のほうはじっと母親の目を見つめ、そこに当惑したような表情が浮かんでくるのを待った。ほかの人の目を見つめているとき、そのような表情が浮かぶことに気づいていたのである。

本当のところは、息子が著しく明確にものを考えることができたのに対し、母親はそうでなかったのである。彼女はすべての人たちから、人生へのありきたりの反応を期待していた。幼い息子を叱《しか》れば、息子は震え出し、床をじっと見つめる。さらにたっぷり叱れば、息子は泣き出すので、すべてを許してやる。泣いたあとで息子がベッドに入ったら、彼の部屋に忍び込み、キスをしてやる。

ヴァージニア・リッチモンドはなぜ自分の息子がこういうことをしないのか理解できなかった。厳しく叱責《しっせき》しても、息子は震えたり床を見つめたりせず、彼女のことをじっと見つめている。そうするとこちらが落ち着かなくなり、心に疑問が湧《わ》いてくる。部屋に忍び込む件について言えば――セスが十五歳を過ぎたあとは、とてもではないがその種のことをするのに気後れを感じたはずだ。

セスが十六歳のとき、ほかの二人の少年とともに家出をしたことがあった。三人の少年は空っぽの貨物列車によじ登り、開いているドアから入って、屋外市《フェア》が開かれている町まで六十五キロの旅をしたのである。少年の一人がウィスキーとブラックベリーのワインを混ぜた酒のボトルを持って来たので、三人は貨物列車の縁に座って脚をブラブラさせ、ボトルから酒を飲んだ。セスの仲間の二人は歌を歌い、通り過ぎる町々の駅で暇そうにしている者たちに手を振った。屋外市《フェア》に家族と来ている農民のバスケットから万引きしようと計画していた。「俺たちは王様のように振る舞うんだ。屋外市《フェア》や競馬を見るのに金を払う必要なんかない」と彼らは傲慢《ごうまん》に言い放った。

セスがいなくなったあと、ヴァージニア・リッチモンドはぼんやりとした不安に襲われ、家の床を行ったり来たり歩いた。次の日、町の警察官の調査によって少年たちがどんな冒険を試みたかがわかったのだが、それでも心を鎮《しず》めることができなかった。ベッドのなかでまんじりともせず、時計が時を刻む音を聞いていた。セスがその父親と同じように突然、乱暴な形で人生の終わりを迎えるのだと心のなかで言い続けた。

警察官が息子の冒険の邪魔をするのは許そうとしなかったが、今度こそ息子が母の怒りの重みを感じ取るだろうと確信し、鉛筆と紙を取り出して叱責の言葉を書きとめた。鋭く突き刺さるような言葉を息子に浴びせようと考えていたのである。そして台詞《せりふ》を覚えようとしている役者のように、庭仕事をしながら声に出してそれを言い、記憶にとどめようとした。

一週間が過ぎ、セスが戻って来たとき——少しくたびれた様子で、耳のなかと目の周囲には石炭の煤《すす》がついていたのだが——彼女はやはり彼を叱ることができなかった。息子は家に入って来ると、キッチンのドアのわきにある釘《くぎ》に帽子を掛け、立ったまま母親をじっと見つめた。「旅を始めてから一時間くらいで、僕は戻りたくなった」と彼は説明した。「どうしたらいいのかわからなかった。お母さんが心配するのはわかってたけど、これを途中でやめたら恥ずかしい思いをするのもわかっていた。自分のために最後までやり通したんだよ。湿った藁《わら》の上に寝るのは気持ちがよくなかったし、二人の酔っ払った黒人が来て、一緒に寝たりしたけどね。農家の人の馬車から弁当箱を盗んだときは、この人の子供たちは一日じゅう食事できないんだろうなって考えずにいられなかった。すべてにうんざりしていたんだけど、最後までやるって決めてたんだ。ほかの子たちが帰る気になるまではね」

「おまえが最後までやれてうれしいよ」と母親はいくぶん立腹しつつ応《こた》えた。そして彼の額にキスをすると、家の仕事で忙しいようなふりをした。

ある夏の晩、セス・リッチモンドは友人のジョージ・ウィラードに会いに、新ウィラード館を訪ねた。午後のあいだ雨が降り続いたが、彼がメインストリートを歩いているときには空がある程度晴れ上がり、西空は金色に光っていた。角を曲がり、ホテルのドアから入って、友人の部屋につながる階段をのぼり始める。ホテルの事務所ではオーナーと二人の旅の男たちが政治談義を戦わせていた。

セスは階段の途中で足を止め、階下の男たちの声に耳を傾けた。彼らは興奮し、早口でまくし立てている。トム・ウィラードは旅の男たちを叱りつけていた。「俺は民主党員だが、あんたの話にはうんざりするよ」と彼は言った。「あんたはマッキンリー〔アメリカの二十五代大統領、共和党〕がわかっていないんだ。マッキンリーとマーク・ハンナ〔この時代の裕福な実業家にして政治家。共和党上院議員で、マッキンリーを支援した〕は友達だぞ。あんたの頭にはそれが理解できないんだろうがな。友情が金銭よりも価値があるなんて誰かに言われたら、あんたはせせら笑うんだろう。でも、友情が国家の政策よりも優先されるようなことさえあるんだ」

客の一人がオーナーの言葉を遮った。食料品卸売店で働いている、背が高くてゴマ塩髭《ひげ》の男だ。「クリーヴランドに長年暮らしてるのに、俺がマーク・ハンナを知らないとでも言うのか?」と彼は訊《たず》ねた。「あんたの話は無意味だよ。ハンナが追い求めているのは金で、それ以外の何物でもない。マッキンリーはその道具さ。やつはマッキンリーをハッタリで騙《だま》したんだ。そいつを忘れちゃいけない」

階段上の若者は残りの議論を聞かずに階段をのぼりきり、狭くて暗い廊下に立った。ホテルの事務所でしゃべっている男たちの声の何かが、一連の考えを彼の心に呼び起こした。彼は孤独で、孤独が自分の性格の一部だと考えていた。自分にずっとつきまとうものだ、と。側面の廊下に入り、窓から外の路地を見下ろした。町のパン屋であるアブナー・グロフが店の裏に立っていた。血走った小さな目で路地をあちこち見渡している。店で誰かがパン屋を呼んでいたが、パン屋は気づかないふりをしていた。パン屋は手に空の牛乳瓶を持ち、怒ったような陰気な目つきをしていた。

ワインズバーグでは、セス・リッチモンドは「無闇《むやみ》に深遠なやつ」と言われていた。「あいつは父親と似ている」と男たちは通りを歩いている彼を見かけると言った。「近いうちにここから出て行くよ。見ているといい」

町での噂話や、少年や大人の男たちが本能的に彼に向ける敬意が——それは男たちが寡黙《かもく》な人に向けるものだが——セス・リッチモンドの人生に対する見解、そして自分自身に対する見解に影響を及ぼした。ほとんどの青年と同じように、彼も周囲から思われている以上に深遠なところがあったが、実は町の人々が考えているような人間ではなかったのだ。母親でさえ、本当の彼の姿がわかっていなかった。いつも寡黙だったが、その裏に隠れた意図があるわけではなかったし、人生に関して明確な計画を立てているわけでもなかった。付き合っている青年たちが騒ぎ立て、喧嘩腰になるようなときは、少し離れて静かに見守った。仲間たちが元気に身振り手振りしながら話しているようなときは、それを冷静な目で見つめていた。周囲で起きていることに特段の興味はなく、自分は何かに特別の興味を抱くことがあるのだろうかと考え込むことさえあった。このとき彼は薄暗い廊下から窓の外のパン屋を見つめ、自分の心も何かにとことん揺さぶられることはないものかと思った。パン屋のグロフがそれで知られているような、陰気な怒りの発作に取《と》り憑《つ》かれるのでもいい。「あのおしゃべりなトム・ウィラードのように、政治のことで頭をカッカさせて議論できたら、僕にとってはいいのかもしれない」と彼は考えた。そして窓際《まどぎわ》から離れ、また廊下を歩いて、友人であるジョージ・ウィラードの部屋まで行った。

ジョージ・ウィラードはセス・リッチモンドよりも年上だったが、二人の奇妙な友人関係においては、機嫌を取るのはいつでも彼で、年下の青年のほうが機嫌を取られる側だった。ジョージが働いている新聞には一つの方針があった。毎号、町の住人の名前をできるだけたくさん挙げるようにすることだ。興奮した犬のように、ジョージ・ウィラードはあちこち走り回り、メモ帳にいろいろと書き込んだ。誰が仕事のために郡庁舎に出かけたか、誰が隣接する村への訪問から戻ったか。一日じゅう、メモ帳に細かな事実を記入した。「A・P・リングレットは麦藁帽の荷物を受け取った。エド・バイヤーボームとトム・マーシャルは金曜日にクリーヴランドに行った。トム・シニングズ小父《おじ》はヴァリー・ロードの土地に新しい納屋《なや》を建てている」

ジョージ・ウィラードはいつの日か作家になるだろうと考えられていて、そのためにワインズバーグで特別な地位を占めていた。そしてセス・リッチモンドに対して彼はそのことを話し続けた。「これはあらゆる人生のなかでもいちばん楽な生き方さ」と彼は興奮して自慢げに吹聴《ふいちょう》した。「あちこちに出かけて行って、誰からも指図されない。インドに行ったり、南太平洋を航海したりしても、書いてさえいればいい。そういうことさ。待ってなよ。僕が名を上げたら、どんな楽しい生活ができるか見せてやるから」

ジョージ・ウィラードの部屋には路地を見下ろす窓と、ビフ・カーターの軽食屋が見える窓があった。軽食屋は鉄道線路の向こうにあり、駅に向かい合う形で建っている。セス・リッチモンドはジョージ・ウィラードの部屋で椅子《いす》に座り、床を見つめた。

ジョージは一時間ほど無為に鉛筆をいじくり回していたのだが、セスのことを大仰に出迎えた。「僕はラブストーリーを書こうとしていたんだ」と彼は不安そうに笑いながら説明した。そしてパイプに火を点《つ》け、部屋を行ったり来たり歩き始めた。「自分が何をしたらいいのかわかってる。恋に落ちるんだ。ここに座って、ずっと考えてたんだよ。これからそれを実行するんだ」

断言しておいて恥ずかしくなったかのように、ジョージは窓のところに行き、友人に背を向けて身を乗り出した。「誰に恋をするかはわかってる」と彼はきっぱりと言った。「ヘレン・ホワイトさ。この町で生き生きとしているのはあの娘《こ》だけだからね」

新しいことを一つ思いついて、ウィラード青年は振り返り、訪問客のほうに歩み寄った。「いいかな」と彼は言った。「君はヘレン・ホワイトを僕よりよく知ってるよね。僕が言ったことを伝えてほしいんだ。僕があの娘《こ》に恋してるって言ってくれればいい。それに対してあの娘が何て言うか聞いてくれ。それをどう受け止めるか。そうしたら、僕のところに伝えに来てくれ」

セス・リッチモンドは立ち上がり、ドアのほうに向かった。友人の言葉が耐えられないほど彼を苛立たせたのだ。「じゃあ、さよなら」と彼はそっけなく言った。

ジョージは驚いた。セスに駆け寄り、暗闇で彼の顔つきを見極めようとした。「どうしたんだよ？　これからどうするんだ？　ここでもう少ししゃべろうよ」と彼は熱心に言った。

怒りの波がセスの心に湧き起こった。この友人と、中身のないことをずっとしゃべり続けている町の人たちへの怒り。そして何よりも、自分の黙りがちな性癖に怒りが向けられ、セスは半ば投げやりな気持ちになった。「自分で彼女に話せよ」と彼はぶっきらぼうに言い、ドアからさっさと出て行った。そして友人の目の前でバタンとドアを閉めた。「ヘレン・ホワイトに会いに行って、話をしよう。でも、あいつの話じゃない」と彼はつぶやいた。

セスは階段を降り、怒りの言葉をぼそぼそと言いながら、ホテルの正面玄関から出て行った。埃っぽい小道を渡り、低い鉄の柵《さく》を乗り越えて、駅構内の芝生の上に座る。ジョージ・ウィラードはどうしようもない馬鹿者《ばかもの》だと思い、それをもっとはっきり言ってやればよかったと後悔した。銀行家の娘であるヘレン・ホワイトとの関係は、表面上はさりげないものにすぎなかったが、彼女のことはしょっちゅう考えたし、自分にとって私的で個人的な存在だと感じていた。「あのラブストーリーで忙しい馬鹿野郎め」と彼はつぶやき、肩越しに振り返って、ジョージ・ウィラードの部屋を見つめた。「どうしてあいつはずっとしゃべり続けて疲れないんだ」

ワインズバーグはイチゴの収穫の季節で、駅のプラットフォームでは少年や男たちがイチゴの箱を積み込んでいた。側線に停まっている二両の急行貨物用貨車に、赤くて香りのよいイチゴの箱が積み込まれていく。空には六月の月が出ているが、西には嵐《あらし》が迫っていて、街灯はまったく点灯されていない。薄暗い灯りの下、急行貨車の上に立ち、箱をドアから投げ込んでいる男たちの姿は、ぼんやりとしか見えなかった。駅の芝生を守っている鉄柵の上には別の男たちが座り、パイプをくゆらせつつ、田舎臭い冗談を言い合っていた。ずっと遠くから列車の汽笛が聞こえてくると、箱を貨車に積み込んでいる男たちは新たに活気づいて仕事をするようになった。

芝生に腰を下ろしていたセスは立ち上がり、鉄柵に座る男たちの前を黙って通り過ぎて、メインストリートに入った。彼は決意を固めた。「僕はここから出て行く」と自分に言い聞かせた。「ここにいてどうなるっていうんだ？　どこか都会に行って、仕事を見つけよう。明日、このことをお母さんに話すんだ」

セス・リッチモンドはメインストリートをゆっくりと歩き、ワッカー煙草店《たばこてん》と町役場を通り過ぎて、トチノキ通り《バックアイ》に入った。自分の生まれ育った町にいながら、そこの生活に自分が属していないと思うと、気が滅入《めい》った。しかし、自分には落ち度がないと思っていたので、深く傷つくわけでもなかった。ウェリング医師の家の前には大木がそびえ立ち、重々しい影を投げかけていた。その下でセスは立ち止まり、頭の弱いターク・スモレットが一輪車を押してくるのをじっと見つめた。この桁《けた》外れに幼稚な心を持った老人は、十数枚の細長い板を一輪車に乗せ、急ぎ足にやって来る。そのバランスの取り方は絶妙だ。「力を抜け、ターク！　ぐらつくんじゃないぞ！」と老人は自分に向かって叫んでいた。そして派手に笑うので、板は危険なほどに揺れた。

セスは、ターク・スモレットの変わった性癖が町の生活に色を添えていることもわかっていた。タークは木こりで、危ないところもある人物だ。彼がメインストリートに来ると、渦巻く叫び声や苦情の中心となる。実のところ、老人はわざわざ遠回りをしてメインストリートを通り、板を一輪車で運ぶ技術を見せつけるのだ。「ジョージ・ウィラードがここにいたら、何か言うだろうな」とセスは考えた。「ジョージはこの町の人間だ。タークに向かって何か叫ぶだろうし、タークはあいつに叫び返すだろう。どちらもそういうやり取りをこっそり楽しんでいるんだ。僕の場合は違う。僕はこの町の人間じゃない。文句を言うつもりはないけど、ここからは出て行かないといけない」

セスは故郷にいながら追放されたような気分になり、薄闇のなかをよろよろと歩き続けた。自分を憐《あわ》れみ始めたが、そんなことを考えるのは馬鹿げていると感じて微笑《ほほえ》んだ。最終的に、自分は年齢よりも年老いているだけであり、自分を憐れむようなことはないと断定した。「僕は働くようにできている人間だ。堅実に働くことで自分の居場所を確立できるかもしれない。それに取りかからなきゃ」と彼は決心した。

銀行家のホワイト氏の家に着くと、セスは正面玄関のわきの暗がりに立った。ドアには重い真鍮《しんちゅう》のノッカーがぶら下がっている。この新商品を町で初めて使ったのがヘレン・ホワイトの母親であり、詩の勉強をする女性たちのクラブを結成したのも彼女だった。セスはノッカーを持ち上げて下ろした。ガタンという重い音は、遠くから聞こえる銃声のようだった。「なんて僕は不器用で馬鹿なんだろう」と彼は考えた。「ホワイト夫人が出て来たら、何て言ったらいいのかわからない」

ドア口に出て来たのはヘレン・ホワイトだった。ポーチの縁にセスが立っているのを見つけ、喜びで顔を赤くし、外に出てからドアをそっと閉めた。「僕はこの町を出て行くよ。何をするかはわからないけど、ここを出て働くんだ。コロンバスに行こうかと思う」と彼は言った。「たぶんあそこの州立大学に入る。ともかく、僕は行くんだ。今夜、お母さんにも話をする」。彼は口ごもり、疑わし気にあたりを見回した。「僕とちょっと歩いてくれる気はないかな?」

セスとヘレンは道に並ぶ木々の下を歩いた。厚い雲が月をよぎり、目の前の闇が深くなったとき、そこに一人の男が現われた。短い梯子《はしご》を肩に担《かつ》いで急ぎ足に歩いていく。男は交差点のところで立ち止まり、梯子を木の街灯柱に立てかけ、町の街灯を点けた。二人の歩いている道は半分が街灯で明るくなり、半分は暗くなった。低い枝に葉をつけた木々が、深い影を投げかけるようになったためである。木々のてっぺんで風が唸り始め、鳥たちは眠りを妨げられて、悲し気に鳴きながら飛び回った。一つの街灯の灯りに照らされた空間では、二匹のコウモリがくるくると旋回し、夜の蠅《はえ》の群れを追っていた。

セスが半ズボンをはいた少年だったときから、彼とこの娘は親しみを感じ合っており、それを中途半端《はんぱ》に口にすることもあった。そして二人はいま初めて並んで歩いていた。かつて彼女は熱に浮かされたようにセス宛《あ》ての手紙を次々に書いていた時期があり、そういう手紙が彼の学校の教科書にこっそりと入れられていた。一度だけ、通りで会った子供が彼に手紙を差し出したこともあったし、何度かは町の郵便局を通して配達された。

手紙は丸くて子供っぽい字で書かれていて、書き手が小説を読んで心を燃え上がらせている様子がうかがえた。セスはこうした手紙に返事を出さなかったが、文章のいくつかには感動し、いい気分になった。銀行家の妻が使っている便箋《びんせん》に鉛筆で書かれた手紙である。そういう手紙を上着のポケットに入れて街路を歩いたり、校庭のフェンスのところに立っていたりすると、体の片側が燃えているように感じた。町でいちばんの金持ちの娘、そしていちばん魅力的な娘にお気に入りとして選ばれたというのは、素晴らしいことだと考えた。

ヘレンとセスはフェンスのところで立ち止まった。フェンスの近くには、低くて真っ暗な建物が通りに面して建っていた。かつて樽板《たるいた》を作る工場だったが、いまは空き家なのである。通りの向かいにある家のポーチでは、男と女が子供時代のことを語り合っている。その声は、どぎまぎしている青年と娘のところまではっきりと聞こえてきた。椅子が床にこすれる音がしてから、男と女が砂利道を木の門のところまで歩いて来た。男は門の外で立ち止まり、身を乗り出して女にキスをした。「昔の思い出のためにね」と男は言い、逆方向を向くと、足早に歩道を歩いて行った。

「あれはベル・ターナーだわ」とヘレンが囁《ささや》き、大胆にもセスの手に自分の手を合わせた。「あの人に恋人がいるとは知らなかった。それには歳《とし》を取り過ぎていると思ってたわ」。セスはぎこちなく笑った。娘の温かい手に触れて、頭がくらくらするような、奇妙な感覚が全身に広がった。彼女には言わないと決めていたことを話したいという欲求が心に湧き上がった。「ジョージ・ウィラードが君に恋をしているんだ」と彼は言った。高揚しているわりには、声は低くて静かだった。「あいつは物語を書いていて、だから誰かに恋をしたいんだ。恋をするとどういう気持ちになるのか知りたがってる。それで、そのことを君に伝えてくれって僕に言うんだ。君がどう答えるか聞いてきてくれって」

ヘレンとセスはまた黙って歩き始めた。リッチモンド邸を取り囲む庭まで来て、生け垣の隙間《すきま》から入り、灌木《かんぼく》の下に置かれた木のベンチに腰をかけた。

この娘と一緒に通りを歩いているうちに、新しく大胆な考えがセス・リッチモンドの心に浮かんだ。町を出るという決意を後悔し始めた。「ここに残って、ヘレン・ホワイトとしょっちゅう通りを歩くっていうのも、ものすごく新鮮で楽しいことなんじゃないか」と彼は考えた。想像のなかで彼女の腰に腕を回している自分を思い浮かべ、彼女の腕が自分の首にしっかりと巻きついているように感じた。出来事と場所が奇妙な形で結びつくことがあるが、このときの彼は彼女に恋をするという考えと数日前に訪ねた場所とを結びつけた。ある農家に使いに行き、野原を通る小道で帰る途中のことだった。その農家は屋外市《フェア》会場の先にある丘の斜面に建っていた。その丘のふもとにたどり着いたとき、セスはプラタナスの木の下で立ち止まり、あたりを見回した。ブーンという静かな音が耳に入ってきた。一瞬、この木に蜂《はち》の群れの巣があるに違いないと考えた。

それから下を見て、セスは気づいた。背の高い草が茂っている周囲のそこらじゅうに蜂がいた。丘の斜面から広がる野原には、腰くらいの高さの草が密生しており、彼はそのなかに立っていたのだ。草には紫色の小さな花がついていて、むせかえるほどの芳香を放っていた。その草に蜂たちが大量に群がり、働きながら歌を歌っていたのである。

セスはあの木の下で自分が寝転んでいるさまを想像した。夏の夜、あの草のなかに深く埋もれるように寝転んでいたらどうなるだろう。彼が空想で作り上げたイメージでは、自分の横にヘレン・ホワイトが横たわり、彼と手を重ね合っていた。奇妙な気後れを感じて彼女の唇にキスをすることができなかったが、望めばできたかもしれないと感じた。しかしそうはせずに彼はじっと横たわり、彼女のほうを見ながら蜂の大群の音を聞いていた。蜂たちは彼の頭上で熟練した労働歌を歌い続けていた。

庭のベンチでセスはもぞもぞと体を動かした。娘の手を離し、両手をズボンのポケットに突っ込む。自分の決意がいかに重要かを訴えて、相手を感心させたいという欲求が彼の心に湧いてきた。「お母さんは大騒ぎするだろうな」と彼は家に向かって頷《うなず》きながら囁いた。「僕が人生で何をするかなんて、お母さんはまったく考えてないんだ。僕がここにとどまって、ずっと少年のままでいると思ってるんだよ」

セスの声は少年らしい真剣さを帯びてきた。「とにかく行動に出ないといけない。仕事をしなきゃ。僕はそれに向いてるんだよ」

ヘレン・ホワイトは感心して頷き、称賛の気持ちが全身に広がった。「これがあるべき形なんだわ」と彼女は考えた。「この人はもう少年じゃない。強くて目的を持った男の人だ」。ぼんやりとした欲求が体に入り込んでいたのだが、それが洗い流され、彼女はベンチの上で背筋を伸ばして座り直した。雷のゴロゴロという音が鳴り続けており、稲光が東の空で光った。とても神秘的で巨大に感じられていた庭が、ワインズバーグの普通の裏庭にすぎなく思われるようになった。隣りにいるセスとともに、不思議な素晴らしい冒険に出る背景になったかもしれない場所。それがいまではきっちりと区切られた小さな場所にすぎない。

「都会に出たら何をするの?」と彼女は囁いた。

セスはベンチに座ったまま体を彼女のほうに向け、暗闇のなかでその表情を見て取ろうとした。彼女がジョージ・ウィラードよりも無限に鋭敏で率直だ、と彼は感じ、ジョージのところにとどまらなくてよかったと思った。ずっと心に巣くっていた、町に対する苛立たしい気持ちが戻って来て、それを彼女に語ろうとした。「みんなしゃべってばかりじゃないか」と彼は話し始めた。「それがうんざりなんだよ。僕は何かを始めるんだ。おしゃべりが重要でないような仕事に就く。修理店の機械工にでもなるかな。でも、わからない。何でもいいんだよ。とにかく仕事をして、静かにしていたいんだ。僕が考えているのはそれだけさ」

セスはベンチから立ち上がり、手を差し出した。ヘレンとまだ一緒にいたかったが、これ以上しゃべることが思いつかなかった。「君と会うのもこれが最後だね」と彼は囁いた。

ヘレンは感傷の波に呑《の》み込まれた。セスの肩に手をかけ、上を向いた自分の顔に彼の顔を引き寄せた。この行為は純粋に愛情から来たもので、そこには心をえぐるような後悔の念も含まれていた。今夜の霊気のなかには、漠然とした冒険を求める思いがあったのに、それが決して実現されないのだ。「そろそろ帰らないと」と彼女は言い、手を自分のわきにだらりと下ろした。一つの考えが浮かんだ。「付いて来ないでね。一人になりたいから」と彼女は言った。「あなたはお母さんと話をして。すぐにそうしたほうがいいわ」

セスはためらった。そして立ちすくんでいるあいだに、娘は背を向け、生け垣の隙間から走って出て行った。追いかけたいという欲求が湧き起こったが、彼はただじっと見つめていた。彼女の行動に困惑し、どうしたらよいのかわからなかった。彼はずっと町の人々の生き方に困惑し、どうしたらよいのかわからなかったのだが、彼女もまたその町の産物なのだ。彼は家に向かってゆっくりと歩き始め、大きな木の陰で立ち止まった。母が灯りのついた窓際に座り、忙しそうに縫物をしているのが見える。その夜の早い時間に抱いていた孤独感が戻って来て、彼の思考を彩《いろど》った。自分がたったいま経験した冒険も、頭のなかで孤独の色に染まった。「ハッ」と彼は声に出して言い、振り返ると、ヘレン・ホワイトが去って行った方角をじっと見つめた。「物事はそういうふうになっていくんだ。あの娘《こ》もほかの人たちと同じようになる。これから僕のことをおかしな目で見るだろう」。彼は地面を見つめ、このことをじっと考えた。「あの娘は僕がいるとうろたえ、おかしな感覚を抱くようになる」と自分に向かって囁く。「そういうふうになるんだ。すべてはそういうふうになっていく。あの娘が誰かを愛するとすれば、それは決して僕じゃない。誰かほかの人――どっかの馬鹿――すごくよくしゃべるやつ――あのジョージ・ウィラードのようなやつなんだ」

タンディ

七歳になるまで、彼女は塗装のされていない古い家に住んでいた。トラニオン街道から分岐する、使われなくなった道沿いの家。父親は彼女にほとんど関心を払わず、母親は死んでいた。父親の日常は宗教のことを語り、考えることばかりに費やされていた。自分が無神論者であると公言し、隣人たちの心に忍び込んだ神の観念を破壊することばかりに熱中していたので、自分の幼い子供のなかに神が姿を現わしても、それに気づかなかった。子供は半ば忘れられ、亡《な》くなった母親の親戚《しんせき》の情けにすがって、あちこちで暮らしていた。

ワインズバーグによそ者がやって来て、子供のなかに父親が見逃していたものを見て取った。ほとんどいつでも酔っ払っている、背が高くて赤毛の若者である。ときどき彼は新ウィラード館の前の椅子《いす》に、娘の父親であるトム・ハードと一緒に座った。トムが神など存在しないとまくし立てているとき、よそ者はニコニコ笑い、周囲の人たちにウィンクした。彼とトムは友人になり、しょっちゅう一緒にいるようになった。

よそ者はクリーヴランドの裕福な商人の息子で、ワインズバーグには目的があってやって来た。飲酒の習慣を直したかったのである。都会で付き合っている者たちから離れ、田舎町で暮らすことにより、自分を駄目にしつつある欲求に打ち勝てるのではないか。彼はそう考えたのだ。

彼のワインズバーグ滞在は成功と言えなかった。無為に過ぎていく時間の退屈さから、いままで以上に酒を飲むようになったのである。しかし、何かをするという点では成功した。トム・ハードの娘に豊かな意味を持った名を与えたのだ。

長いこと酒を飲んだあと、ようやく酔いから醒《さ》めつつあったある晩、よそ者はメインストリートをよろよろと歩いて来た。トム・ハードは新ウィラード館の前の椅子に座り、その当時五歳だった娘を膝《ひざ》に載せていた。すぐそばの板張りの歩道にはジョージ・ウィラードが座っていた。よそ者は彼らの横の椅子にドサッと腰を下ろした。体が震え、話そうとすると声も震えた。

夜も深まり、闇《やみ》が町を覆《おお》っていた。ホテルの前から短い坂を下ると鉄道線路があり、そこも真っ暗だった。どこか遠く、西のほうで、旅客列車用蒸気機関車の汽笛が長々と鳴り響いた。道端で眠っていた犬が起き上がって吠《ほ》えた。よそ者は意味のないことをべらべら話し始め、それから無神論者の腕に抱かれている子供について予言をした。「僕は酒をやめるためにここに来たんだ」と彼は言った。涙が彼の頬を流れ落ちた。彼はトム・ハードのほうを見ず、身を乗り出して、幻影を見ているかのように闇をじっと見つめていた。「癒《いや》されるために田舎に逃げて来たんだけど、癒されていない。それには理由があるんだ」。彼は子供のほうを向いて、その顔を見つめた。子供は父親の膝の上で背筋を伸ばし、彼を見つめ返した。

よそ者はトム・ハードの腕に触れた。「酒は、僕が中毒になっている唯一《ゆいいつ》のものじゃないんだよ」と彼は言った。「ほかにもあるんだ。僕は愛に生きる男なのに、愛するべきものが見つからない。ここが大きな問題なんだ、僕の言っていることがわかってもらえるかな。僕はそのために破滅せざるを得なくなるんだよ。わかってくれる人は少ないけどね」

よそ者は悲しみに打ちひしがれた様子で黙り込んだ。しかし、旅客列車用蒸気機関車の汽笛がもう一度鳴り響いたとき、体をビクッと震わせた。「僕は信念を失ってはいないよ。それははっきり言っておく。ただ、自分の信念が決して実現されないとわかるところまで来てしまったんだ」としわがれ声で言い放つ。そして子供をしっかりと見つめ、父親にはもはや注意を払わずに、彼女に向けて話し始めた。「一人の女性が現われるんだ」。その声は鋭く真剣なものになっていた。「彼女を逃してしまったんだよ。僕の都合のいい時に現われてくれなかったんだ。君がその女性かもしれない。これは運命のようなものかもしれないな。こんな夜、僕が酒で身を持ち崩してしまったときに、その女性に一度だけ会わせるんだ。しかも、その人はまだ子供なんだよ」

よそ者の肩は激しく震えた。煙草《たばこ》を紙で巻こうとしても、指が震え、紙が手から落ちてしまった。彼は腹を立て、怒鳴り散らした。「女でいること、そして愛されることは簡単だと思っている連中がいる。でも、そんな甘いもんじゃない」と彼はきっぱりと言った。そして再び子供のほうを向いた。「僕にはわかっている」と彼は叫んだ。「すべての男のなかで、たぶん僕だけがわかっている」

彼はまた視線を逸《そ》らし、暗い街路のほうを向いた。「その女《ひと》のことはわかっている。彼女と出会ったことはまだないんだけどね」と彼は穏やかな声で言った。「彼女が戦い、敗れたこともわかってる。その敗北のために、彼女は僕が愛するべき女性になったんだ。敗北のなかから、新しい性質が生まれたんだよ。それには名前がある。僕はそれをタンディと呼んでいるんだ。僕がまだ夢見るような年頃で、汚《けが》れていなかったとき、僕が作った名前だよ。愛されるくらい強い性質のことさ。男たちが自分では得られないので、女性に求めるものなんだ」

よそ者は腰を上げ、トム・ハードの目の前に立った。体が前後に揺れ、いまにも倒れそうになったが、倒れずに歩道に膝をついた。そして少女の両手を酔っ払った自分の唇まで持って行き、うっとりとキスをした。「タンディになっておくれ、おチビちゃん」と彼は訴えた。「強くて勇気のある人になっておくれ。それが進むべき道だよ。どんなことでも思い切ってやるんだ。愛されるくらい勇敢になる。男とか女とかって以上のものになるんだ。タンディになっておくれ」

よそ者は立ち上がり、よろよろと通りを歩いて行った。そして一日か二日後、列車に乗り、クリーヴランドの家に戻った。ホテルの前での会話があったあと、ある夏の夜に、トム・ハードは娘を親戚の家に連れて行った。娘はそこで一晩泊まるようにと招待されていたのである。暗い夜道、木々の下を歩いているうちに、トムはよそ者のまくし立てる声を忘れた。いつもの議論好きに戻り、神に対する人々の信仰をぶち壊そうと議論を始めた。彼に名前を呼ばれて、娘は泣き始めた。

「その名前で呼ばれたくない！」と彼女はきっぱりと言った。「私はタンディって呼ばれたいの――タンディ・ハード」。子供は激しく泣き、トム・ハードは動揺して彼女をなだめようとした。木の下で立ち止まり、彼女を抱きしめて、頭を撫《な》で始めた。「さあ、いい子にしなさい」と彼は鋭い声で言ったが、娘は静まらなかった。子供らしいきかん気ぶりを発揮して、ひたすら悲しみに暮れていた。彼女の声は夜の街路の静けさを破った。「タンディになりたい。タンディになりたい。タンディ・ハードになりたい」と彼女は叫び、首を振りながら泣いた。あの酔っ払いの言葉が彼女にもたらした幻影を担《にな》うには、若さの力だけでは足りないかのようだった。

神の力

　カーティス・ハートマン師はワインズバーグの長老派教会の牧師だった。十年前からその地位に就いていて、いま四十歳。生まれつき物静かで口数が少なかった。人々の前に立って説教壇から説教をするのは、彼にとっていつも苦行であった。水曜日の朝から土曜日の夜までは、日曜日にしなければならない二つの説教のことで頭がいっぱいになるのだ。日曜日の朝早く、彼は教会の鐘楼にある、書斎と呼ばれている小さな部屋に引っ込み、お祈りをした。そのお祈りには、常に顕著な一つの主題があった。「あなた様への務めを為《な》すだけの力と勇気をください、神様！」と彼は訴えたのだ。剝《む》き出しの床板にひざまずき、自分の目の前にある務めに対して頭《こうべ》を垂れた。

　ハートマン師は背が高く、茶色い顎鬚《あごひげ》をたくわえていた。妻はがっしりとした神経質な女で、オハイオ州クリーヴランドの下着製造業者の娘だった。牧師自身は町でかなり気に入られていた。教会の年長者たちは、彼が寡黙《かもく》で控えめであるために彼を好いていて、銀行家の妻であるホワイト夫人は、彼が学者肌で洗練されていると考えていた。

長老派教会は、ワインズバーグのほかの教会とは一線を画している感があった。ほかよりも大きく、立派で、牧師の給料もよかった。牧師は専用の馬車さえ持っていて、夏の夜などはときどき妻を連れて町をドライブした。メインストリートを抜け、トチノキ《バックアイ》通りを行ったり来たりして、人々に厳《おごそ》かに頭を下げる。妻のほうは心に秘めた誇らしさに顔を火照《ほて》らせ、目の隅で牧師を見つめつつ、馬が怯《おび》えて逃げはしないかと心配していた。

カーティス・ハートマンがワインズバーグに来てから何年ものあいだ、すべては順調に進んでいた。教会の信者たちに熱狂的な思いを湧《わ》き上がらせるようなタイプではなかったが、敵も作らなかったのである。実のところ彼はかなり真面目《まじめ》で、いつまでもくよくよと思い悩むこともあった。町の大通りや小道で、神の言葉を叫ぶことができないため、自責の念を感じるのだ。自分のなかで精神の炎が本当に燃えているのだろうかと訝《いぶか》しみ、強い力の奔流が新たに現われる日を夢見ていた。強い風が吹き込むように、自分の声と魂にその流れが押し寄せる日。そうなれば、彼のなかに現われた神の姿を見て、人々は恐れおののく……。「私は憐《あわ》れな枯れ枝のような存在だ、そんなことは私には起こらない」。彼はそう考えて意気消沈した。しかし、辛抱強さがうかがわれる笑みを浮かべて顔を輝かせることもあった。そして、「まあ、いいだろう。私は充分にうまくやっている」と達観した様子で付け足すのだ。

牧師は日曜日の朝になると、神の力が自分に満ちるようにと祈るため、教会の鐘楼の部屋に行った。この部屋には窓が一つしかなかった。細長くて狭く、蝶番《ちょうつがい》でドアのように外側に開く窓である。小さな鉛枠の窓ガラスには、キリストが子供の頭に手を置いている絵が描かれていた。ある夏の日曜日の朝、彼はこの部屋の机に大きな聖書を広げ、机に向かって座っていた。説教を書いた紙がそこらに散らばっていた。そのとき、隣家の上階の部屋が見え、彼はショックを受けた。女がベッドに寝転がり、本を読みながら煙草《たばこ》を吸っていたのである。カーティス・ハートマンは爪先《つまさき》立ちで窓まで行き、そっと窓を閉めた。女が煙草を吸っていることにギョッとしただけでなく、神の本のページから目を上げた途端、女の剝き出しの肩や白い喉《のど》を見てしまったことに身震いしたのだ。脳味噌《のうみそ》がぐるぐる回っているような状態で彼は祭壇に降り、自分の身振りや声のことをまったく意識せずに長い説教をした。説教は力強く明晰《めいせき》であったために、いつになく会衆の関心を惹《ひ》きつけた。「彼女はこれを聞いているだろうか、私の声は彼女の魂にメッセージを届けているだろうか」。彼はそう考え、ある望みを抱くようになった。いつか日曜日の朝に、罪を重ねているように見えるあの女の心に触れ、目覚めさせる言葉が言えないものだろうか、と。

長老派教会の隣りの家――窓から見えた光景によって牧師を動転させた家――には、二人の女が住んでいた。エリザベス・スウィフト小母《おば》さんと、その娘のケイト・スウィフトである。白髪頭で、いかにも賢そうな顔をした未亡人のエリザベスは、ワインズバーグ・ナショナル銀行にたくさん金を預けていた。ケイトはほっそりと引き締まった体をした、三十歳の学校教師。友人はほとんどおらず、口が悪いという評判が立っていた。その女のことを考え始めたカーティス・ハートマンは、彼女がヨーロッパに行ったことがあり、ニューヨークに二年住んでいたことを思い出した。「たぶん彼女の喫煙なんて大したことではないのだ」と彼は考えた。自分が大学生時代、ときどき小説を読んだときのことも思い出した。たまたま手にした本のなかで、どことなく世間ずれはしていても身持ちのよい女性がしょっちゅう煙草を吸っていたのだ。新たな決意に衝《つ》き動かされ、彼は一週間すべてを説教の準備に費やした。そして、この新しい聞き手の耳と魂に声を届かせようと熱心に取り組むあまり、祭壇で自分が怖気《おじけ》づいていたことや、日曜日の朝に書斎で祈らずにいられなかったことを忘れた。

ハートマン師が女性と関わった経験はかなり限られていた。彼はインディアナ州マンシーの馬車製造業者の息子で、自分で学費を稼いで大学を出た。下着製造業者の娘は、彼が学生時代に住んでいた家に下宿しており、堅苦しく長たらしい求婚期間の末に結婚した。この求婚はだいたいのところ娘のほうがやったことだった。結婚したとき、下着製造業者は娘に五千ドルを贈り、さらに少なくともその二倍を譲ると遺言で約束した。牧師は幸運な結婚をしたと考え、ほかの女性を思うことなど自分に許さなかった。ほかの女性のことなど考えたくなかった。彼が求めていたのは神への務めを静かに、真面目に果たすことだったのだ。

牧師の心に葛藤《かっとう》が生まれた。ケイト・スウィフトの耳に声を届かせ、自分の説教を通して彼女の魂を掘り下げたいと思っているうちに、ベッドに静かに横たわる白い体をもう一度見たいと望むようにもなったのである。ある日曜日の朝、こういうことを考えて眠れなくなり、彼は起き上がって通りを散歩した。メインストリートを歩き、旧リッチモンド邸の近くまで行って立ち止まると、石を一つ拾って鐘楼の部屋に急いだ。その石で窓ガラスの隅を割り、ドアに鍵《かぎ》をかけ、机に向かって座った。そして聖書を広げ、じっと待った。ケイト・スウィフトの部屋の窓に掛かっているカーテンが上がり、窓ガラスの穴からまっすぐにベッドが見えるようになった。しかし、誰もいなかった。彼女も早起きし、散歩に出ていたのである。カーテンを上げた手はエリザベス・スウィフト小母さんのものだった。

牧師は喜びのあまり泣きそうになった。「覗《のぞ》き見」という肉体的欲求から救済されたのだ。彼は神を讃《たた》えつつ家に戻った。しかし、うっかりと窓ガラスの穴を塞《ふさ》ぐのを忘れた。そこには、キリストの顔の前で立ちすくみ、うっとりと見入っている少年の絵が描かれていたが、窓の隅からガラスの欠片《かけら》が落ちたため、その裸足《はだし》の踵《かかと》が一部欠けてしまった。

カーティス・ハートマンはその日曜日の朝、準備していた説教を忘れた。会衆に向かって話しているとき、あなた方の牧師が特別な人間だと考えるのは間違いだと言い始めた。牧師だからと言って、非の打ち所のない生活を生まれつき送るように選ばれたわけではない。「私自身の経験から言って、聖職者である私たちも、みなさんが悩まされるのと同じ誘惑に悩まされます」と彼はきっぱりと言った。「私も誘惑され、誘惑に負けたこともありました。私が救われたのは、神が私の頭のすぐ下に手を差し伸べ、引き上げてくださったからにすぎません。私を引き上げてくださったのと同じように、神はあなた方も引き上げてくださいます。だから絶望してはいけません。罪を犯したとき、天に目を向ければ、あなた方は何度でも救われます」

牧師はベッドの女性のことを心から断固として閉め出し、妻の前では恋人のように振る舞い始めた。ある晩、二人で馬車に乗っているとき、トチノキ《バックアイ》通りから横道に入り、貯水池を見下ろすゴスペルヒルの暗がりのなかで、セアラ・ハートマンの腰を抱き寄せた。朝食を食べ終わり、家の裏の書斎に引きこもろうとするときは、テーブルをくるりと回って妻のところに行き、その頰にキスをした。ケイト・スウィフトのことが頭に浮かんだときには、天に目を向けて微笑《ほほえ》んだ。「主よ、手をお貸しください」と彼はつぶやいた。「あなた様への務めに専念できるよう、私を狭い道から踏み外させないでください」

茶色い顎鬚をたくわえた牧師の魂のなかでは、いまや本当の闘争が始まっていた。たまたま彼はケイト・スウィフトが夜ベッドに横たわり、本を読む習慣があることを知った。ベッドわきのテーブルの上にランプが置かれ、その光が彼女の白い肩と剝き出しの喉を照らし出した。その発見をした夜、牧師は書斎の机に九時から十一時過ぎまで座り、彼女のランプが消えてから、よろよろと教会の外に出た。そして街路を歩き回り、お祈りをして、もう二時間を過ごした。彼はケイト・スウィフトの肩と喉にキスしたくはなかったし、そういう考えに耽《ふけ》ることを自分に許さなかった。自分が何を求めているのかわからなかった。「私は神の子供なのだから、神が私を私自身から救ってくださらなければならないのだ」。彼は街路をさまよい歩きながら、樹下の闇《やみ》のなかでそう叫んだ。一本の木のわきに立ち、雲に覆《おお》われた空を見上げた。強い風が吹き、雲が流されていた。彼は神に対して直接、熱心に語りかけ始めた。「お願いです、父なる神よ、私を忘れないでください。明日には窓の穴を塞ぐ力を私にお与えください。私の目を天に向けさせてください。私を見捨てないでください。あなたの僕《しもべ》があなたを必要としているのです」

牧師は静まり返った通りを行ったり来たりし、彼の心は何日も何週間も悩みを抱え続けた。自分に訪れた誘惑が理解できず、なぜ訪れたかの理由も突き止められなかった。ある意味で彼は神を責めるような気持ちになり始めた。自分は真実の道を歩み続けようとしてきたのだし、罪深いことを求めて走り回るようなことはなかったのだと自分に言い聞かせた。「若いときからいまに至るまで、私は静かに自分の務めを果たしてきた」と彼は言った。「どうしていま誘惑されなければならないのだ？　こんな重荷を負わされるとは、いったい私は何をしたというのだ？」

その年の初秋から冬にかけて三回ほど、カーティス・ハートマンは家から忍び出て、鐘楼の部屋に行った。闇のなかにじっと座り、ケイト・スウィフトがベッドに横たわる姿を見つめるのである。それから散歩に出て、通りで祈る。彼は自分自身が理解できなかった。何週間も、女教師のことをほとんど考えずにいられるときもあり、彼女の体を見たいという肉欲を克服できたのだと自分に言い聞かせた。それから何かが起きてしまうのだ。自分の家の書斎に座り、熱心に説教文の作成に取りかかっているとき、突然そわそわし始める。部屋を行ったり来たりして、「散歩に出よう」と独り言を言って外に出る。教会のドアから中に入るときも、そこに行く理由を自分に対して否定し続ける。「窓の穴は塞がないでおこう。夜ここに来て、あの女性が見えるところに座り、それでも視線を上げないという訓練をするのだ。これに負けるわけにはいかない。神は私の魂を試すためにこの誘惑を用意された。私は闇を手探りで進み、正義の光のもとに至るのだ」

一月のある夜、非常に寒く、ワインズバーグの町が雪に深く埋もれたとき、カーティス・ハートマンは教会の鐘楼の部屋を訪ねた。そして、これが最後の訪問となった。自宅を出て、急ぎ足で歩き始めたとき、すでに九時が過ぎていた。あまりに急いでいて、オーバーシューズを履くのを忘れてしまった。メインストリートに出ていたのは夜警のホップ・ヒギンズだけで、町全体でまだ起きていたのはこの夜警とジョージ・ウィラードだけだった。ジョージは『ワインズバーグ・イーグル』紙の編集室で物語を書こうとしていた。教会に向かって牧師は道を歩いた。雪の吹きだまりのなかをゆっくりと進みながら、今回は罪に全面的に身を委《ゆだ》ねようと考えていた。「あの女性をこの目で見たいし、肩にキスすることを想像したい。自分の考えたいことを好きなように考えるのだ」。この悲痛な思いを口にすると、彼の目には涙が浮かんできた。牧師職から離れ、別の生き方を試そうと考え始めていた。「どこか都会に行き、ビジネスを始めるんだ」と彼は言った。「私の生まれついての性質が罪に抵抗できないものだとしたら、罪に身を委ねることにしよう。少なくとも、そうなれば私は偽善者ではない。神の言葉を説きながら、自分のものではない女性の肩や首のことを考えるのとは違う」

その一月の夜、教会の鐘楼の部屋は寒かった。ここにずっといたら病気になる。カーティス・ハートマンは部屋に入るやいなや、そう気がついた。雪のなかを歩いて来たので足は濡《ぬ》れているが、部屋に火の気はない。隣りの家の部屋にケイト・スウィフトはまだ現われていなかった。厳粛な決意を胸に男は腰を下ろして待った。椅子《いす》に座り、聖書が載っている机の縁を握って、闇をじっと見つめた。生涯で最も罪深いことを考えた。妻のことを思い出し、その瞬間、彼女に憎しみのようなものを感じた。「妻はいつでも情欲を恥ずかしいものとして振る舞い、私を騙《だま》してきた」と彼は考えた。「男は生々しい情欲と美を女性に求める権利がある。自分が動物だということを忘れてはいけないし、私のなかにはギリシャ神話の神々のような部分があるのだ。私は妻を捨ててほかの女を求めよう。あの女教師につきまとう。男たちの目など無視する。私が肉欲の動物だとしたら、肉欲のために生きるのだ」

男は取り乱し、全身を震わせた。寒さのためでもあったが、心のなかの葛藤のためでもあった。数時間が過ぎ、高熱が彼の体を襲った。喉が痛くなり、歯がガクガク震えた。書斎の床につけていた足は氷のようになった。それでも彼は諦《あきら》めようとしなかった。「私はあの女性を見るし、私がこれまで考えようとしなかったことを考えるのだ」と彼は自分に言い聞かせた。机の縁を握り、じっと待った。

カーティス・ハートマンは、その夜、教会で待ち続けたために危うく死にかけた。そしてそのとき起きたことのなかに、これこそ自分の生き方だと思えるものを見出《みいだ》した。ほかの日の夜、待っていたときは、彼女の部屋はわずかしか見えなかった。窓ガラスに開けた小さな穴から見えるのは、ベッドに占められた部分だけだった。闇のなかで待っていると、女が突然現われ、白いナイトガウン姿でベッドに座ることもあった。彼女はランプを明るくし、いくつかの枕《まくら》で体を支え、本を読んだ。ときには煙草を吸った。彼女の剝き出しの肩と喉だけが見えた。

その一月の夜、彼は寒さで死にそうになった。心は二度か三度、おかしな空想の世界へと迷い込みそうになり、意志の力を使って意識を取り戻さなければならなかった。それからケイト・スウィフトが現われた。隣りの家の部屋がランプで明るくなり、ずっと待っていた男は空っぽのベッドを見つめた。すると、目の前で裸の女がベッドに身を投げ出した。女は顔を突っ伏して泣き、拳《こぶし》で枕を叩《たた》いた。最後にワッと大泣きしてから女は途中まで起き上がり、男の見ている前で祈り始めた。この罪深い女を見たい、好きなことを考えたいとずっと待っていた男の前で。ランプに照らされた彼女の体は引き締まって力強く、少年のようだった。鉛枠の窓に描かれた、キリストと一緒にいる少年に似ていた。

カーティス・ハートマンは自分がどのようにして教会を出たのか覚えていなかった。叫び声をあげて立ち上がり、その拍子に重い机が床の上で滑った。聖書が落ち、静寂を破る大きな音を立てた。隣りの家の灯りが消えると、彼はよろよろと階段を降り、外に出た。通りを歩き、『ワインズバーグ・イーグル』紙の編集室に駆け込む。そこではジョージ・ウィラードが自分自身の葛藤に苦しみ、部屋を行ったり来たりしていた。そのジョージに向かって牧師はとりとめもなく話し始めた。「神の御業《みわざ》は人間の理解を超えている」と彼は駆け込んですぐに叫び、それからドアを閉めた。そして青年のほうに迫って来た。目は輝き、声は熱を帯びて響き渡った。「私は光を見出したのだ」と彼は叫んだ。「この町に来て十年、ようやく神が私の前に現われた。それも、女の体を介して」。声のトーンが下がり、囁《ささや》き声になった。「私は理解していなかった」と彼は言った。「私が魂の試練だと思っていたことは、精神の新しい段階への準備にすぎなかったのだ。より美しい熱情を伴う段階だよ。神はケイト・スウィフトの姿で私の前に現われた。ベッドの上に裸でひざまずく教師の姿で。ケイト・スウィフトを知っているかね？　彼女自身は気づいていないかもしれないが、彼女は神の道具なんだ。真実のメッセージを担《にな》っているんだよ」

カーティス・ハートマン師は後ろを振り返り、編集室から出て行こうとした。ドアのところで立ち止まり、人気《ひとけ》のない通りを見渡してから、またジョージ・ウィラードのほうを向いて言った。「私は救済された。恐れを抱くことはない」。彼は血を滴《したた》らせている拳を青年のほうに突き出して見せた。「私は窓ガラスを叩き割ったんだ」と彼は叫んだ。「これでガラスをすべて換えなければならなくなる。神の力が私に宿り、拳で割ることができたんだ」

教師

ワインズバーグの街路には雪が深く積もった。雪は午前十時ごろに降り始め、風が強くなって、メインストリート沿いに雪煙を舞い上げた。町につながる泥の道は凍り、かなり平らになって、ところどころ泥の上に氷が張っている。「こいつは橇《そり》で気持ちよく滑れるぞ」とエド・グリフィスの酒場でウィル・ヘンダーソンが言った。カウンターに立っていた彼は酒場を出て、ドラッグストアを経営するシルヴェスター・ウェストに会った。ウェストは北極《アークティクス》と呼ばれるオーバーシューズを履いて、よろよろと歩いていた。「この雪で、土曜日には人がたくさん町に出て来るだろうな」とドラッグストア店主は言った。二人の男は立ち止まり、しばらく身近なことなどを話し合った。ウィル・ヘンダーソンは薄めのコートを着て、オーバーシューズは履いておらず、右足の爪先《つまさき》で左足の踵《かかと》を叩《たた》いていた。「雪は小麦にはいいだろう」とドラッグストア店主は物知り顔で言った。

若きジョージ・ウィラードは雪が降ったのがうれしかった。その日は特にすることがなく、働く気になれなかったのである。週刊新聞は水曜日の夜に印刷が終わり、郵便局に送られていた。雪が降り始めたのは木曜日だ。午前八時、朝の列車が通り過ぎたあと、彼はスケート靴をポケットに入れ、貯水池に行った。しかしスケートはせず、池を通り越して、ワインクリークに沿った道を歩いて行った。そしてブナの木立ちがあるところまで来ると、丸太の片側で焚火《たきび》をし、その端に座って考えた。雪が降り、風が吹き始めたとき、彼はあたりをせかせかと歩き回って、焚火の燃料になるものを探した。

若き新聞記者は、かつて学校で教わった教師であるケイト・スウィフトのことを考えていた。前日の夜、読んでほしいと言われた本を借りるために彼女の家に行き、二人きりで一時間ほど過ごしたのである。この女にものすごく真剣に語りかけられるのは四度目か五度目だったが、彼は相手が何を言いたいのか理解できなかった。彼女が自分に恋をしているのかもしれないと考え始め、そう考えるのはうれしかったが、どうしたらいいのかわからなかった。

彼は丸太から跳ねるように起き上がり、焚火に枯枝をくべ始めた。それからあたりを見回し、一人きりであることを確かめると、あの女と一緒にいるふりをして話し始めた。「あなたは演技をしているだけですよ。あなただってわかっているはずです」と彼は断言した。「あなたの本心を探り出します。見ててください」

青年は立ち上がり、焚火を燃えたままにして、同じ道を歩いて町に帰った。通りを歩いていくとき、ポケットのなかでスケート靴がカチカチと鳴った。新ウィラード館の自室に戻ってストーブに火を点《つ》け、ベッドに横になった。すると淫《みだ》らな考えが浮かんできた。彼は窓のカーテンを閉め、目を閉じ、壁のほうに顔を向けた。枕《まくら》を腕に抱え、ギュッと抱き締めて、最初は女教師のことを考えた。彼女の言葉が彼の内部の何かを揺さぶったのである。それから銀行家の娘であるヘレン・ホワイトのことを――このスリムな娘に対して彼は長いこと恋に似た感情を抱いていた。

夜の九時には雪が道路に深く積もり、厳しい寒さになっていた。歩き回るのは難しく、店々の灯りは消え、人々は這《は》うように家に帰って行った。クリーヴランドからの夜の列車はとても遅れていたが、誰もそのことに注意を払わなかった。十時になると、千八百人の町民は四人を除いてみなベッドに入っていた。

夜警のホップ・ヒギンズは、半分くらい目を覚ましていた。脚が不自由で、杖《つえ》を突いて歩く男。暗い夜にはランタンも持って歩いた。九時から十時のあいだに巡回に出て、メインストリートを行ったり来たりする。吹きだまりのなかをよろよろと歩き、店のドアが閉まっているかどうか確かめる。それから横道に入り、裏口が閉まっているかどうか確かめる。すべて閉まっていることを確かめてから、早足で角を曲がり、新ウィラード館のドアを叩く。夜の残りはストーブのそばで過ごしたかったのである。「ベッドで寝なよ。ストーブは俺が見とくから」と彼はホテルの事務所の簡易寝台で眠っている少年に声をかける。

ホップ・ヒギンズはストーブのそばに腰を下ろし、靴を脱いだ。少年が眠るために立ち去ると、自分の身の回りのことを考え始めた。春には家のペンキを塗りたかったので、ストーブのわきに座って塗装費と人件費の計算をした。そうしているうちに別の計算も始めた。夜警は六十歳になり、引退したいと思っていた。南北戦争の兵士だったので、わずかな年金をもらっていた。生計を立てる新しい方法はないかと考えており、フェレットの飼育を職業にしたいと願っていた。この奇妙な形をした獰猛《どうもう》な動物を、彼は家の地下室ですでに四匹飼っていた。ウサギの狩猟をする人が使う動物である。「いまは雄が一匹に雌が三匹いる」と彼は考えた。「運がよければ、春までに十二匹か十五匹になるだろう。もう一年すれば、狩猟の新聞にフェレット販売の広告が出せる」

椅子《いす》でくつろいでいるうちに、夜警の頭のなかは空っぽになった。眠ったわけではない。何年もの訓練で、長い夜を眠らずに、しかし目を覚ますこともなく、何時間も過ごすことができるようになっていた。朝になると、まるで眠ったかのように、すっきりしているのだ。

ホップ・ヒギンズがストーブの背後の椅子に落ち着いたので、ワインズバーグで目を覚ましているのは三人になった。ジョージ・ウィラードは『イーグル』紙の編集室で物語を書いているふりをしていたが、実のところ、朝の焚火のときの気分が続いていた。長老派教会の鐘楼では、カーティス・ハートマン師が暗闇《くらやみ》のなかでじっと座り、神からの啓示を待っていた。学校教師のケイト・スウィフトは家を出て、吹雪のなかを歩こうとしていた。

ケイト・スウィフトが散歩に出たのは十時過ぎで、これは衝動的に行われたことだった。まるで男と青年が彼女のことを考え、それによって彼女を冬の街路に連れ出したかのようだった。エリザベス・スウィフト小母《おば》さんは投資した物件の抵当権に関わる問題で郡庁所在地に行き、次の日まで戻らないことになっていた。その家のリビングルームで、底だきストーブと呼ばれる巨大なストーブのわきに座り、娘は本を読んでいた。それから突如として跳び起き、玄関のラックから袖なし外套《クローク》を取ると、家から走り出た。

三十歳のケイト・スウィフトは、ワインズバーグでは美人として知られているわけではなかった。顔色が悪く、染《し》みが顔じゅうにあり、いかにも不健康そうだった。しかし夜の冬の街に一人きりでいると、彼女は愛らしかった。背筋が伸び、肩はがっしりとしていた。顔立ちは小さな女神像を思い出させた。夏の夜、薄暮の庭にたたずむ小さな女神像といったところだ。

その日の午後、女教師はウェリング医師の診察を受けた。医師は彼女を叱《しか》り、このままでは聴力を失う危険があると告げた。ケイト・スウィフトが吹雪のときに屋外にいるのは愚かしいことだった。愚かしく、そしておそらく危険なことなのだ。

通りを歩いている女は医師の言葉を覚えていなかったし、覚えていても引き返さなかったであろう。とても寒かったが、五分も歩くと、寒さは気にならなくなった。最初に彼女は自分の家の通りを果てまで歩き、飼料小屋の前の地面に置いてある干し草用の秤《はかり》を通り越して、トラニオン街道に入った。そしてトラニオン街道をネッド・ウインターズの納屋《なや》まで行き、東に曲がって、平屋の木造家屋が並ぶ通りを歩いた。その通りはゴスペルヒルに続き、そこからサッカーロードに入って、浅い谷に降りる。

アイク・スミードの養鶏場を過ぎると、浄水場の貯水池がある。歩いているうちに、屋外に出たときの大胆で高揚した気分は消えたが、しばらくするとまた甦ってきた。

ケイト・スウィフトの性格にはどこか辛辣《しんらつ》で、近寄りがたいところがあり、それを誰もが感じ取っていた。教室では物静かで、冷たく、厳格だったが、奇妙な形で生徒たちととても親しかった。ほんのたまに何かが彼女に起きた様子で、幸せそうにしていることもあり、教室の生徒たちもみな彼女の幸せを感じた。そんなとき生徒たちは、しばらくのあいだ勉強はせずに背筋を伸ばし、椅子にじっと座って彼女を見つめるのだった。

女教師は手を背中で組み、教室を行ったり来たり歩いて、とても早口でしゃべった。心に浮かんだ話題が何であろうと気にしている様子はなかった。一度、子供たちにチャールズ・ラム〔一七七五～一八三四。イギリスの随筆家、批評家〕の話をしたことがあり、このすでに亡《な》くなった作家の人生に関して奇妙なエピソードをでっち上げた。チャールズ・ラムと同じ家に住んでいて、彼の私生活の秘密をすべて知っている者が語るような調子で語ったのである。子供たちはどことなく混乱し、チャールズ・ラムはワインズバーグに住んでいた人なのだろうと思って聞いていた。

別の機会には、子供たちにベンヴェヌート・チェッリーニ〔一五〇〇～七一。イタリアの彫刻家、金細工師。波乱の人生を綴った自叙伝でも有名〕の話をし、このとき子供たちは笑いに笑った。チェッリーニを何という愛すべき男に仕立て上げたことか！　彼女はこの昔の芸術家を自慢屋で、騒々しく、勇敢な男として描いた。彼に関してもエピソードをでっち上げたのである。ミラノでドイツ人の音楽教師がチェッリーニの下宿の上に住んでいたという話は、子供たちを大いに笑わせた。シュガーズ・マクナッツという、赤い頰をした太った少年は、笑いすぎて目まいを起こし、椅子から転げ落ちたほどだった。ケイト・スウィフトも彼と一緒になって笑った。それから突如として彼女はまた冷たく厳格になった。

　その冬の夜、雪の積もった人気《ひとけ》のない道を歩いているとき、女教師の人生に危機が忍び込んだ。ワインズバーグの住民の誰一人としてそんなことは思わなかったろうが、彼女のこれまでの人生は冒険に富んでいたし、いまもまだ冒険に富んでいた。毎日、教室で教えているときや、通りを歩いているとき、彼女のなかで悲しみと希望と欲望が戦っていた。冷たそうな外見の奥深く、心の奥では、異常な出来事が起きていたのである。町の人たちは彼女を断固とした独身主義者だと思っていたし、鋭いしゃべり方をし、我が道を行くというタイプなので、彼女には人間的な感情が欠けていると考えていた。自分たちの人生を構成し、同時に傷つけている感情が、彼女には欠けている、と。実のところ、彼女は町じゅうで最もひたむきに情熱的な女性だった。旅から戻り、ワインズバーグに落ち着いて学校教師になったのだが、それからの五年間で、夜に外出せずにはいられなくなることが何度もあった。真夜中まで歩き回って、心のなかで荒れ狂う闘争を戦い抜く。一度など、雨が降っている夜に六時間も外出し、戻ったときにエリザベス・スウィフト小母さんと喧嘩《けんか》をした。「おまえが男でなくてよかったよ」と母親は厳しい口調で言った。「おまえの父さんの帰宅をやきもきして待ったのは一度や二度じゃない。今度はどんな厄介事を起こしたんだろうって。そういうふうにやきもきするのはもうたくさんだ。父さんの最悪なところを受け継ぐなんて、勘弁してほしいよ」

ケイト・スウィフトの心はジョージ・ウィラードのことを考えて熱くなっていた。彼が学校時代に書いたものの何かに才能のきらめきを認め、そのきらめきを燃え上がらせたいと願っていたのである。夏のある日、彼女は『イーグル』紙の編集室に行き、青年が暇そうにしているのを見て、外に連れ出した。メインストリートを歩いて屋外市《フェア》会場まで来ると、土手の草地に座って話をした。作家はどのような困難に直面しなければならないのか。女教師はそれを青年の心にしっかりと刻みつけたいと考えていた。「あなたは人生を知らなければならない」と彼女は言った。その声は真剣さのあまり震えていた。彼女はジョージ・ウィラードの両肩を摑《つか》み、自分のほうを向かせて、彼の目をまっすぐに見据えた。通行人がいたら、二人が抱き合うところだと思ったかもしれない。「作家になるんだったら、言葉をもてあそぶのをやめなければならないわ」と彼女は説明した。「もっと準備が整うまで、書くことを一切やめたほうがいいかもしれない。いまはまず生きるべき時期なのよ。怯《おび》えさせるつもりはないけど、自分が何をやろうとしているのか、その意味をあなたにわからせたい。単なる言葉の商人になっては駄目。学ぶべきは人々が何を考えているかであって、人々が何を言うかじゃないの」

吹雪になった木曜日の前の晩、カーティス・ハートマン師が教会の鐘楼の部屋に座り、彼女の体を見ようと待ち構えていたとき、若きウィラードは本を借りるために女教師を訪ねた。青年を混乱させ、困らせたことが起きたのはそのときだった。本を腕に抱えて帰ろうとしたとき、ケイト・スウィフトがまた大真面目《おおまじめ》に話し始めたのだ。夜が更《ふ》け、部屋の灯りは暗くなってきた。彼が立ち去ろうと背を向けると、彼女は静かな声で彼の名前を呼び、衝動的な動きで彼の手を握った。新聞記者の青年が急速に大人になっているので、彼の男としての魅力が、少年らしい愛嬌《あいきょう》とあいまって、孤独な女の心を揺さぶったのだ。人生の意味を彼に悟らせたいという情熱的な欲求が彼女の全身に押し寄せた。人生の意味を正しく、正直に解釈できるように。身を乗り出し、彼女の唇が彼の頬に触れた。その瞬間、彼は彼女の容貌《ようぼう》の際立《きわだ》った美しさに初めて気づいた。二人とも気まずくなり、彼女は気分を晴らそうとして、厳しく横柄《おうへい》な態度を取った。「言っても無駄ね。私が言っていることの意味がわかり始めるのに、あなたはあと十年かかるわ」と彼女は情熱的に言った。

吹雪の夜、牧師が教会でケイト・スウィフトを待ち構えていたとき、彼女は『ワインズバーグ・イーグル』紙の編集室に出かけた。青年ともう一度話そうと考えたのだ。雪のなかを長い時間歩いたので、彼女は凍え、寂しく、疲れていた。メインストリートを歩いているとき、印刷所の窓からの灯りが雪の上で光っているのが見え、衝動的にドアを開けて中に入った。そして一時間ほど編集室のストーブのわきに座り、人生について語った。情熱的に、真剣に語った。彼女を雪のなかへと連れ出した衝動が舌に乗り移り、学校で生徒を前にしたときにときどきなるように、インスピレーションを得た。この青年のために、人生のドアを開けてやりたくてたまらなくなったのだ。かつての自分の教え子で、人生を理解する才能に恵まれていると思われる青年のために。その思いがあまりに強く、肉体的な欲求にも近くなった。彼女は再び彼の肩を摑み、自分のほうを向かせた。ぼんやりとした光のなかで彼女の目が輝いた。彼女は立ち上がって笑ったが、いつものような鋭い笑い声ではなく、ためらうような奇妙な笑い方だった。「行かなきゃ」と彼女は言った。「これ以上いたら、あなたにキスしたくなっちゃうから」

新聞社の編集室に困惑が湧き起こった。ケイト・スウィフトはジョージに背を向けると、ドアに向かって歩いた。彼女は教師であったが、女でもあった。ジョージ・ウィラードを見つめるとき、男に愛されたいという情熱的な欲求が――これまでにも千回は彼女の全身を嵐《あらし》のように包み込んだのだが――彼女を捉《とら》えた。ランプの灯りの下で、ジョージ・ウィラードはもはや少年には見えなくなった。男である。まさに男としての役割を果たそうとしている男。

ジョージ・ウィラードに引き寄せられたとき、彼女は抗《あらが》わなかった。温かい小さな編集室の空気が突如として重くなり、彼女の体から力が抜けた。ドアのそばの低いカウンターに寄りかかって彼女は待った。彼が手を彼女の肩に乗せると、彼女は振り返り、体をぐったりと彼にあずけた。ジョージ・ウィラードの困惑はすぐに高まった。女の体をしっかりと自分の体に抱き寄せたのだが、女が体を強張《こわば》らせたのだ。そして二つの鋭い拳《こぶし》が彼の顔を叩き始めた。女教師が走り去り、一人だけ残されると、彼は激しく罵《ののし》りながら部屋を行ったり来たりした。

　この混乱のなかにカーティス・ハートマン師が入って来たのである。彼が来たとき、ジョージ・ウィラードは町全体が狂ってしまったのではないかと考えた。血まみれの拳を振り回しながら、牧師はジョージがついさっき抱きしめた女性が神の使いだと断言し、真実のメッセージを担《にな》っていると言ったのだ。


　ジョージは窓際のランプの火を吹き消し、印刷所の鍵《かぎ》をかけて家に帰った。ホテルの事務所を通り、フェレットを飼育する夢に浸っているホップ・ヒギンズを通り越して、自分の部屋に上がった。ストーブの火は消えていて、彼は冷気のなかで着替えた。ベッドに入ると、シーツは水分のない雪の毛布のように感じられた。

　ジョージ・ウィラードはベッドのなかで寝返りを打った。その日の午後、枕を抱きしめ、ケイト・スウィフトのことを考えていたベッドである。先ほどは牧師が突如として気がふれたのだと思ったのだが、その牧師の言葉が耳のなかで鳴っていた。ジョージはじっと目を凝らして部屋じゅうを見回した。しくじった男が抱いて当然の憤《いきどお》りは消え、何が起きたのかを理解しようとした。しかしどうしてもわからず、何度もこのことを頭のなかでいじくり回した。何時間も経《た》ち、そろそろ次の日の朝が来る時間だろうと考え始めた。午前四時に彼は掛け布団《ぶとん》を首まで引っ張り上げ、眠ろうとした。うとうととしてきて目を閉じたとき、手を挙げて、暗闇のなかを手探りした。「僕は何かを逃したんだ。ケイト・スウィフトが言おうとしていたことを掴めなかった」と彼は眠そうにつぶやき、それから眠りに落ちた。その日の夜、ワインズバーグじゅうで最後に眠りに就いたのが彼だった。

孤独

彼はアル・ロビンソン夫人の息子だった。夫人はかつてトラニオン街道から分かれる脇道《わきみち》沿いに農場を持っていた。ワインズバーグの東、町の境界から三キロのところである。農場の家は茶色に塗られ、道に面したすべての窓のブラインドはいつも閉ざされていた。家の前の道にはニワトリの群れがいて、二羽のホロホロチョウとともに、分厚い埃《ほこり》をかぶっていた。イーノックはこの当時、母親と一緒にこの家に住んでいて、若いときはワインズバーグ高校に通った。年長の住民たちは彼のことを物静かでニコニコ笑っている、口数の少ない少年だと記憶していた。町に出て来るときはいつも道の真ん中を歩き、ときには本を読んでいた。馬車の御者たちは彼が邪魔だということに気づかせようと叫んだり罵《ののし》ったりし、それでようやく彼は踏みならされた轍《わだち》をあけて馬車を通すのだった。

イーノックは二十一歳のときニューヨークに行き、都会生活を十五年間続けた。フランス語を勉強し、美術の学校に通って、絵画の才能を伸ばしたいと望んでいた。心のなかでパリに行く計画を立て、彼《か》の地の名匠たちのなかで美術の訓練の仕上げをしたかったのである。しかし、それは実現しなかった。

イーノック・ロビンソンにとっては、何一つ実現しなかったのだ。うまく絵を描くことはできたし、脳のなかには奇妙で繊細な発想がたくさん隠れていて、画家の筆をもってすれば表現できたかもしれなかった。ところが彼はずっと子供のままで、それが世間で成功するための妨げとなった。大人になれなかったので、もちろん人々のことが理解できず、人々に自分を理解させることもできなかった。彼のなかの子供は物事と衝突し続け、金やセックスや人々の意見といった現実のものと衝突した。一度など路面電車に衝突し、鉄柱に叩《たた》きつけられた。そのため脚が不自由になり、そのことも彼の発展を妨げる要因となった。こうした要因がたくさんあって、イーノック・ロビンソンにとって物事は何一つうまくいかなかったのである。

ニューヨーク市で生活するために初めてこの大都会に出たとき、イーノックはまだ人生の現実によって混乱したり狼狽《ろうばい》したりしていなかった。若い男たちとさかんに付き合ったし、男性も女性も含む、若い芸術家たちのグループにも加わった。彼らが夜に、イーノックの部屋を訪ねることもあった。一度、彼は酔っ払い、警察署に連れて行かれ、警察裁判所判事によって怖い思いをさせられた。一度は下宿の前の歩道で会った町の女と情事を持とうとした。イーノックは女と一緒に三ブロック歩き、それから怖気《おじけ》づいて逃げ去った。女は酔っ払っていて、このことを面白がった。そしてビルの壁に寄りかかって大笑いしたので、ほかの男も立ち止まって一緒に笑った。二人は一緒に笑いながら歩いて行き、イーノックは困惑して震えながら部屋に逃げ込んだ。

若きロビンソンがニューヨークで暮らしていた部屋はワシントン・スクエアに面していた。廊下のように細長くて狭い部屋だったが、読者はそのことを心に刻みつけておく必要がある。イーノックの物語は実のところ、男の物語という以上に部屋の物語だと言っても過言ではないのだ。

夜になると、この部屋に若きイーノックの友人たちがやって来た。彼らに取り立てて際立《きわだ》つ点はないのだが、あるとすればしゃべるタイプの芸術家だということだ。おしゃべり好きの芸術家については誰もが知っている。世界の歴史が始まって以来、彼らは部屋に集まっておしゃべりをしてきた。芸術の話をするのだが、それに関しては情熱的で、ほとんど熱に浮かされたかのように真剣だ。彼らは芸術が実際以上に重要だと思っているのである。

　ということで、こうした人々が集まり、煙草《たばこ》を吸い、おしゃべりをした。ワインズバーグ近郊の農家出身の青年、イーノック・ロビンソンもそこにいた。彼は隅っこに座り、だいたいにおいて何も言わなかった。その子供っぽい大きな青い目がいかにキョロキョロとあたりを見回していたことか！　壁には彼が描いた絵が掛かっていた。未熟なものばかりで、途中までしか描けていない。友人たちはこうした絵も話題にした。椅子《いす》にふんぞり返り、首を左右に振りながら話し続けた。線や価値や構成についてさまざまに語り合う――いつでも使われる言葉がたくさん費やされた。

　イーノックも話をしたかったが、どう話したらよいのかわからなかった。興奮しすぎて、筋道を立てて話すことができなくなるのだ。話そうとすると早口になり、どもってしまって、おかしなキーキー声になる。だから彼は話すのをやめてしまった。自分が何を言いたいかはわかっていたが、絶対にそれを言えないこともわかっていた。自分の描いた絵が議論されているときは、怒鳴りつけてやりたくなった。たとえば、「おまえら、何もわかってない！」と言って、それから説明するのだ。「おまえらが見ている絵は、おまえらに見えているもの、おまえらが言葉で説明しようとしているものので構成されているのではない。それ以外のものがある。おまえらには見えていないものＬ、おまえらには見えないように意図されているもの。このドアのところに掛かっている、この絵を見てみろ。窓からの光が当たっているやつだ。道のそばの暗い点にはまったく気づかなかったろうが、これはすべての始まりだ。ニワトコの茂みがここにあって、これはオハイオ州ワインズバーグの我が家の前にかつて生えていたような茂みなんだけど、このなかに何かが隠れている。これは女の人なんだ。彼女は馬から投げ出され、馬は駆けて行ってしまった。荷馬車を走らせている老人が心配そうにあたりを見回しているのが見えないかな？　これはサッド・グレイバックで、この道の先に農場を持っている。トウモロコシをカムストックの製粉所で挽《ひ》いてもらうために、ワインズバーグに運んでいるところなんだ。ニワトコの茂みに何かがある、何かが隠れてるってわかっているんだけど、それが何かはわかっていない。

いいかい、女なんだよ。女がここにいるんだ！　そして、美しい人なんだ！　女は傷つき、苦しんでいるけど、音は立てていない。それがどういう状態かわからないかい？　女は静かに横たわっている。真っ白で、微動だにしない。そして、女から美が流れ出て、すべてを覆《おお》っているんだ。この背後の空にも美があるし、そこらじゅうに広がっている。もちろん、僕はその女を描こうとしなかった。美しすぎて描けないんだ。構成だとか、そういうことを話すのって、なんてつまらないんだろう！　どうしておまえらは空を見上げ、走って逃げたりしないんだ？　オハイオ州ワインズバーグで僕が少年時代にやったように」

そういったことを、若きイーノック・ロビンソンは言いたくて震えていたのだ。ニューヨーク市で過ごした青年時代、彼の部屋を訪ねてくる客たちに向かって言いたかったのだが、結局のところ何も言わなかった。それから彼は自分の精神を疑い始めた。自分の感じたことが、自分の描く絵画に表現されていないのではないかと心配になったのである。怒り半分の気持ちで彼は他人を部屋に招くのをやめ、ドアに鍵《かぎ》をかけるようになった。すでに充分な人が自分の部屋を訪れたと考え、これ以上人が来る必要はないと考え始めた。すぐに想像力を働かせて、自分が心から話せる人々を作り出し、生きている人々には説明できなかったことを説明するようになった。彼の部屋には男や女の霊が住み着くようになり、そういう霊のなかを彼は行き来して、自分からも言葉を発するようになった。これまでにイーノック・ロビンソンが出会った人は、誰もが何らかの精髄を彼に残しているようだった。彼はそれを変形し、自分の好みに合った人物を作り出せるのだ。絵のなかのニワトコの茂みに潜む傷ついた女性といったもの、すべてを理解できる人物たちを。

オハイオ出身の青い目をした穏やかな青年は、すべての子供がそうであるように、完璧《かんぺき》な自己中心主義者であった。子供が誰も友人を求めないのと同じ単純な理由で、彼も友人を求めなかった。何よりも自分と同じ精神の持ち主を求めた。心から話すことのできる人、何時間でも説教したり叱《しか》ったりできる人、つまりは自分の空想に従う者である。こういう人々に囲まれれば、彼はいつでも自信満々で大胆だった。もちろん彼らもしゃべるし、自分たちの意見もあるが、最後に最高の意見を言うのは必ず彼なのである。脳味噌《のうみそ》のなかに次々とキャラクターが湧《わ》き起こり、彼らと語り合うことで忙しい作家のようなものだった。ニューヨーク市のワシントン・スクエアに面した六ドルの部屋に住む、小さな青い目の王様といったところである。

それからイーノック・ロビンソンは結婚した。寂しく感じるようになり、本物の肉体を持った人間に自分の手で触れたくなったのだ。自分の部屋が空っぽだと感じるようになって何日もが過ぎた。肉欲が体に起こり、欲望が心のなかで膨らんだ。夜には奇妙な熱が内部で燃え上がり、眠りたくても眠れなかった。彼は美術学校で隣りの席に座っていた娘と結婚し、ブルックリンのアパートで一緒に暮らし始めた。結婚した女性とのあいだに二人の子供が生まれ、イーノックは広告のためのイラストを描く会社に就職した。

こうしてイーノックの人生における次の段階が始まった。彼は新しいゲームをプレーするようになったのだ。しばらくのあいだ、世界の生産的な市民の役割を演じることに誇りを抱いた。物事の精髄など考えず、現実の物事とたわむれるのだ。秋には選挙で投票し、毎朝自宅のポーチには新聞が投げ込まれる。夜に仕事から帰って来るときは、路面電車を降り、とても堅実で重要な人物であるような顔をして、知らないビジネスマンのあとを静かに歩く。税金を払っている以上、彼は物事がどのように営まれているかをちゃんと知っておかなければならないと考えた。「私は一廉《ひとかど》の人物となりつつある。実体のある物事の一部に、この州や市などの一部に」。彼はそう自分に言い聞かせた。偉そうだが、人から見れば滑稽《こっけい》だったであろう。一度、フィラデルフィアから帰る途中で、彼は列車で出会った男と議論になった。政府が鉄道を所有し、運営することの妥当性について語り合い、男から葉巻をもらった。政府がこうした行動を取るべきだというのが彼の考えで、それを話しているうちに興奮してきた。そして、あとになって自分の言葉を思い出し、上機嫌になった。「あの男に考える材料を与えてやったな」と彼は一人でつぶやきつつ、ブルックリンのアパートの階段をのぼった。

言うまでもなく、イーノックの結婚はうまくいかず、彼は自分からそれを終わらせた。アパートでの生活が息苦しく、閉じ込められているように感じ始めたのだ。そして、かつて彼を訪ねてきた男たちに抱いたのと同じ感情を、妻や子供たちにさえ抱くようになった。彼は仕事の約束があるといった小さな嘘《うそ》をつくようになり、夜に一人で好きなように街路を歩き回った。うまい機会があったので、ワシントン・スクエアに面した部屋をまたこっそりと借りた。それからアル・ロビンソン夫人がワインズバーグ近郊の農場で亡《な》くなり、彼は母親の遺産管財人であった銀行から八千ドルを受け取った。これによって彼は人間世界から完全に脱することができた。妻に金を渡し、自分はもうこのアパートには住めないと告げた。妻は泣き、怒り、脅したが、イーノックは彼女を見つめただけで、やりたいようにやった。実のところ、妻はそれほど気にしていなかった。イーノックの頭が少しおかしいと思い、恐れを抱いていたのだ。そこで彼が絶対に戻って来ないとわかると、彼女は二人の子供たちを連れて、少女時代を過ごしたコネチカット州の村に移った。最終的には不動産の売買をしている男と再婚し、満足できる人生を送った。

こうしてイーノック・ロビンソンはニューヨークの部屋にとどまるようになった。空想の人々と一緒に過ごし、彼らと遊んだり話したりして、子供と同じように幸せだった。イーノックの頭のなかの者たちはおかしな連中だった。私が思うに、彼は会ったことのある現実の人々、そして何らかの理由で訴えかけるものを持っていた人々から彼らを作ったのだ。手に剣を持った女性がいたし、犬をつれてそこいらを歩き回っている長くて白い顎鬚《あごひげ》の老人がいたし、靴下がいつも下がってきて靴の上の部分に掛かっている若い娘がいた。こういう影のような人々が二十人以上いたに違いない。みなイーノック・ロビンソンの子供っぽい心によって作られ、彼と同じ部屋で暮らしていたのである。

そしてイーノックは幸せだった。その部屋に入ると、鍵をかけ、もったいぶった滑稽な口調で話をした。声に出して指示を与えたり、人生について論評したりする。広告会社では働き続けており、それで生計を立てていることに幸福と満足を感じている。こうした生活は、あることが起きるまで続いた。もちろん、あることが起きた。だから彼はワインズバーグに戻り、私たちが彼を知るようになったのだ。起きたのは女がからんだことだった。そういうものだ。彼は幸せすぎたのであり、何かが彼の世界に入って来ないわけにはいかなかった。そのためにニューヨークの部屋を出なければならなくなり、目立たない小男として余生をオハイオの町で過ごすことになったのである。太陽がウェズリー・モイヤーの貸し馬車屋の屋根よりも低くなり、沈みかけている夕暮れ時、通りをひょこひょこと行ったり来たり歩き回る小男が彼だった。

何が起こったかについて、イーノックはある夜、ジョージ・ウィラードに話をした。

誰かに話したくて、この若き新聞記者を選んだのだ。ちょうど年下の男が人の気持ちに共感しやすくなっているとき、たまたま一緒になったからである。

青春の悲しみ、若い男の悲しみ、年が暮れた町にいる成長期の少年の悲しみが、イーノック老人の口を開かせることになった。悲しみはジョージ・ウィラードの心のなかにあり、意味などなかったのだが、イーノック・ロビンソンの心に訴えかけた。

二人が会って話をした夜は、十月のじめじめした霧雨が降っていた。その年の果物が実る季節。夜空は澄んで月が美しく、大気には翌朝の霜を予感させる張りつめた冷気が感じられるはずなのに、その日はそうではなかった。雨が降り、メインストリートの街灯の下では小さな水たまりが光っていた。屋外市会場《フェア》の向こうの闇《やみ》に包まれた森では、黒い木々から雨水がしたたり、地面から突き出した木々の根には濡《ぬ》れた葉が貼《は》りついている。ワインズバーグの家々の裏庭には、乾いてしなびたジャガイモの蔓《つる》が広がっている。夕食を終えたあとで町の中心部に行くつもりだった男たちは気を変えた。どこかの店の裏でほかの男たちとおしゃべりをし、夜を過ごすつもりだったのだが、この雨に挫《くじ》けてしまったのだ。一方、ジョージ・ウィラードは雨が降ったのを喜び、勇んで歩いていた。そうしたい気分だった。イーノック・ロビンソンが夜に部屋を出て、一人で街路を歩き回るときと似てはいたが、ジョージ・ウィラードのほうは背の高い若者で、泣いたり騒いだりするのは男らしくないと考えていた。一カ月ほど母親が重病で、それも彼の悲しみに関係はしていたが、大したことはなかった。彼が考えていたのは自分自身のことであり、それが若者にはいつも悲しみをもたらすのである。

イーノック・ロビンソンとジョージ・ウィラードは歩道の上に伸びた木製の庇《ひさし》の下で会った。ワインズバーグのメインストリートから一本入った、モーミー通りにあるヴォイト馬車店の前である。そこから二人は雨に洗われた通りを歩き、ヘフナー街区《ブロック》の三階にある老人の部屋に行った。若き新聞記者は喜んでついて行った。二人で十分ほど話をしてから、イーノック・ロビンソンが部屋に来ないかと彼を誘ったのだ。青年は少し怖かったが、これほど好奇心をくすぐられたこともなかった。この老人の頭が少しおかしいといった話は百回くらい聞いていたので、その人の部屋に行こうとする自分が勇敢で男らしいと思った。雨が降る通りで最初に話をしたときから、老人はおかしな話し方をした。ワシントン・スクエアに面した部屋のこと、その部屋での生活について語ろうとしていた。「わかろうとすればわかるはずだ」と彼は決めつけるように言った。「通りですれ違ったときに君のことを見て、これはわかってくれる人だと思った。そんなに難しいことじゃない。私の言うことを信じさえすればいいんだよ。ただ聞いて、信じる。それだけでいいんだ」

その夜十一時を過ぎてから、イーノック老人の話はついに核心に至った。ヘフナー街区《ブロック》の部屋でジョージ・ウィラードと話しているうち、話題が例の女のことになったのだ。なぜ彼が都会生活を捨て、打ちひしがれ、ワインズバーグで一人きりの生活を送るようになったか。老人は片手で頭を支えて窓際の寝台に腰かけ、ジョージ・ウィラードはテーブルのわきの椅子に座っていた。そのテーブルに石油ランプが置かれている。ほとんど家具のない部屋だったが、細かいところまで掃き清められていた。老人が話しているうちに、ジョージ・ウィラードは椅子から立ち上がって寝台に座りたくなった。この小柄な老人の体に腕を回したい。薄闇のなかで老人は話し続け、青年は悲しみに包まれて聞き続けた。

「女が私の部屋を訪ねるようになった。それまで何年も、部屋に来る者などいなかったんだがね」とイーノック・ロビンソンは言った。「家の廊下で会うことがあって、私たちは知り合いになったんだ。女が自分の部屋で何をしていたかは知らない。私がそこを訪ねたことはないからね。たぶん音楽家で、バイオリンを演奏していたんだと思う。ときどき私の部屋をノックするんで、私はドアを開けた。女は入って来て、私の隣りに座った。ただ座って、あたりを見回すだけ。何も言わない。少なくとも、大したことは言わないんだ」

老人は寝台から立ち上がり、部屋を歩き回った。彼が着ているオーバーコートは雨で濡れており、水滴が柔らかな音を立てて床に落ちていた。彼がまた寝台に座ったとき、ジョージ・ウィラードは椅子から立ち上がり、彼の隣りに座った。

「あの女に何かを感じたんだ。私と一緒に座っている女は、その部屋には大きすぎた。女がほかのものをすべて追い出してるって感じだったよ。私たちはつまらないことを話すだけだったが、それでも私はじっと座っていられなかった。女に指で触れ、キスをしたかった。女の手は力強く、顔はとても素敵で、私のことをじっと見ているんだ」

老人の震える声が途切れ、体が寒気を感じたかのように震えた。「怖かった」と彼は囁《ささや》いた。「ものすごく怖かった。女がドアをノックしても、中に入れたくなかった。でも、じっと座っていられない。〝駄目だ、駄目だ〟と自分に言い聞かせても、結局は立ち上がってドアを開けてしまう。ものすごく成熟した女なんだよ。大人の女だ。あの部屋にいるとどんどん大きくなって、私の居場所がなくなるだろうと思った」

イーノック・ロビンソンはジョージ・ウィラードを見つめ、その子供っぽい青い目はランプの光に輝いた。また彼は身震いした。「私は女を求めていたが、同時にいつだって求めまいとした」と彼は説明した。「それから女に友人たちのことを話し始めたんだ。私にとって意味のあることをすべて話した。黙っていよう、これは自分だけのことにしておこうって思ったんだが、駄目だった。ドアを開けるときに感じるのと同じだよ。女をどうしても立ち退《たの》かせ、もう二度と戻って来ないようにしたいって思うこともあった」

老人は跳ねるように立ち上がり、興奮のあまり震える声で話し続けた。「ある晩、何かが起きた。私は女に理解させたくてたまらなくなった。あの部屋にいる私がどんなにすごい存在かを知らせてやりたかった。どれだけ私が重要かを理解させたかったんだ。女に何度も何度も話したよ。女が立ち去ろうとしたときには、走ってドアに鍵をかけ、女のあとを追い回した。こうしてひたすら話し続けていたとき、突如としてすべてが崩れ落ちたんだ。ある表情が女の目に浮かび、私は女が理解したんだとわかった。たぶん最初から理解していたんだろう。私は激怒した。我慢できなかった。女に理解させたかったんだが、おかしなもので、理解させるわけにはいかなかったんだ。すべてを知られてしまうと、呑《の》み込まれて溺《おぼ》れてしまいそうな気がした。そんな感じだったんだよ。どうしてかはわからないけど」

老人はランプのそばの椅子にドサッと腰をかけ、青年は聞きながら畏怖《いふ》の念でいっぱいになった。「帰りなさい」と老人は言った。「これ以上、ここで私と一緒にいるな。君に話すのもいいかと思ったんだが、よくなかった。これ以上、話したくない。帰りなさい」

　ジョージ・ウィラードは首を振った。命令するような調子が声に入り混じった。「ここでやめないでください。最後まで話して」と彼は鋭い声で言った。「何が起きたんですか？　残りの話をしてください」

　イーノック・ロビンソンはまた跳び起き、窓まで走って行った。窓からは人影のないワインズバーグのメインストリートが見えた。ジョージ・ウィラードもあとを追い、窓際に二人で立った。背が高くて無骨な老成した少年と、小柄で皺《しわ》が寄った子供のような老人。せかせかした子供っぽい声が物語の続きを語った。「女を罵ったんだ」と彼は説明した。「汚い言葉を使った。立ち去れ、もう帰って来るなと命令したんだ。ああ、ひどいことを言ってしまったよ。女は最初のうちわからないふりをしていたが、私は言い続けた。叫び、床を足で踏み鳴らした。私の罵《ば》詈《り》雑言《ぞうごん》を建物じゅうに響かせたよ。二度と女には会いたくなかったし、ああいったことを言ってしまった以上、会うわけにはいかない」

　声がかすれて途切れたところで、老人は首を振った。「すべてが崩れ落ちた」と彼は悲し気な声で静かに言った。「女はドアから出て行き、部屋のすべての生命もそのあとを追った。私の友人たちもみんな連れて行かれたんだ。彼女を追ってドアから出て行った。そういうことだったんだよ」

ジョージ・ウィラードはイーノック・ロビンソンから顔を背け、部屋から出て行った。ドアから出て行こうとするとき、窓際の闇のなかで囁く老人の声が聞こえてきた。べそをかきながら不平を言う声だった。「私は一人ぼっちだ、ここにいるのは私だけだ」とその声は言った。「ここは温かくて親しみのもてる部屋だったのに、いまは私しかいない」

目覚め

ベル・カーペンターは浅黒い肌にグレーの瞳《ひとみ》、分厚い唇の女で、背が高くてがっしりとしていた。気分が暗くなると、彼女は怒りっぽくなり、自分が男だったら誰かと拳《こぶし》で喧嘩《けんか》できるのにと残念に思った。ケイト・マクヒュー夫人が経営する帽子店で働いており、日中は店の奥の窓際《まどぎわ》で婦人帽の飾りつけをしている。ワインズバーグのファースト・ナショナル銀行で帳簿係をしているヘンリー・カーペンターの娘で、トチノキ《バックアイ》通りのどん詰まりにある陰気な古い家で彼と暮らしていた。松の木々が家を取り囲み、その木々の下には草が生えていない。錆《さ》びついたブリキの雨樋《あまどい》が家の裏のところで留め具から外れ、風が吹くと小さな物置小屋の屋根に当たってガンガンという陰鬱《いんうつ》な音を立てた。ときにはその音が一晩じゅう続いた。

ベルがもっと若かった頃、ヘンリー・カーペンターは娘の人生を耐え難いものにしていたのだが、彼女が大人になるにつれて父親の娘に対する権威は失われていった。帳簿係の人生は無数のつまらないことばかりで構成されていた。朝、銀行に出かけるときには、クロゼットに入り、年が経つにつれてみすぼらしくなった黒いアルパカのコートを身につける。夜、家に帰ると、別の黒いアルパカのコートに着替える。毎晩、外に着ていった服の皺《しわ》を伸ばす。彼は板を使った道具をその目的のために作り出していた。外出用の背広のズボンを板と板のあいだに入れ、その二枚の板を重いネジでしっかり留めるのだ。朝になるとその板を濡《ぬ》れ雑巾《ぞうきん》で拭《ふ》き、ダイニングルームのドアの背後にそれをまっすぐに立てる。昼のあいだにその板が動かされていたら、彼は怒りのあまり声も出なくなり、心の均衡を一週間取り戻せなくなるのである。

銀行の帳簿係はケチな威張りん坊だったが、娘のことは恐れていた。若い頃、ベルの母親を手荒く扱っていたのだが、娘がその話を知り、それで自分を憎んでいると気づいたのである。ある日の真昼、ベルは道端で湿った泥を拾い上げ、それを抱えて家に戻った。そして、ズボンの皺伸ばしに使われている板にその泥をこすりつけ、すっきりとしたうれしい気持ちになって仕事に戻った。

ベル・カーペンターはときどき夜にジョージ・ウィラードと散歩した。実は、こっそりと別の男を愛していたのだが、誰にも知られていないこの恋のために彼女はとても不安になっていた。彼女が愛していたのはエド・ハンドビーという、エド・グリフィスの酒場のバーテンで、若き新聞記者と出歩くのは心の憂《う》さを晴らす手段のようなものだった。自分の身分からすると、バーテンと一緒のところを見られたらまずいと考えていて、自分の本性のなかにしつこく居座っている欲求を和らげるために、ジョージ・ウィラードと木々の下を歩き、キスをさせていたのである。この若者なら度が過ぎないように抑えることができると感じていたからだ。エド・ハンドビーに関しては、自信が持てなかった。

バーテンのハンドビーは背が高く、肩幅の広い三十歳の男で、エド・グリフィスの酒場の二階に住んでいた。拳が大きく、目は異常なほど小さかったが、拳に潜む力を隠そうとしているかのように声は穏やかで静かだった。

二十五歳のとき、バーテンはインディアナ州の伯父から大きな農場を相続した。それを売り、八千ドルが手に入ると、エドは六カ月でその金を使い切った。エリー湖畔のサンダスキーに行き、放蕩《ほうとう》の限りを尽くしたのだ。この話があとになって彼の故郷の町に伝わり、人々は恐怖に震えた。彼はあちこちに行って金をばら撒《ま》き、馬車で繁華街を走り回ったり、大勢の男女を招いて飲み会を催したりした。高い金を賭《か》けてトランプをし、愛人を囲い、彼女の服に何百ドルも費やした。ある夜、シダーポイントというリゾート地で彼は喧嘩を始め、野獣のように暴れまくった。ホテルのトイレにある大きな鏡を拳で割り、そのあとダンスホールの窓や椅子《いす》を壊して回ったのだ。ガラスが床で割れる音を聞き、客たちの目に恐怖が浮かぶのを見るのが楽しい、というだけの理由だった。客の多くは恋人と夜をリゾート地で過ごそうと、サンダスキーから来ている店員たちだった。

エド・ハンドビーとベル・カーペンターの恋愛は、表面上は何も結実していなかった。彼が彼女と夜を過ごせたのは一度だけだったのである。その夜、彼はウェズリー・モイヤーの貸し馬車屋から馬と馬車を借り、彼女をドライブに連れ出した。彼女こそ自分の本質が求めている女であり、絶対に自分のものにしなければならないという思いに取り憑《とつ》かれ、その望みを訴えた。バーテンは結婚する気になっていたし、妻を養うために金を稼ごうという努力を始めていたのだが、性格があまりに単純すぎて、自分の意図することをうまく伝えられなかった。肉体的な欲求で体が疼《うず》き、その体で自分の言いたいことを表現した。帽子店の店員の体に腕を回し、彼女がもがいても強く抱きしめて、抵抗できなくなるまでキスを続けたのである。そのあと彼女を町に戻し、馬車から降ろした。「今度、おまえを抱くときは、絶対に離さないからな。遊びで俺と付き合うんじゃないぞ」と彼は馬車を回して立ち去ろうとしたときにきっぱりと言った。それから馬車から飛び降り、力強い手で彼女の肩を摑《つか》んだ。「次はおまえをずっと捕まえておく」と彼は言った。「おまえも覚悟したほうがいいぞ。おまえと俺は離れられないんだ。絶対におまえをものにするからな」

そのエド・ハンドビーの心のなかで、ベル・カーペンターをものにするための唯一《ゆいいつ》の障害がジョージ・ウィラードだった。一月のある夜、新月が出たときに、ジョージは散歩に出た。その夜の早い時間には、セス・リッチモンドとアート・ウィルソンとともにランサム・サーベックのビリヤード場にいた。アートは町の肉屋の息子である。セス・リッチモンドは壁に背中をもたせかけ、何もしゃべらなかったが、ジョージ・ウィラードがしゃべった。ビリヤード場はワインズバーグの青年たちでいっぱいで、みんな女のことを話していた。若き新聞記者もその雰囲気に染まった。女たちは用心しなきゃいけない、デートで何が起きたって、それは男の責任じゃない、などと話し出した。みんなの注目を集めたくて、話しながらあたりを見回した。五分ほど話を独り占めし、それからアート・ウィルソンが話し始めた。アートはキャル・プラウスの床屋で理髪師の修業をしており、すでに自分が何でも詳しいと自認していた。野球、競馬、酒、そして女とデートすることなどである。彼はワインズバーグの二人の仲間と郡庁所在地の売春宿に行った夜のことを話し始めた。肉屋の息子は口の端で葉巻をくわえ、話しながら床に唾《つば》を吐いた。「その場所の女たちは、俺にもじもじさせようとしたんだけど、そんなことはできやしない」と彼は自慢した。「その家の女の一人が生意気な態度を取ったんで、俺のほうがからかってやったよ。その子が話し出すやいなや、俺はそいつの膝《ひざ》に座ったんだ。それからキスをしたら、部屋にいたみんなが笑った。俺を無視するとこうなるぞって教えてやったんだ」

ジョージ・ウィラードはビリヤード場を出て、メインストリートを歩いた。何日も厳しい寒さが続き、三十キロ北のエリー湖から強い風が町に吹きつけていた。しかし、その夜は風がやみ、新月によって珍しいほど美しい夜になった。自分がどこに行こうとしているのか、何をしたいのかを考えもせずに、ジョージはメインストリートから外れ、木造の家が並んでいる薄暗い通りを歩き始めた。

星がたくさん出ている暗い空の下、屋外を歩いているうちに、彼はビリヤード場の仲間たちのことを忘れた。暗く、ほかに人がいなかったので、声を出して話し始めた。遊び心から酔っ払いの真似《まね》をし、通りを千鳥足で歩く。それから自分が兵士だという想像を始めた。ピカピカ光る膝丈のブーツを履き、軍刀を身につけて、歩くとガチャガチャと音を立てる。自分が検査官であり、兵士たちの長い列の前を歩いていると想像した。気をつけの姿勢で立っている兵士たちの装具を検査し始める。一本の木の前で立ち止まり、叱責《しっせき》の言葉をまくし立てた。「おまえの雑嚢《ざつのう》には秩序がない」と彼は鋭い声で言った。「何度言ったらわかるんだ？　ここではすべてに秩序がなければならない。これから困難な軍務が待っているんだ。秩序がなかったら、困難な軍務はやり遂げられないぞ」

青年は自分の言葉にうっとりし、さらにいろいろなことを言いながら、板張りの歩道をよろよろと歩いた。「軍隊にも人間にも法則がある」と彼は物思いに沈んでつぶやいた。「法則は小さなものから始まり、すべてをカバーするまで広がる。あらゆる小さなことに秩序がなければならない。人が働く場所にも、着ている服にも、考え方にも。僕自身も秩序だっていなければならない。その法則を学ばなくては。星のように夜空を統《す》べる、秩序だった大きなものとつながらなければならないんだ。自分なりのささやかなやり方で、僕は何かを学び始めよう。押されたら引き、引かれたら押し、生命や法則と調和して動くのだ」

ジョージ・ウィラードは街灯の近くにある杭垣《くいがき》のところで立ち止まった。体が震え出した。さっき考えたようなことが頭に浮かんだのは初めてだったので、どこからそんな考えが浮かんできたのだろうと思った。歩いているあいだ、彼自身の外にある声がずっと話していたように感じた。彼は自分の精神に驚き、うれしくなった。そして歩き出したとき、また熱を込めて話し始めた。「ランサム・サーベックのビリヤード場から出て、こういうことを考えるなんて」と彼は囁《ささや》いた。「僕は一人でいたほうがいいんだ。アート・ウィルソンのようにしゃべっても、友達にはわかりやすいだろうけど、僕が心の奥で何を考えているかは伝わらないんだから」

二十年前のオハイオ州の町はどこでもそうだったが、ワインズバーグには日雇い労働者の住む地域というのがあった。工場の時代がまだ来ていなくて、労働者は畑で働くか、鉄道の保線作業員として働いた。一日十二時間働き、その長時間の重労働に対して一ドルしかもらえなかった。安普請《やすぶしん》の小さな木造家屋に住み、ささやかな裏庭を持っていた。そのなかでも豊かな者たちは牛か豚を飼い、庭の背後の小さな小屋で育てていた。

ジョージ・ウィラードはその一月の空気が澄んだ夜、頭のなかでさまざまな考えが鳴り響いている状態で、こうした通りの一つに入って行った。照明が暗く、歩道のない通り。彼のまわりの光景には、すでに掻《か》き立てられた空想をさらに刺激するものがあった。一年ほど、彼はわずかな空き時間も読書に充《あ》てるようにしてきたのだが、その間に読んだ一つの物語が心に鮮やかに甦《よみがえ》ってきた。中世の旧世界にあった町の生活に関する物語である。彼はよろよろと進みながら、前世で暮らしていた場所を再訪するような、おかしな感情を抱いた。衝動的に彼はその通りから外れ、牛や豚が飼われている小屋の背後にある、暗くて小さな裏道に入った。

三十分ほど彼は裏道にとどまっていた。狭い小屋に押し込められた動物たちの強い匂《にお》いを感じつつ、新たに浮かんできた奇妙な考えを心がもてあそぶに任せた。かぐわしい澄んだ大気に漂う堆肥《たいひ》の強烈な悪臭が脳のなかに何かを呼び起こし、彼はくらくらした。石油ランプで照らされた小さな貧しい家屋、澄んだ夜空にまっすぐ昇っていく煙突の煙、豚の鳴き声、安っぽいサラサの服を着て台所で皿を洗う女たち、家から出てメインストリートの店や酒場に向かう男たちの足音、犬の吠《ほ》える声と子供たちの泣き声――こうしたものすべてのために、暗闇《くらやみ》に隠れている彼は、自分があらゆる人生から奇妙に切り離され、関わりを持てないでいるように感じた。

興奮した青年は自分の思考の重みに耐えられなくなり、裏道を慎重に進み始めた。野犬が襲ってきたので、石を投げて追い払った。男が一軒の家の玄関に現われ、その犬に向かって毒づいた。ジョージは空き地に入り、顔をのけ反らせて空を見上げた。くぐり抜けてきた単純な経験のために自分が作り直され、言葉にできないほど大きくなったように感じた。そして燃え上がる思いに駆られて両手を広げ、頭上の闇に高く突き出して、言葉をぶつぶつと発し始めた。言葉をしゃべりたいという欲求に圧倒され、意味もなく言葉を舌の上で転がしてから発した。勇敢な言葉、意味がいっぱいに詰まった言葉。「死」と彼はつぶやいた。「夜、海、恐怖、美」

ジョージ・ウィラードは空き地から出て、また歩道に立ち、家々と向き合った。この小道にいる人々がみな自分の兄弟姉妹であるはずだと感じ、彼らを家から呼び出して、みなと握手する勇気があればいいのにと思った。「ここに女性が一人だけいたら、僕は彼女の手を取って走り回るんだ。二人とも疲れ切るまで」と彼は考えた。「そうしたら気分がよくなるだろうな」。心に女のことが浮かんだので、彼はその道から離れ、ベル・カーペンターが住んでいる家へと向かった。彼女なら自分の気持ちをわかってくれるだろうと思い、彼女が見守ってくれれば、自分がずっとなりたかった人物になれるのではないかと感じた。過去において彼女と歩き、唇にキスをしたときは、別れてから自分に対する怒りで頭のなかがいっぱいになった。何やらはっきりとしない目的で利用されたように感じ、楽しさが感じられなかったのだ。いま彼は突如として自分が大きくなり、利用されることなどあり得ないように感じていた。

ジョージがベル・カーペンターの家に着いたとき、そこにはすでに先客がいた。エド・ハンドビーが玄関に来てベルを呼び出し、彼女と話をしようとしていたのだ。エドは女に自分と一緒に来てくれ、妻になってくれと頼むつもりだった。しかし彼女が玄関に出て来ると、自信がなくなり、心が暗くなった。「おまえ、あのガキと付き合うんじゃねえぞ」と彼はジョージ・ウィラードのことを想定して唸《うな》るように言った。そしてほかに言うことが思いつかず、背を向けて立ち去ろうとした。「おまえらが一緒にいるところを捕まえたら、おまえの骨もやつの骨もへし折ってやる」と彼は付け加えた。バーテンは求愛しに来たのであり、脅しに来たのではなかったので、自分がうまくやれなかったことに怒っていた。

恋人が立ち去ったあと、ベルはなかに入り、二階に駆け上がった。そして階上の窓からエド・ハンドビーの姿を追った。男は道を渡り、近所の家の前にある乗馬台に座った。薄暗い灯りの下、頭を両手で抱え、じっと座っている。彼女はそれを見てうれしくなった。ジョージ・ウィラードが玄関に来たとき、彼女は彼を大げさに出迎え、急いで帽子をかぶった。ウィラード青年と街路を歩いていれば、エド・ハンドビーはあとをつけるだろう。彼女はエドを苦しめたかった。

一時間ほど、かぐわしい夜気を感じつつ、ベル・カーペンターと若き新聞記者は木々の下を歩いた。ジョージ・ウィラードの頭は大言壮語でいっぱいだった。裏道の暗闇にいた一時間のあいだに、自分には力があるという感覚が訪れ、そのまま彼のなかにとどまっていたのだ。そのため彼は腕を派手に振って偉そうに歩き、大胆な言葉を使った。自分はかつての弱さに気づいており、いまは変わったのだということを、ベル・カーペンターにわからせたかった。「僕が違う人間になったってわかると思うよ」と彼は堂々と言い、ポケットに両手を突っ込んで、彼女の目をまっすぐに見据えた。「どうしてかはわからないけど、でも、そうなんだ。僕のことを一人前の男として扱うか、僕にはもう構わないかだな。そういうことなんだよ」

新月が照らす静かな通りを、女と青年は行ったり来たりした。ジョージが話し終えたとき、二人は横道に入り、橋を渡って、丘の斜面をのぼる小道を歩き始めた。丘は貯水池のところから始まり、のぼり切ったところにワインズバーグ屋外市会場《フェア》がある。斜面には藪《やぶ》や低木が群生していて、そのあいだの小さな空間は背の高い草で覆《おお》われていた。草はいま冷たく硬くなっていた。

ジョージ・ウィラードは女のあとについて丘をのぼって行った。心臓の鼓動が速くなり、彼は肩をいからせた。突然、ベル・カーペンターが自分に身を任せようとしているのだと断定した。自分の内部に現われた新しい力が彼女にも作用し、彼女は自分に屈するのだと感じたのだ。こう考えると、男としての力がみなぎるように感じられて、半ば酔っ払ったような気分になった。二人で歩いているとき、彼女が自分の言葉を聞いていないように思えるのが気になったが、ここまでついて来るのだから間違いない、と心のなかの疑いを払いのけた。「違うんだ。すべてが以前とは変わったんだ」と彼は考え、彼女の肩を摑むと、彼女の顔を自分のほうに向けた。彼女をじっと見つめる目は誇りで輝いていた。

ベル・カーペンターは抵抗しなかった。唇にキスされると、彼のほうにぐったりともたれかかり、彼の肩越しに闇を見つめた。その態度からは待ち遠しそうな様子がうかがえた。裏道にいたときと同様に、ジョージ・ウィラードの心にまたさまざまな言葉が浮かんできた。そして女をしっかりと抱きしめながら、静かな夜に向かって言葉を囁いた。「欲望」と彼は言った。「欲望と夜と女」

それに続いてその斜面で何が起きたのか、ジョージ・ウィラードには理解できなかった。あとになって自室に戻ったとき、彼は泣きたい気持ちで、怒りと憎しみのあまり半ば正気を失いそうだった。ベル・カーペンターを憎み、これからも死ぬまで彼女を憎み続けると思った。丘の斜面で彼は彼女を藪のなかの開かれた空間に連れ込んだのだった。彼女のわきの地面に膝をつき、あの労働者地区の空き地にいたときと同じように、新しい力に感謝する思いで両手を上に掲げた。そして女が何か言うのを待っているとき、エド・ハンドビーが現われたのだ。

バーテンはこの青二才が自分の女を奪おうとしたと考えていたが、彼を殴りたいとは思っていなかった。自分が内に秘めた力を使えば、拳を使わずに目的を果たせるのだから、殴る必要などないとわかっていたのだ。エドはジョージの肩を掴み、引っ張り上げて立たせた。そして片手でジョージを掴んだまま、草の上に座っているベル・カーペンターをじっと見つめた。エドが腕を勢いよく振り回すと、青年は手足を広げて藪のなかに倒れ込んだ。そのときすでに立ち上がっていた女に向かってエドは怒鳴り散らした。「おまえは悪い女だ」と彼は荒々しく言った。「おまえとはもう関わりたくないって気持ちもある。こんなにおまえを求めているのでなければ、おまえのことなんか放っておく」

ジョージ・ウィラードは藪のなかで四つん這《ば》いになり、目の前の光景を見つめていた。そして必死に考えようとし、自分を辱《はずかし》めた男に飛びかかろうと身構えた。このように無様に払いのけられるより、殴られたほうが無限にましだと思われたのだ。

若き新聞記者はエド・ハンドビーに三度飛びかかり、三度とも撥《は》ねのけられた。バーテンがそのたびに彼の肩を掴み、また藪の中に投げ込んだのだ。年上の男のほうはこの運動を無限に続けるつもりでいたようだが、ジョージ・ウィラードが頭を木の根株で打ち、のびてしまった。エド・ハンドビーはベル・カーペンターの腕を掴んで連れ去った。

ジョージは男と女が藪のなかを歩いていく音を聞いていた。這うようにして斜面を降りたとき、嫌悪感《けんおかん》のあまり吐きそうなほどだった。自分への嫌悪と、このような恥辱をもたらした運命への嫌悪である。一人で裏道にいたときのことを思い出すと、わけのわからない気持ちになった。そして、あの声がもう一度聞こえないものかと、立ち止まって耳を澄ませた。ほんの少し前、彼の心に新しい勇気を吹き込んだ、彼自身の外からの声。家に帰る途中でまた木造家屋の並ぶ街路を通ったが、彼はそこの景色に耐えられず、走り始めた。この地区がいまの彼には完全に汚《きたな》らしく、下品に思われ、少しでも早く脱出したかったのである。

「変人」

ワインズバーグのカウリー&サン商会の下級店主であるエルマー・カウリーは粗い板を張った小屋のなかで箱に座っていた。商会の裏からこぶのように突き出ている差し掛け小屋である。エルマーの座っているところからは、汚れた窓越しに、『ワインズバーグ・イーグル』紙の印刷所のなかが見えた。エルマーは新しい靴紐《くつひも》を通そうとしていたが、簡単に入れることができなかったので、靴を脱がなければならなくなった。靴を手に持って座ったまま、片方の靴下の踵《かかと》にあいている大きな穴を見つめる。それからすぐに目を上げると、ワインズバーグ唯一《ゆいいつ》の新聞記者であるジョージ・ウィラードが見えた。『イーグル』紙の印刷所の裏口に立ち、ぼんやりとあたりを見回している。「まったく、今度は何だ！」と靴を手に持った若者は叫び、跳ねるように立ち上がると、窓からこそこそと立ち去った。

エルマー・カウリーの顔に赤みが射《さ》し、手は震え始めた。ユダヤ人の巡回セールスマンがカウリー&サン商会のカウンターのところに立ち、彼の父親に話しかけていたのである。彼らの話が新聞記者にも聞こえるのではないかと想像し、そう思っただけで腹立たしかった。彼は片手に靴の片方を抱えたまま小屋の隅に立ち止まり、板張りの床を靴下の足で踏み鳴らした。

カウリー&サン商会はワインズバーグのメインストリートに面していなかった。正面玄関はモーミー通りにあり、その先にヴォイト馬車店と農場の馬を収容するための小屋があった。店の横の小道にはメインストリートに面した店の裏口が並び、一日じゅう荷車や配達用の馬車がその道を行き来して、商品をせわしなく運び込んだり運び出したりしていた。店自体は特筆すべきことが何もなかった。ウィル・ヘンダーソンがかつて言ったように、何でも売っているが何も売れない店なのだ。モーミー通りに面したウィンドーにはリンゴ樽《だる》くらい大きな石炭の山が置かれ、石炭の注文を受けつけることを示していた。石炭の黒い山の横には蜂蜜《はちみつ》のたまった蜂の巣が三つあり、木製の枠に入った状態で茶色く汚くなっていた。

蜂蜜は店のウィンドーに六カ月置かれたままだった。売り物で、大衆に奉仕するのを辛抱強く待っている。それはコートハンガー、専売特許のサスペンダーのボタン、屋根用ペンキの缶、リューマチ治療薬の瓶、蜂蜜と一緒に置かれたコーヒーの代用品なども同じだった。

店では、巡回セールスマンの唇から慌《あわ》ただしく出て来る言葉をエベニザー・カウリーがじっと立って聞いていた。カウリーは痩《や》せて背が高く、不潔な印象を与える男だった。骨ばった首に大きなこぶがあり、その一部は白髪交じりの鬚《ひげ》に隠れている。長いダブルのフロックコートを着ていたが、これは結婚式での式服として買ったものだ。商人になる前、エベニザーは農民で、結婚したあと、このフロックコートを着て日曜日に教会に行くようになった。土曜の午後、農産物を売るために町に出るときもそれを着た。農場を売り、商人になってからは、このコートを常に着るようになった。年月を経て茶色くなり、油染《あぶらじ》みがあちこちについたが、エベニザーはこれを着ると正装した気分になり、町での一日に備えられるように感じるのである。

商人としてのエベニザーは恵まれているとは言えず、農民としても恵まれていなかった。それでも彼は生き残ってきた。メイベルという娘と息子がいて、二人とも店の上の部屋で暮らしていたので、生活費はあまりかからない。彼の問題は財政的なものではなかったのである。商人としての不幸は、巡回セールスマンが商品を売ろうとしてやって来ると恐ろしくなることにあった。カウンターの奥に立って首を振り続けるのだが、そのあいだ恐怖を感じている。第一に、頑固に買うことを拒んでいると、売る機会をまた逸してしまうのではないかという恐怖。次に、頑固さが足りずに一瞬弱気になって、売れないものを買ってしまうのではないかという恐怖。

エルマー・カウリーが『イーグル』紙の印刷所の裏口に立っているジョージ・ウィラードに気づき、ジョージがこちらの店の話を聞いているような気がした朝、店で息子の怒りをいつも掻《か》き立てる事態が生じた。巡回セールスマンがしゃべり、エベニザーが聞いていたのだが、父の全身から優柔不断さが現われていたのだ。「どれだけ素早くやれるかわかると思います」と巡回セールスマンは言った。カラーボタンの代用品となる、小さくて平らな金属製の商品を勧めているセールスマンなのだ。彼は片手で素早くカラーをシャツから外し、すぐにまた留めて見せ、おだてて言いくるめるような調子で話し続けた。「こういうことですよ。男たちはついにカラーボタンに煩《わずら》わされることはなくなる。そして、この来たるべき変化で大儲《おおもう》けをするのがあなたなんです。この町での独占的代理店契約をあなたに差し上げましょう。このファスナーを二十ダース受け取ってくれれば、もうほかの店には行きません。この商品はあなたにすべて委《ゆだ》ねますよ」

セールスマンはカウンターに寄りかかり、指でエベニザーの胸を叩《たた》いた。「こいつはすごいチャンスだし、あなたにこそ摑《つか》んでほしいんですよ」と彼は促した。「私の友人がね、あなたのことを話してくれたんです。〝あのカウリーって男に会うといいぞ、鼻がきく男だからな〟って」

セールスマンは間《ま》を置いて待った。そしてポケットから帳簿を取り出し、注文を書き始めた。エルマー・カウリーは片手に靴を握ったまま、店に入って行った。話に夢中になっている男たちの前を素通りし、表玄関の近くにあるガラスのショーケースへ。そこから安物のリボルバーを取り出し、それを振り回し始めた。「ここから出て行け！」と彼は金切り声をあげた。「カラーのファスナーなんて俺たちはいらねえ」。そのときある考えが浮かんだ。「いいか、俺は脅しちゃいないぜ」と彼は付け足した。「撃つとは言ってない。この銃をケースから取り出したのは眺めるためなんだよ。でも、おまえはここから出て行ったほうがいい。そうさ、そのほうがいいぜ。さっさと持ち物をまとめて出て行け」

若き店主の声は叫び声にまで高まった。カウンターの背後に回ると、二人の男のほうに歩み寄る。「もうカモにはならないぞ！」と彼は叫んだ。「俺たちは売れるようになるまで何も買わない。変人扱いはまっぴらだ。まわりの連中からじろじろ見られたり、聞き耳を立てられたりすることもない。さあ、ここから出て行け！」

巡回セールスマンは出て行った。カラーファスナーのサンプルをカウンターから掻《か》き集め、黒い革の袋に入れて走った。小柄でひどいがに股《また》だったので、走り方がぎこちない。黒い袋がドアに引っかかり、つまずいて転んだ。「気がふれてる、やつはそれだ——頭がおかしい！」歩道から立ち上がるときに彼はブツブツと言い、急いで立ち去った。

店ではエルマー・カウリーと父親が見つめ合っていた。怒りの直接の対象が逃げ去ったので、息子のほうは恥ずかしい気持ちになった。「まあ、あれは本気だよ。ずっと変人扱いされてきたんだから、もうたくさんだ」と彼はきっぱりと言い、ショーケースのところに行って、リボルバーを戻した。それから樽に腰をかけ、ずっと手に握っていた靴を履いて、紐を結んだ。わかってくれたことを示す言葉を父親から期待していたが、エベニザーが口にした言葉は息子の怒りをまた掻き立てただけで、青年は何も答えずに店から走り出た。白髪交じりの顎鬚《あごひげ》を長く汚い指で引っ掻きながら、商店主は息子をじっと見つめた。セールスマンに向けたのと同じ、不確かそうな揺らぐ視線だった。そして「糊《のり》でごわごわにされるくらいビックリだ」と穏やかな声で言った。「やれやれ、わしゃ、洗われて、アイロンかけられて、糊でごわごわにされる」

エルマー・カウリーはワインズバーグを出て、鉄道線路と平行して走る田舎道を歩いて行った。自分がどこに行くつもりか、何をするつもりかもわかっていなかった。道が右に鋭く曲がり、線路の下をくぐる深いトンネルに入ると、その閉ざされた空間のなかで立ち止まった。すると、店で感情を爆発させることになった情熱がまた表に現われてきた。「俺は変人にはならないぞ――人から見つめられ、聞き耳を立てられるような者にはならない」と彼は声に出して断言した。「ほかの人たちと同じようになるんだ。あのジョージ・ウィラードに見せてやろう。あいつもわかるはずだ。あいつに見せてやる！」

取り乱した青年は道の真ん中で立ちすくみ、町の方向を振り返って睨《にら》みつけた。彼は新聞記者のジョージ・ウィラードのことを知らなかったし、走り回って町のニュースを集めている長身の青年に関して特別な感情を持っているわけではなかった。新聞記者は『ワインズバーグ・イーグル』紙の編集室や印刷所にいることによって、たまたま若き店主の心のなかで何かを象徴するようになったのだ。カウリー＆サン商会の前を行ったり来たりし、中心街で人々から話を聞いている青年が、このエルマー・カウリーのことをいろいろと考え、もしかしたら笑っているのではないかと思うようになったのである。ジョージ・ウィラードは町に属している、と彼は感じた。町を代表し、町の精神を体現している、と。ジョージ・ウィラードにも不幸な日があるとか、ぼんやりとした飢餓感や名状しがたい秘密の欲求に襲われるときがあるとか言われても、エルマー・カウリーは信じなかったであろう。ジョージは世論を代表しているし、そのワインズバーグの世論はカウリー親子を変人であると決めつけたのではなかったか？　ジョージは口笛を吹いて笑いながらメインストリートを闊歩《かっぽ》しているのではなかったか？　彼をやっつけることで、もっと大きな敵をやっつけることにならないだろうか？　ニヤニヤして、自分のやりたいようにやっている者たち、つまりはワインズバーグの判断をやっつけられないだろうか？

エルマー・カウリーは並外れて背が高く、腕は長くて力強かった。髪と眉毛《まゆげ》、そして顎に生え始めた産毛《うぶげ》のような鬚は、ほとんど白に近いほど色が薄かった。歯が唇から突き出ており、目は透き通った青色で、ワインズバーグの少年たちがポケットに入れている「アジーズ」と呼ばれるビー玉のようだ。エルマーはまだワインズバーグに一年しか住んでおらず、友達がいなかった。人生を友達なしで生きていくのが運命のように感じられ、その考えに嫌悪感《けんおかん》を抱いた。

長身の若者は両手をズボンのポケットに突っ込み、陰鬱《いんうつ》な表情で道を進んで行った。冷たい風の吹く寒い日だったが、このときは太陽が輝き始め、道が柔らかくぬかるんできた。凍っていた道の泥の盛り上がっている部分が溶け始め、泥がエルマーの靴にへばりつく。足が冷たくなってきた。数キロ歩いたところで道から逸《そ》れ、野原を横断して森に入った。焚火《たきび》をして温まろうと、森で薪《たきぎ》を拾い集める。体も心も惨《みじ》めな気がした。

彼はしばらく丸太に座って火にあたっていた。二時間ほどしてから立ち上がり、慎重に藪《やぶ》のなかを這《は》うように歩いて、フェンスのところまで来る。そして、畑の向こうにある背の低い小屋に囲まれた農家に目をやった。すると微笑《ほほえ》みが唇に浮かび、畑の一つでトウモロコシの皮を剝《む》いている男に向かって長い腕を振った。

惨めな思いをしているとき、若き店主はこれまでにも少年時代を過ごした農場に戻ったことがあった。そこには、この人なら自分のことを説明できるように思える人間がいたのである。農場にいたのは、ムークと呼ばれる頭の弱い老人。かつてエベニザー・カウリーに雇われていて、農場を売ったあともそこにとどまった。農場主の家の裏にあるペンキの塗っていない小屋に住み、一日じゅう畑でのんびりと仕事をした。

頭の弱いムークは幸せな人生を送っていた。自分と一緒に小屋で暮らしている動物たちの知性を子供のように信じており、一人きりのときは牛や豚と会話した。内庭を走り回っているニワトリと話すこともあった。かつての雇い主が「洗濯される」という意味の表現を口にするようになったのは、彼が原因だった。何かに興奮したり驚いたりすると、彼はぼんやりと笑ってつぶやくのだ。「わしゃ、洗われて、アイロンをかけられる。やれやれ、わしゃ、洗われて、アイロンをかけられて、糊でごわごわにされる」

この頭の弱い男が剝きかけのトウモロコシを下に置いて森に入って来た。エルマー・カウリーを出迎えるためだが、彼は若者が突然現われたことに驚いた様子も、特別に興味がある様子も示さなかった。彼も足がかじかんでいて、火の温かさがありがたく、火のそばの丸太に座った。エルマーが何を言うのかには関心がない様子だった。

エルマーは腕を大きく振りながら行ったり来たり歩き、真剣に、そして勝手気ままにしゃべった。「俺がどんな問題を抱えているかわからないだろうし、だからもちろん、気にもしてないよね」と彼はきっぱりと言った。「俺にとっては違う。俺にとってはいつもこんな感じだったんだ。父は変人で、母も変人だった。母が着ていた服でさえ、ほかの人が着る服と違っていた。それから父が町で着て歩いているコートを見てほしい。あれで着飾っているつもりなんだ。どうして新しいのを買わないんだ？大してお金がかかるわけじゃないのに。どうしてか教えてやろう。父は何もわかっていないし、母も生きていたときはわかっていなかったんだ。メイベルは違う。あいつはわかってるんだけど、何も言わない。でも、俺は言うよ。これ以上、じっと見られるのは嫌だ。だってさ、ムーク、父は自分の町の店がただの変なガラクタ店だってわかってないんだ。自分が買ったものが絶対に売れないってこともね。何もわかってないんだよ。儲けが出ないってことをときどき少しだけ心配するんだけど、でも構わず何かを買ってしまう。夜は二階で火にあたり、しばらくすれば儲けは出るって言ってる。心配してないんだよ。変人さ。心配するほど物事がわかってないんだ」

興奮していた若者はさらに興奮した。「父はわかってないけど、俺はわかってる」と彼は叫び、立ち止まってムークの無表情な顔を見下ろした。「わかりすぎているくらいだ。だから耐えられない。ここに住んでいたときは違っていた。働いて、夜になるとベッドに入って寝る。あまり人とは会わなかったし、いまみたいに考えたりもしなかった。町では夜になると、郵便局に行ったり、駅に列車が入って来るのを見に行ったりする。でも、誰も俺には話しかけない。みんなぶらぶらして、笑ったりしゃべったりしてるんだけど、俺には何も言わないんだ。そうするとすごく変な気分になって、俺も何も言えなくなる。それで立ち去るんだ。何も言わない。言えないんだよ」

青年の怒りは抑えられなくなってきた。「我慢なんかしないぞ」と彼は叫び、葉の落ちた木々の枝を見上げた。「我慢させられるのなんて嫌だ」

丸太に座って火にあたっている男のぼんやりとした顔に腹を立て、エルマーは彼のほうを向いて睨みつけた。少し前に、町の方向を振り返って睨みつけたのと同じように。「仕事に戻れ」と彼は叫んだ。「おまえと話したって無駄だ」。一つの考えが頭に浮かび、彼は声のトーンを落とした。「俺も臆病者《おくびょうもの》か？」と彼はつぶやいた。「俺がどうしてここまで歩いて来たか、わかるか？　誰かに打ち明けずにいられなかったし、俺が話せるのはおまえだけだったからだ。もう一人変人を見つけたってことだよ。逃げ出したんだ。そう、そういうこと。ジョージ・ウィラードみたいなやつに面と向き合えなかった。だからおまえのところに来たんだ。でも、やつと話さなきゃいけないし、そうするよ」

彼は再び叫ぶくらいに声を張り上げ、腕を振り回した。「やつと話す。俺は変人じゃない。やつらが何て思おうと気にならない。これ以上我慢しないぞ」

エルマー・カウリーは丸太に座って火にあたっているムークを置いて、森から走り去った。頭の弱い老人はしばらくしてから立ち上がり、フェンスを乗り越えてトウモロコシ畑の仕事に戻った。「わしゃ、洗われて、アイロンをかけられて、糊でごわごわにされる」と彼は言った。「やれやれ。わしゃ、洗われて、アイロンをかけられる」。ムークは興味を惹《ひ》かれたのだ。小道を歩いて行き、二頭の牛が積み藁《わら》をもぐもぐと食べている野原まで行った。「エルマーが来たよ」と彼は牛たちに言った。「エルマーは頭がおかしい。あの子に見つからないように、積み藁の後ろに隠れたほうがいいぞ。これからきっと誰かを痛めつけることになる、あのエルマーはな」

その日の夜八時、エルマー・カウリーは『ワインズバーグ・イーグル』紙の編集室の正面玄関に首を突っ込んだ。中ではジョージ・ウィラードが座って書き物をしていた。エルマーは目が隠れるくらいに深く帽子をかぶり、顔には陰気ながら断固とした表情を浮かべていた。「俺と外に出てほしいんだ」と彼は室内に入ってドアを閉めてから言った。ほかの人が入ろうとしたら抵抗するつもりであるかのように、ドアノブから手を離さなかった。「一緒に外に出てくれ。話したいことがある」

ジョージ・ウィラードとエルマー・カウリーはワインズバーグのメインストリートを一緒に歩いた。寒い夜で、ジョージ・ウィラードは新しいオーバーコートを着こみ、小ぎれいにおめかしした雰囲気だった。両手をコートのポケットに突っ込み、問いかけるように連れを見つめた。この若い店主と友達になりたい、彼が何を考えているのか知りたいとずいぶん前から考えていたのだ。いまこそそのチャンスだと思い、彼はうれしかった。「何をしようとしてるんだろう？　新聞のネタがあると思っているのかもしれない。でも、火事じゃないだろうな。消防車のベルは聞かなかったし、走っている人もいない」と彼は考えた。

その十一月の寒い夜、ワインズバーグのメインストリートにはほとんど人がおらず、急ぎ足で歩いている人たちはどこかの店の裏でストーブにあたろうとしていた。店の窓は霜で覆《おお》われ、ブリキの看板が風でガタガタと音を立てている。ウェリング医師の診察室につながる階段の入り口に掲げられた看板だ。ハーンの食料品店の前では、リンゴの籠《かご》と新しい箒《ほうき》を並べた棚が歩道に置かれていた。エルマー・カウリーは立ち止まり、ジョージ・ウィラードのほうへ向き直った。何かしゃべろうとして腕を上下に振り始め、顔がピクピクと動いて、何か叫び出しそうだった。「もう帰れ」と彼は叫んだ。「ここにいてもしょうがない。おまえに話すことはないよ。二度と会いたくもない」

それから三時間、取り乱した若き店主はワインズバーグの住宅街をさまよい歩いた。変人にはならないという決意を表明できなかった自分に腹を立て、周囲が目に入らなくなっていた。苦々しい敗北感が心にのしかかり、泣きたかった。その午後、心を占めていた無意味なことを何時間もまくし立てたのに、若き新聞記者の前では何も言えなかったことで、自分には将来の希望がないと考えた。

それから新しい考えが心に浮かんだ。自分を包む闇《やみ》のなかで光が見え始めた。この一年、空《むな》しく客を待ち続けたカウリー&サン商会に戻ると、暗くなった店に忍び込み、奥のストーブのそばに置かれた樽のなかをまさぐった。おがくずの下に隠したブリキの缶にカウリー&サン商会の現金が入っていたのである。毎晩、エベニザー・カウリーは店を閉めるときに缶を樽のなかに入れ、それから階上の寝室に向かった。「こんなさりげない場所に大金があるとは夢にも思わんだろう」と彼は泥棒たちのことを考え、独り言を言うのだった。

エルマーは小さく丸めた札束から十ドル札を二枚取った。札束はおそらく四百ドルくらいになるだろう。農場を売ったお金の残りだった。それから彼は缶をおがくずの下に戻し、正面玄関から素早く外に出て、また通りを歩いて行った。

彼がこうした不幸のすべてに終止符を打てると思った考えはとても単純だった。「ここから出て行こう、家から脱出するんだ」と彼は自分に言い聞かせた。各駅停車の貨物列車がワインズバーグを午前零時に通過し、夜明け頃クリーヴランドに着くことはわかっていた。この列車に無賃乗車し、クリーヴランドに着いたらそこの群衆のなかに埋もれるのだ。どこかの店で働き、ほかの労働者たちと友達になって、目立たないように生きる。そうすれば、おしゃべりしたり笑ったりできる。もう変人ではなく、普通に友達が作れるのだ。ほかの人たちと同じように、人生に温かさと意味を感じられるようになる。

背が高く不恰好な青年は通りをのしのしと歩いた。それまで腹を立てたり、ジョージ・ウィラードを半ば恐れたりしてきたが、そんな自分が可笑しかった。町を出る前に再び若き新聞記者と話そうと決意した。いろんなことを話し、彼に挑む。彼を通してワインズバーグ全体に挑む。

新たな自信に頰を紅潮させ、エルマーは新ウィラード館の事務所に行ってドアを叩いた。眠そうな目をした少年が事務所の簡易寝台に横になっていた。この少年は給料はもらっていなかったが、ホテルで食事を出してもらい、誇らしげに「夜間職員」と名乗っていた。エルマーは少年に対して横柄《おうへい》で執拗《しつよう》だった。「あいつを起こせ」とエルマーは命令した。「駅のところまで出て来るように言ってくれ。どうしてもいま会わないといけない。俺は各駅停車で旅立つからね。服を着て降りて来いと言ってくれ。あまり時間がない」

深夜の各駅停車はワインズバーグでの業務を終え、いまはランタンを手に持った鉄道の職員が列車を連結し、次の東行きの運行に備えていた。ジョージ・ウィラードは目をこすりながら、新しいオーバーコートをまた着て現われた。好奇心に駆られ、駅のプラットフォームまで走って来た。「さあ、来たよ。何がお望みだい？　僕に話したいことがあるんだよね？」

エルマーは説明しようとした。唇を舌で濡《ぬ》らし、唸《うな》り声をあげて動き始めた列車のほうを見る。「それが、こういうことでさ」と彼は話し始めたが、舌のコントロールが利《き》かなくなった。「俺は洗われて、アイロンをかけられる。やれやれ、俺は洗われて、アイロンをかけられて、糊でごわごわにされる」と彼は意味もなくつぶやいた。

エルマー・カウリーは怒りで身悶《みもだ》えした。駅のプラットフォームの闇のなか、すぐそばで列車が唸り声をあげていた。灯りが空中に向けられ、彼の目の前で上がったり下がったりしている。彼は二枚の十ドル札をポケットから取り出し、それをジョージ・ウィラードの手に押しつけた。「受け取れ」と彼は叫んだ。「俺はいらない。これを父に返してくれ。俺が盗んだんだ」。怒りの唸り声をあげて彼は振り向き、長い腕を振り回し始めた。自分を摑んでいる手から逃れようとするかのように、ジョージ・ウィラードに飛びかかり、胸や首や口を何度も何度も殴った。若き新聞記者はプラットフォームに転がり、殴打《おうだ》の凄《すさ》まじい力に茫然《ぼうぜん》として、意識を失いそうになった。エルマーは動き始めた列車に飛び乗り、屋根を伝い走ってから、平台型貨車に飛び降りた。そしてうつ伏せに横たわり、後方を振り返って、闇のなかに倒れている男を見極めようとした。誇りが心のなかに湧《わ》き上がった。「やつに見せてやった」と彼は叫んだ。「やつにもわかったはずだ。俺はそんなに変人じゃない。俺が変人じゃないってこと、やつに見せてやったぞ」

語られなかった嘘《うそ》

レイ・ピアソンとハル・ウィンターズは農場で雇われている作男だった。ワインズバーグから北に五キロのところにある農場だ。土曜の午後、彼らは町に出て、やはり田舎から出て来た仲間たちと通りを歩き回った。

レイは物静かで、かなり神経質な男だった。歳《とし》はたぶん五十歳くらいで、茶色い顎《あご》鬚《ひげ》を生やし、重労働をやり過ぎたために猫背になっていた。性格から言うと彼はハル・ウィンターズとかけ離れていて、これほどかけ離れた二人はあり得ないくらいだった。

レイはすべてに関して真面目《まじめ》な人間だった。顔つきが鋭いうえに声も鋭い妻がいて、脚の細い六人の子供たちと朽ちかけた木造の家で暮らしていた。レイが雇われているウィルズ農場の裏のいちばん端、小川のほとりに家は建っていた。

彼の同僚であるハル・ウィンターズはまだ若かった。ワインズバーグでも名門であるネッド・ウィンターズの一族の者ではない。ウィンドピーター・ウィンターズと呼ばれる老人の三人の息子の一人だった。老人は十キロほど離れたユニオンヴィルの近郊で製材所を経営し、ワインズバーグのすべての人から正真正銘の無頼漢と見なされていた。

オハイオ州北部のワインズバーグが位置しているあたりで生まれ育った者は、老ウィンドピーターのことをその異常で悲劇的な死によって記憶し続けるはずだ。ある夜、彼は町で酔っ払い、鉄道の線路の上を馬車で走ってユニオンヴィルの家まで帰ろうとした。肉屋のヘンリー・ブラッテンバーグがそのあたりに住んでいて、町の郊外で彼を呼びとめ、下りの列車とぶつかるぞと警告した。しかしウィンドピーターは肉屋を鞭《むち》で蹴散《けち》らし、そのまま馬車を走らせた。下り列車に轢《ひ》かれて彼と二頭の馬が死んだとき、家路を急ぐ一人の農民と妻が近くの道路を馬車で走っていて、その事故を目撃した。彼らによれば、老ウィンドピーターは馬車の御者台の上に立ち上がり、向かって来る蒸気機関車に対して汚い言葉で怒鳴り散らしていた。そして馬たちを鞭で打ち続け、いきり立った馬たちが確かな死に向かって疾走していくとき、歓喜の雄叫《おたけ》びをあげたという。若きジョージ・ウィラードやセス・リッチモンドのような少年たちは、この出来事を鮮明に記憶し続けることになる。町の誰もがあの老人は地獄に直行しただろうと言い、彼がいないほうが町は平和だと言うのだが、少年たちはあの老人の愚かな勇気を称賛し、老人は自分のやっていることがわかっていたと密《ひそ》かに確信していた。食料品店の店員として平凡な人生を続けるより、栄光の死を遂げたいと、ほとんどの少年たちがある時期に望むものである。

しかし、これはウィンドピーター・ウィンターズの物語ではない。レイ・ピアソンと一緒にウィルズ農場で働いていた彼の息子、ハル・ウィンターズの物語でもない。これはレイの物語である。しかし物語の核心に至るためには、若きハルのことも少し話しておく必要がある。

ハルは悪党だった。そう誰もが言った。ウィンターズの家にはジョン、ハル、そしてエドワードという三人の息子がいた。みな老ウィンドピーターと同じように肩幅の広い大柄な男たちで、喧嘩《けんか》っ早く、女と見れば追い回した。悪いことなら何でもやる連中だった。

ハルはそのなかでもいちばん悪く、いつでも何かしらの悪ふざけをしていた。あるとき父親の製材所から板をたくさん盗み、それをワインズバーグで売った。その金で彼は安物の派手な服を一そろい買い、それから酔っ払った。激怒した父親が彼を見つけようと町に乗り込んできて、二人はメインストリートで対決し、拳《こぶし》で殴り合った。そして一緒に逮捕され、刑務所に放り込まれた。

ハルがウィルズ農場で働くようになったのは、その近くの田舎の学校に女教師がいて、彼女のことを気に入ったからだった。そのとき彼は二十二歳だったが、すでに二度か三度、ワインズバーグで言う「女がらみのトラブル」に陥っていた。彼が女教師に惚《ほ》れたことを聞いた者は誰もが、これはひどいことになると思った。「やつはすぐに孕《はら》ませちまうだろうぜ」とみなが囁《ささや》き合った。

ということで、十月下旬のある日、レイとハルの二人は畑で仕事をしていた。トウモロコシの皮を剝《む》き、ときどき何か話し、そして笑った。それから黙り込んだ。レイはより感受性が鋭く、物事を何かと気にするタイプだった。手にあかぎれがあり、痛かったので、コートのポケットに手を突っ込んで畑を見渡した。悲しい気分で心が乱れており、田園地帯の美しさに打たれた。秋のワインズバーグの田園地帯をご存じなら、そして低くうねる丘がすべて黄色や赤色のまだら模様になるのを見たことがあるなら、彼の気持ちがおわかりになると思う。彼はずっと昔のことを考え始めた。まだ父親と暮らしていた若かりし頃や、ワインズバーグのパン屋だった頃、そしてこういう日に森のなかに入り、木の実を集めたり、リスを狩ったりしたこと。あるいは、何もせずにただ歩き回り、パイプをくゆらせたこと。このように歩き回っていた時期に結婚したのだ。父の店の店員だった娘を誘い、森のなかに入って、何かが起きたのである。その日の午後のことを思い、それで人生がいかに変わったかを考えると、抵抗の精神が彼のなかに芽生えた。ハルがいることも忘れ、彼はつぶやいた。「畜生、はめられたんだ。そうさ、人生にはめられ、馬鹿《ばか》にされた」と彼は低い声で言った。

彼の考えていることがわかったかのように、ハル・ウィンターズが話しかけた。「で、その価値があったのかな？　どうなんだろう？　結婚とか、いろんなことだけどさ」と彼は訊《たず》ねてから笑った。笑い続けようとしたが、彼もまた真面目な気分になっていた。そこで真剣に話し始めた。「男はそれをしないといけないのかな？」と訊ねる。「馬みたいに引き具をつけられ、死ぬまで働かされなきゃいけないのか？」

ハルは答えを待とうとせず、跳ねるように立ち上がった。そしてトウモロコシの刈り束のあいだを行ったり来たり歩き始め、そのうちにどんどん興奮してきた。突然体を屈《かが》め、黄色いトウモロコシの穂を摑《つか》むと、それをフェンスに向かって投げつけた。「ネル・ガンサーを孕ましちまったんだ」と彼は言った。「あんたには言うけど、誰にも言わないでくれよな」

レイ・ピアソンは立ち上がり、そのままじっと見つめた。ハルよりも背が三十センチ近く低かったので、若いほうの男が彼に近寄り、両手を肩にかけたさまはちょっとした見ものだった。何もなく静まり返った広い野原。立っている二人の背後にはトウモロコシの刈り束が何列も並び、彼方《かなた》には赤と黄色の丘が見える。このとき、これまで無関心だった二人の労働者は互いに生きた存在となった。ハルはそれを察し、それが彼の流儀なので笑った。「なあ、親父《おやじ》さんよ」と彼はぎこちなく言った。「お願いだ、アドバイスをくれ。ネルを孕ましちまった。あんたも同じような羽目に陥ったんじゃないかい？　みんなが何をすべきだと言うかはわかってる。でも、あんたならどう言う？　俺は結婚して落ち着くべきかな？　進んで引き具をつけ、老いぼれ馬みたいになるまで働くのか？　俺のこと、わかってるよな、レイ。誰も俺を飼いならすことはできない。できるのは俺自身だけだ。俺は結婚すべきなのか、それともくたばれってネルに言うべきなのか。なあ、教えてくれよ。あんたが何を言っても、その通りにするから」

レイは答えられなかった。ハルの手を振り払うように背を向けると、納屋《なや》に向かってまっすぐに歩いて行った。感じやすい男で、目には涙をためていた。ウィンドピーター・ウィンターズの息子、ハル・ウィンターズに言うべきことは一つしかないとわかっていた。自分が受けてきた訓練のすべて、自分が知っている人々の信念のすべてが認めるのは、その一つだけだ。しかし、彼は言うべきだとわかっていることをどうしても言えなかった。

その午後の四時半にレイが内庭をぶらついていると、妻が小川沿いの道をやって来て、彼を呼んだ。ハルと話したあと、彼はトウモロコシ畑に戻らず、納屋のあたりで仕事をしていたのだ。すでに夜にやるべき仕事は済ませており、着飾ったハルが農場の家から町へとつながる道を歩いて行くのも見届けた。夜を町で愉快に過ごそうというわけだ。レイは妻のあとについて、自分の家につながる小道をとぼとぼと歩いた。地面を見つめ、考えながら進んでいく。何が悪いのかわからなかった。目を上げ、薄暗くなっていく光のなかに美しい田園地帯が見えると、そのたびに彼はまだしていないことをしたくなった。叫んだり喚《わめ》いたりするとか、妻を拳で叩《たた》くとか、あるいはこれらと同じくらい意外で恐ろしいことだ。彼はそれが何かと考えつつ、頭を掻《か》き掻き道を歩いて行った。妻の背中をじっと見つめたが、彼女には別に悪いところはなさそうだった。

妻は食料品を買わせるため、彼を町に行かせたいだけだった。そして何が欲しいかを彼に告げたとたん、ガミガミと文句を言い始めた。「いつもだらだらしてるんだから」と彼女は言った。「さあ、急いでちょうだい。家には夕食の材料がないのよ。だからすぐに町に行って、すぐに戻って来てくれないと困るの」

レイは家に入り、ドアの裏に掛かったオーバーコートを取った。ポケットのあたりが破けていて、襟はテカテカしている。妻は寝室に入り、すぐに汚い布巾《ふきん》を片手に持って出て来ると、もう片方の手には一ドル銀貨を三つ握っていた。家のどこかで子供が激しく泣き、ストーブのそばで寝ていた犬が起き上がって欠伸《あくび》をした。また妻がガミガミ言い始めた。「子供たちは泣いてばかりだし。どうしてあんたはいつもだらしてるのよ?」

レイは家を出てフェンスをのぼり、野原に入った。ちょうど暗くなりかけたところで、目の前の景色は美しかった。低い丘はみな色を帯び、フェンスの隅に生えている小さな藪《やぶ》までもが美によって生き生きとしていた。レイ・ピアソンの目には、全世界が何かによって生きた存在となったかのようだった。それはちょうど、ハルと二人でトウモロコシ畑に立ち、互いの目を見つめ合っていたときに、ハルが突如として生きた存在となったのと同じだった。

その秋の夜、ワインズバーグ近郊の田園地帯の美しさは、レイには荷が重すぎた。そこには美しさしかなかったのだ。それが彼には耐えられなかった。突然、彼は物静かな作男であることを忘れ、破れたオーバーコートを脱ぎ捨てて、野原を走り出した。そして走りながら人生に抵抗する言葉を叫んだ。自分の人生に対して、すべての人生に対して、そして人生を醜くしているものすべてに対しての抵抗。「何の約束もしてないぞ」と彼は周囲の開かれた空間に向かって叫んだ。「俺はミニーに何も約束しなかったし、ハルはネルに何も約束していない。してないのはわかってる。ネルは行きたかったから、ハルと一緒に森に行ったんだ。ハルがしたかったことをネルもしたかった。どうして俺が償わなきゃいけない？　どうしてハルが償わなきゃいけない？　誰にしたたって償う必要はない。ハルがくたびれた年寄りになるのは嫌だ。あいつを諭《さと》そう。こんなことはさせない。あいつが町に着く前に捕まえて、諭すんだ」

レイはギクシャクと走り、一度など蹴つまずいて倒れた。「ハルを捕まえて諭さなきゃ」と彼は考え続けた。息を切らしていたが、それでももっと速く走ろうとした。走っているうちに、何年も頭に浮かばなかったことを考えた――結婚する前、彼はオレゴン州ポートランドの叔父のところに行こうと計画していたのだ。作男にはなるつもりはなく、西部に行こうと考えていた。そうしたら海に出て水夫になるか、牧場の仕事を得て馬に乗ろう。西部の町々に馬で乗り込み、叫んだり笑ったり、激しい叫び声で家の人々を目覚めさせたりするのだ。それから彼は走っているうちに子供たちのことを思い出し、空想のなかで子供たちの手に摑まれているのを感じた。自分のことを考えるときはハルにも思いをめぐらせたので、子供たちがハルのことも摑んでいるように感じた。「子供は人生における事故だぞ、ハル」と彼は叫んだ。「あいつらは俺のものでもおまえのものでもない。俺はあいつらとまったく関わりないんだ」

レイが走って行くにつれ、闇《やみ》がどんどん野原に広がっていった。息切れが小さなすすり泣きになっていく。道路の果てのフェンスにたどり着くと、そこにハルがいた。着飾ってパイプをくゆらせながら、さっそうと歩いている。考えていたこと、言いたかったことをたとえこのとき言おうとしても、レイには何も言えなかったであろう。

レイ・ピアソンは怖気《おじけ》づいたのだ。そして、彼に起きた出来事を物語にするとすれば、これが結末である。彼がフェンスに着いたとき、周囲はほとんど真っ暗だった。レイはフェンスのいちばん上の横木に両手をかけ、相手をじっと見つめた。ハル・ウインターズは溝を飛び越えてレイに近づくと、ポケットに両手を突っ込んで笑った。トウモロコシ畑で起きたことをすっかり忘れた様子で、力強い手を差し出すと、レイの上着の下襟を摑んだ。そしていたずらをした犬を揺さぶるかのように、年長の男を揺さぶった。

「俺に話をしに来たんだろ？」と彼は言った。「でも、何も言わなくていいよ。俺は卑怯者《ひきょうもの》じゃない。もう決心したんだ」。ハルはまた笑い、溝を飛び越えて元いた場所に戻った。「ネルは馬鹿じゃない」と彼は言った。「俺に結婚してくれとは言わなかった。俺が結婚したいんだ。落ち着いて、子供を持ちたいんだよ」

レイ・ピアソンも笑った。自分自身のことを、そして全世界のことを笑いたい気分だった。

ワインズバーグにつながる道が闇に包まれ、その闇のなかにハル・ウィンターズの姿が消えていった。レイも踵《きびす》を返すと、破れたオーバーコートを投げ捨てた野原に向かってゆっくりと歩いて行った。歩いているうちに、楽しかった夜の思い出が甦《よみがえ》ってきたようだ。小川の畔《ほとり》にある朽ちかけた家で、脚の細い子供たちと過ごした思い出である。彼はブツブツとつぶやいた。「どうでもいい。あいつに何を言ったとしても、嘘になってしまっただろう」と彼は静かな声で言った。そして彼の姿も野原の闇のなかに消えていった。

飲酒

トム・フォスターはまだ若く、新鮮な印象をたくさん受け取ることができた時期にシンシナティからワインズバーグにやって来た。彼の祖母はこの町の近くの農場で育ち、娘時代はそこの学校に通った。当時のワインズバーグは、トラニオン街道の雑貨屋のまわりに十二軒か十五軒程度の家が集まっているだけの村だった。

この辺境の村を出て以来、祖母は何という人生を送ってきたことか！　そして、小柄な老女ながら、何という強さと能力の持ち主であったことか！　彼女はカンザスで、カナダで、そしてニューヨーク市で暮らした。機械工である夫が死ぬまで、彼と一緒に旅をして回った。そのあとは、やはり機械工と結婚した娘と一緒に、ケンタッキー州コヴィントンに住んだ。シンシナティの川向こうの町である。

それからトム・フォスターの祖母にとって辛《つら》い日々が始まった。まず、彼女の義理の息子がストライキの最中に警察官によって殺された。次にトムの母親が病に倒れ、やがて死んだ。祖母には少しだけ貯金があったが、娘の病気と二度の葬式の費用ですっかりなくなってしまった。やつれた老いぼれ女労働者となり果て、シンシナティの横町にあるガラクタ店の上階に孫と一緒に住んだ。五年ほどオフィスビルの床磨きをし、それからレストランの皿洗いの仕事を見つけた。彼女の手はすっかり歪《ゆが》み、形が崩れてしまった。モップか箒《ほうき》の柄を握ると、まるで枯れた蔓《つる》植物の茎がくねくねと木に巻きついているように見えた。

老女はチャンスを得るやいなやすぐにワインズバーグに戻って来た。ある晩、仕事から帰る途中で三十七ドル入っている財布を見つけ、それが道を開いたのだ。少年にとってその旅は冒険だった。夜の七時過ぎ、財布を両手にしっかり握って戻って来た祖母は、興奮して口もきけないほどだった。そしてその夜にシンシナティを出るのだと言い張った。朝まで待ったら、金の持ち主に見つかって面倒なことになると言うのだ。そのとき十六歳だったトムは、祖母と一緒に駅までとぼとぼ歩いて行った。擦り切れた毛布に持ち物をすべて包み、それを背中に結わえつけていた。横を歩く祖母が彼を急《せ》き立《た》て、歯のない祖母の口が神経質そうに引きつった。彼が疲れて荷物を交差点に置きたがると、祖母がそれを摑《つか》み取り、自分で背負おうとするので、彼がまた背負わざるを得なくなった。列車に乗り込み、シンシナティを出ると、祖母は少女のように喜んだ。そして、少年がこれまで聞いたこともないような話し方で話し始めた。

その夜じゅう、列車がガタゴトと走っているあいだ、祖母はトムにワインズバーグの話をし続けた。そこで畑仕事をしたり、森で野生動物を撃ったりする生活が楽しめるだろうとトムに言った。五十年前の小さな村が、彼女がいないうちに繁栄する町になっているとは思わなかったのだ。そのため朝になって列車がワインズバーグに着いたとき、彼女は降りたがらなかった。「私が思っていたのと違う。ここでの暮らしはおまえには辛いかもしれない」と彼女は言った。列車はそのまま先に進み、二人はプラットフォームで途方に暮れた。ワインズバーグ駅の手荷物係であるアルバート・ロングワースを前にして、どこに行ったらよいのかもわからずにいた。

しかしトム・フォスターはワインズバーグに順応した。どこでも順応できる男なのだ。銀行家の妻であるホワイト夫人が祖母を台所仕事に雇い、彼は銀行家の新しい煉《れん》瓦《が》造りの馬屋で番人をすることになった。

ワインズバーグでは召使いがなかなか見つからなかった。家事の手伝いが欲しいと思う主婦は「お女中」を雇うのだが、それは家族と一緒に食卓に着く女のことだった。

ホワイト夫人はこういう「お女中」に辟易《へきえき》していて、都会出身の老女を雇える機会を逃さなかったのだ。トムには馬屋の上階に部屋をあてがった。「馬の世話がいらないときは、芝刈りをしたり、お使いをしてもらえばいいわ」と彼女は夫に説明した。

トム・フォスターは年齢のわりに小さく、頭が大きかった。ごわごわした黒髪がまっすぐに立っているので、頭の大きさがさらに強調された。声は思いがけないほど優しく、性格も穏やかで物静かだった。そのため、ほんのわずかな注意も惹《ひ》かずに、町の生活に溶け込めたのである。

トム・フォスターがどこでこの穏やかさを身につけたのか、人は不思議に思わずにいられなかった。シンシナティでは荒っぽい少年たちが徒党を組んで闊歩《かっぽ》する地域に暮らしていたし、初期の人格形成期はずっとこうした荒っぽい少年たちと走り回っていたのだ。電信会社にメッセンジャーとして雇われ、娼館《しょうかん》がたくさんある地域にメッセージを届けていた時期もある。娼館の女たちはトム・フォスターを気に入り、徒党を組んだ荒っぽい少年たちも彼を気に入った。

彼は決して自己主張しなかった。彼が脱け出せたのは、一つにはそのためである。人生の壁が影を投げかけているとすれば、彼はその影のなかに奇妙な形で入り込み、影に居座るように生まれついたのだ。欲望の館《やかた》に集まる男女を見て、気ままでおぞましい情事が行われていることを感じ取ってきた。喧嘩《けんか》する少年たちを見てきたし、泥棒したり酔っ払ったりする彼らの話を聞いてきた。そして、こうしたことにまったく動じず、不思議なくらい影響を受けなかったのである。

一度だけトムも盗みを働いたことがあった。まだシンシナティで暮らしている頃のことだ。そのとき祖母は病気をしていて、彼自身も失業中だった。家には食べるものがなかったので、彼は横町の馬具売り店に行き、現金が入っている引き出しから一ドル七十五セントを盗んだ。

馬具売り店を経営していたのは口髭《くちひげ》の長い老人だった。彼は少年がこそこそ隠れているのに気づいていたが、気にかけなかった。そこで馬具売りが通りに出て御者と話をしているとき、トムは現金の入った引き出しを開け、金を取って歩き去った。あとになって捕まり、祖母が一カ月間、週に二度、馬具売り店の床磨きをすることで、警察沙汰《ざた》を免れた。少年は恥ずかしく感じたが、うれしくもあった。「恥ずかしい思いをするのは構わないんだ、新しいことがわかるようになるからね」と彼は祖母に言った。祖母は何の話だかさっぱりわからなかったが、彼のことをとても愛していたので、理解してもしなくてもどうでもよかった。

トム・フォスターは一年ほど銀行家の馬屋に暮らし、そこから追い出された。馬の面倒をあまりよく見なかったし、銀行家の妻をしょっちゅう苛立《いらだ》たせたためである。彼女が芝を刈るように言っても彼は忘れてしまう。店か郵便局に使いにやっても、町の大人や少年たちの集団に混じってしまい、戻って来ない。そして午後のあいだじゅう彼らとぶらぶらし、彼らの話を聞いたり、ときどき話しかけられれば短い返事をしたりして過ごすのだ。都会の娼館の界隈《かいわい》に暮らし、夜の街路を駆け回る乱暴な少年たちと過ごしていた時期と同様に、彼はワインズバーグの町民たちのあいだにもすぐに溶け込み、それでも一線を画して日々を送る力があったのである。

銀行家のホワイト氏の家から追い出されたあと、トムは祖母と一緒に暮らさなかったが、祖母は夜になるとよく彼を訪ねた。彼はルーファス・ホワイティング老人が所有する小さな木造家屋の奥の一室を借りた。メインストリートから一つ入ったドゥエイン通りにあり、弁護士のホワイティング老人が長年事務所として使ってきた建物である。老人は弁護士を続けるには体が弱くなり、忘れっぽくなったのだが、まだ自分が衰えたことに気づいていなかった。彼はトムのことを気に入り、一カ月一ドルで部屋を使わせた。夕方になって弁護士が家に帰ると、少年は建物を独り占めできるようになった。ストーブのそばの床に寝転がり、いろいろなことを考えて何時間も過ごすのだ。夜になると祖母がやって来て、弁護士の椅子《いす》に座り、パイプをくゆらせる。トムは人と一緒にいてもいつも黙り込んでいるのだが、祖母が一緒にいても同じだった。

　老女はしばしば熱を込めてしゃべった。銀行家の家での出来事に関して怒っていることもあり、何時間もブツブツと不平を言った。自分の稼いだ金でモップを買い、弁護士の事務所を定期的に磨いた。事務所が染《し》み一つなくきれいになり、嫌な匂《にお》いがなくなると、陶製のパイプに火を点《つ》け、トムと一緒にパイプをくゆらせた。「おまえが死ぬときは私も死ぬよ」と彼女は自分の椅子のそばに寝転がっている少年に向かって言った。

　トム・フォスターはワインズバーグでの暮らしを楽しんでいた。台所のコンロのための薪《まき》を切るとか、家の前の芝生を刈るとかいった雑用をして稼いだ。五月の終わりから六月の初めにかけては畑でイチゴ摘みをした。残りの時間はのんびりと過ごし、それが楽しかった。銀行家のホワイト氏からお古のコートをもらい、彼には大きすぎたのだが、祖母が切り詰めてくれた。ホワイト氏からはオーバーコートももらっていて、そちらは毛皮のライニングがついていた。毛皮はところどころ擦り切れていたが、オーバーコートは温かく、トムは冬になるとそれを着て眠った。自分がほかの人たちとうまくやっていく技はなかなかなものだと自認し、ワインズバーグでの人生が満足いくものになったと思って、幸せを感じていた。

トム・フォスターはほんのささやかな馬鹿《ばか》らしいことにも幸せを感じた。おそらく人々から愛されたのはそのためなのだろう。ハーンの食料品店では金曜の午後にコーヒー豆を煎《い》り、商売の忙しい土曜日に備えるので、芳醇《ほうじゅん》な香りがメインストリートの中心部を満たした。トム・フォスターはそういうときに現われ、店の裏の箱に座った。そして身動きせずに一時間ほどじっと座り、香ばしい匂いに体を浸して、幸せに半ば酔うような気分になった。「これ、好きなんだ」と彼は穏やかに言った。「これを嗅《か》いでいると、ずっと遠くのことを思うようになるんだよ。いろんな場所や、いろんなことをね」

ある夜、トム・フォスターは酔っ払った。おかしなことがきっかけだった。それまで彼はまったく酔ったことがなく、実のところ生まれてこの方、人を酔わせる成分を含んだものを飲んだことがなかった。ところがこのときだけは酔う必要があると感じ、本当に酔っ払ったのだ。

かつて暮らしていたシンシナティで、トムはたくさんのことを知った。醜さや犯罪、欲望などに関わることである。実際、ワインズバーグの誰よりもこれらについての知識は豊富だった。特にセックスに関わることは実に恐ろしい形で目の前に現われ、彼の心に深い印象を刻んでいた。寒い夜に女たちが汚らしい家の前で立っている姿や、立ち止まって彼女らに話しかける男たちの目つき——こうしたものを見てきたので、自分はセックスとまったく関わらないようにしようと思っていた。一度だけ近所の女から誘惑され、一緒に部屋に行ったことがあったが、そのときの部屋の匂いと、女の目に浮かんだ貪欲《どんよく》な表情は忘れられない。彼は吐き気を催し、非常におぞましい傷が心に残ったのである。それまでは女のことを祖母と同じように無垢《むく》な存在として考えてきたのだが、この部屋での一度の経験で、女をすべて心から追い払った。性格がとても穏やかだったので何も憎むことはできず、理解もできなかったので忘れることにした。

そしてトムはワインズバーグに来るまで本当に忘れていた。ところが二年ほど暮らしてから何かが彼のなかでうごめき始めた。まわりじゅうで若者たちの色恋沙汰を見かけたし、彼自身が若者になっていたのだ。そして何が起きたかもわからぬうちに彼は恋をしていた。彼の雇い主だった男の娘、ヘレン・ホワイトを好きになり、夜になると彼女のことを考えるようになったのである。

それは彼にとって難問であり、彼は自分なりの方法で解決した。ヘレン・ホワイトの姿が頭に浮かぶと、いつでも彼女のことを考えたいだけ考え、どのように考えるかだけが問題なのだと思うようにした。彼は戦った。自分なりの断固とした戦いに挑み、欲望をあるべき場所と信じるところにとどめるようにした。そして、だいたいにおいてうまく行っていた。

それから彼が酔っ払ったあの春の夜が来た。その夜、トムは荒れていた。森の無垢な若い牡鹿《おじか》が、頭を狂わせる草を食べたかのようだった。ことが始まり、進むべき進路を取り、あの夜に終わった。そして、トムが荒れたことによって損害を被《こうむ》った人はワインズバーグに一人もいなかった。

そもそも、それは鋭敏な精神を酔わせるような夜だった。町の住宅街に植えられた木々はみな新たに柔らかい青葉をつけ、家の裏の菜園では男たちがのんびりと仕事をしていた。空気は静まり返っていたが、その静けさには血を沸かすような期待感が含まれていた。

若々しい夜の始まりが感じられるようになると、トムはドゥエイン通りの部屋を出た。最初にさまざまな道をゆっくりと、押し黙って歩き回り、自分が考えていることを言葉にしようとした。ヘレン・ホワイトは風に舞う炎だ、自分は空を背にしてくっきりと浮かび上がっている葉のない小さな木だ、と言った。それから彼女は風である、恐ろしい強風である、と言った。荒れ狂う海の闇《やみ》から吹きつける風が彼女で、自分は漁師によって浜辺に取り残されたボートだ。

この考えが気に入り、彼は心でそれをいじくりながら歩いた。メインストリートに入り、ワッカー煙草店《たばこてん》の前の縁石に座った。そして一時間ほど、男たちの話し声を聞きながら居残ったが、あまり興味を惹かれなかったので立ち去った。それから酔っ払うと決め、トム・ウィリーの酒場に入ってウィスキーを一瓶買い、瓶をポケットに入れて歩き始めた。一人きりになってもっといろいろなことを考え、ウィスキーを飲みたいと思い、歩き続けて町から出た。

町から二キロ近く北に行ったところで、トムは道端に生えたばかりの草の上に座り、酔っ払った。目の前には白い道が続き、後ろには果樹園があって、リンゴの花が満開だった。瓶から直接酒を飲み、それから草の上に寝て、ワインズバーグの朝の風景を思い浮かべた。銀行家ホワイト氏の家のわきにある車寄せの砂利が朝露で湿り、朝日に輝いていたこと。馬屋で過ごしている夜に雨が降ると、雨粒が屋根を叩《たた》く音を聞いたり、馬や干し草の温かい匂いを嗅いだりしながら、眠らずにいたこと。そして数日前、ワインズバーグで猛威をふるった嵐《あらし》のことを思い出し、そこから心はずっと前のことにさかのぼった。祖母と列車に乗って、シンシナティからこちらに向かっていた夜を追体験したのである。夜の闇のなか、蒸気機関車が列車を引っ張っていき、その力を感じつつ自分は客車で物静かに座っている。それが奇妙に思えたことを彼ははっきりと覚えていた。

トムは極めて短い時間で酔っ払った。いろいろな考えが浮かんでくるあいだ瓶から飲み続け、頭がくらくらしてきたところで立ち上がり、ワインズバーグから遠ざかる方向へと歩いた。ワインズバーグから北に向かい、エリー湖に至る道。その途中には橋があり、酔っ払った少年はよろよろと進んで橋に至った。橋のたもとに座り、また飲もうとする。しかし瓶からコルクを抜いた途端、気持ちが悪くなり、すぐに元に戻した。頭が前後に揺れたので、橋につながる石の部分に座り、溜《た》め息《いき》をついた。頭が風車《かざぐるま》のように回り、それから空中にビューンと飛び出したような気がした。腕と脚は為《な》す術《すべ》なくバタバタと動くばかりである。

十一時にトムは町に戻って来た。ふらふらと歩いている彼をジョージ・ウィラードが見つけ、『イーグル』紙の印刷所に連れて行った。それから酔っ払った少年が嘔吐《おうと》するのではないかと心配になり、手を貸して裏道に連れ出した。

トム・フォスターの言うことに新聞記者は混乱した。この酔っ払いはヘレン・ホワイトの話を始めたのだ。彼女と海辺に行き、愛を語り合った、と。ジョージはヘレン・ホワイトがその夜、父親と一緒に通りを歩いているのを見たので、トムは頭がおかしいのだと判断した。彼自身の心に隠れていたヘレン・ホワイトへの思いが燃え上がり、彼は怒りを感じた。「おまえ、やめろよ」と彼は言った。「ヘレン・ホワイトの名前をこんなことに引きずり込んでほしくない。そんなこと、許さないぞ」。彼はトムの肩を揺さぶり、わからせようとした。「やめろよ」と彼はまた言った。

三時間ほど、おかしな偶然で出会った二人の若者は印刷所にとどまった。少し回復してからジョージはトムを散歩に連れ出し、田園地帯に入って、二人で森の端にある丸太の上に座った。夜の静けさに含まれる何かが二人を引き寄せた。酔っ払いの少年の頭がすっきりしてきたところで、二人は語り合った。

「酔っ払ったのはよかったよ」とトム・フォスターが言った。「何かを教えてくれた。もう一度酔っ払う必要はない。これ以降、もっとはっきりと考えることができる。どういうことか、わかるよね」

ジョージ・ウィラードにはわからなかったが、ヘレン・ホワイトに関係した怒りは消え、このぐったりとした青白い少年に惹きつけられるような気がした。誰かにこんなに惹きつけられたのは初めてだった。彼は母親のような思いやりをもって、トムに接した。立ち上がり、あたりを歩くようにと言い聞かせた。二人はまた印刷所に戻り、闇のなかで黙って座った。

新聞記者はトム・フォスターの行動の動機を頭で整理することができなかった。トムがまたヘレン・ホワイトのことを話し始めたときは、再び腹を立てて怒鳴りつけた。「やめろよ」と彼はぴしゃりと言った。「おまえは彼女と一緒にいなかった。なのにどうしていたなんて言うんだ？　どうしてこんなことを言い続けるんだ？　もうやめろ。わかったか？」

トムは傷ついた。喧嘩はできない男なので、ジョージ・ウィラードとも喧嘩できず、ただ立ち去ろうとした。ジョージ・ウィラードがしつこく言い続けると、彼は手を差し出して年長の青年の肩に置き、説明しようとした。

「そうだな」と彼は穏やかな声で言った。「どういうことだったのか、僕にもわからないんだ。ただ、幸せだったんだよ。そういう感じってわかるだろ？　ヘレン・ホワイトが僕を幸せにしてくれたし、夜も僕を幸せにしてくれた。僕は苦しみたかった。何らかの形で傷つきたかった。それが僕のすべきことだと思った。苦しみたかったのは、わかるだろうけど、誰だって苦しむし、間違ったことをするからさ。やるべきことをたくさん考えたけど、どれもうまくいきそうにない。ほかの人を傷つけることになるからね」

トム・フォスターの声はだんだんと大きくなり、彼の人生でもこのときだけは興奮に近い状態になった。「愛を語り合うような感じだったってことだよ、僕が言いたいのはね」と彼は説明した。「どういう感じかわからないかな？　ああいうことをやると自分が傷つくし、すべてがおかしな感じになってしまう。だから僕はやったんだ。やってよかったと思う。何かを教わったんだよ。そういうこと、僕が求めたことなんだ。わからないかな？　いろんなことを学びたかった。だから僕はやったんだ」

死

ヘフナー街区《ブロック》にあるパリ服地店の上階、リーフィ医師の診察室にのぼる階段には薄暗い灯りしかついていなかった。階段の上に、汚い火屋《ほや》のついたランプが掛かり、それは腕木で壁に固定されていた。ランプにはブリキの反射板があり、錆《さ》びて茶色く、埃《ほこり》をかぶっていた。階段をのぼる人たちは、それ以前にのぼった多くの人たちのあとをついていくことになる。階段の柔らかい板は足の重みにたわみ、人々の足が踏んできたところはへこんでいた。

階段のいちばん上で右に曲がると医師の部屋のドアがあった。左側の暗い廊下にはガラクタが積まれていた。古い椅子《いす》、大工ののこひき台、脚立《きゃたつ》、空っぽの箱などが暗《くら》闇《やみ》に置かれ、人の向《む》う脛《ずね》を擦りむこうと待っている。ガラクタの山はパリ服地店の持ち物だ。店のカウンターや棚などが不用になると、店員たちが上階に運び、その山の上に放り投げるのである。

リーフィ医師の診察室は納屋《なや》と同じくらい大きく、腹の丸いダルマストーブが部屋の真ん中に鎮座していた。ストーブの台のところにはおがくずが積み上げられ、床に釘《くぎ》で打ちつけた重い板がそれを取り囲んでいる。ドアのそばに置かれた巨大なテーブルはヘリック衣料品店の家具だったもので、かつてはカスタムメイドの服を陳列するのに使われていた。そこにいまでは本や瓶、外科用器具などがいっぱいに置かれている。テーブルの縁には、リーフィ医師の友人であるジョン・スパニアードが置いていったリンゴが三つか四つあった。スパニアードは苗木を育てている男で、ドアから入って来ると、リンゴをポケットから取り出してそこにそっと置くのである。

中年男の頃、リーフィ医師は背が高く、どことなく不格好だった。後に生やすことになるゴマ塩鬚《ひげ》はまだなかったが、上唇には茶色い口髭《くちひげ》が生えていた。歳《とし》を取ってから身につけた気品はまだなく、自分の手足をどこに置くかという問題で手一杯という印象を与えた。

夏の午後、エリザベス・ウィラードはときどきすり減った階段をのぼり、リーフィ医師の診察室を訪ねていた。結婚してからかなりの年月が経《た》ち、息子のジョージが十二歳か十四歳の少年だった頃のことである。生まれつき長身だった女は猫背になり始め、体を物憂《ものう》げに動かすようになっていた。表向きは健康のことで医師を訪ねていたのだが、訪ねたうちの何回かは、特に病気に関する診察を受けるわけでもなかった。健康の話もするが、だいたいは彼女の人生について、彼ら二人の人生について話すのである。あるいは、それぞれがワインズバーグで人生を送るうちに、頭に浮かぶようになった考えについて。

がらんとした大きな部屋で見つめ合って座る男と女は、いろいろな点で似通っていた。体つきは違ったし、瞳《ひとみ》の色も鼻の長さも、生活環境も違ったのだが、彼らの内部の何かが同じ意図を持ち、同じ解放を求めていたのだ。たまたま彼らを見た人の記憶には、同じ印象を残したであろう。あとになって医師が歳を取り、若い妻と結婚したとき、彼は妻にこのときのことを何度も話した。病気の女と過ごした時間について話し、エリザベスには言えなかったたくさんのことを言葉で表わした。老齢に達して彼はほとんど詩人のようになり、出来事を表現する観念には詩的な彩《いろど》りが加わった。「人生において祈りを必要とする時期になったので、私は神々を発明し、それに対して祈った」と彼は言った。「祈りの言葉は唱えなかったし、ひざまずいたりもせず、ただ椅子にじっと座ったんだ。メインストリートが暑くて静まり返った夕方、あるいは昼なのに陰気な冬の日、神々は診察室にやって来るんだが、私以外は誰もそのことを知らない。そう思っていたら、このエリザベスという女性も知っているってことに気づいたんだ。同じ神々を崇拝していたんだよ。彼女は神々がそこにいると思って診察室に来るようになったんだ。私はそう考えている。彼女のほうも自分一人じゃないってわかってうれしかったんだな。これは説明できない経験だけど、おそらくあらゆる場所で男にも女にも起きていることだと思うよ」

夏の午後、エリザベスと医師が診察室に座り、二人の人生について話しているとき、二人は別の人生についても語り合った。ときどき医師は哲学的な警句を作り、面白がってクスクスと笑った。しばらく黙り込んでから、一つの単語が口にされたりヒントが与えられたりして、話者の人生を奇妙に照らし出すこともあった。希望が欲望になり、あるいは夢になり、消えかけていたものがパッと燃え上がった。言葉はだいたいにおいて女が口に出し、彼女は相手を見ずにしゃべっていた。

医師に会いに来るたびに、ホテル支配人の妻は少しずつ自由にしゃべるようになった。そして一時間か二時間一緒にいてから階段を下り、メインストリートに戻るときには、新鮮な気持ちになっていた。日々の単調さに立ち向かえる力を得たような気がして、少女っぽい軽快さに近い足取りで歩いた。しかし自室の窓際《まどぎわ》にある椅子に戻り、あたりがだんだんと暗くなって、ホテルの食堂で働いている少女が夕食を盆にのせて持って来ると、彼女はそれに手をつけず、冷ましてしまうのだった。心は冒険を激しく求めていた少女時代に戻り、自分を抱いた男たちの腕を思い出した。まだ冒険が可能だった頃のことである。特に彼女はしばらく恋人だった一人の男を思い出した。彼は感情が最高潮に達すると、彼女に対して大声で叫んだ。それも百回以上、同じ言葉を狂ったように繰り返したのだ。「愛《いと》おしい！　愛おしい！　愛おしい人！」その言葉は、自分が人生で成し遂げたかったことを表わしていると彼女は考えた。

みすぼらしい古いホテルの自室で支配人の病んだ妻は泣き始めた。手を顔に当てて前後に体を揺らす。唯一《ゆいいつ》の友人であるリーフィ医師の言葉が耳のなかで鳴った。「愛は風のようなものだよ。真っ暗な夜、木々の下の草を揺らす風さ」と彼は言ったことがあった。「愛をはっきりさせようとしてはならない。愛は人生における神聖なアクシデントだ。はっきりさせようとし、確かめようとし、穏やかな夜風が吹く木々の下で生きようとすると、すぐに暑くて長い失望の日が訪れる。キスによって熱くなり、柔らかくなった唇に、通り過ぎる馬車からの砂っぽい埃がかぶさる」

エリザベス・ウィラードは五歳のときに死んだ母親のことを覚えていなかった。少女時代は想像し得る限り最もでたらめな生き方をした。父親は一人にしてもらいたいというタイプの男だったが、ホテルの雑多な仕事が彼を一人にすることはなかった。病人として生き、そして死んだ男でもあった。朝はいつも元気な顔をして目覚めるのだが、午前十時には心からすべての喜びが消え去っているのだ。客の一人がホテルの食堂の料金について文句を言うとか、客室係の娘の一人が結婚して仕事を辞めるとかいうことがあると、地団駄を踏んで罵《ののし》った。夜、ベッドのなかでは、娘がホテルを出入りする人々の流れにもまれて育つことを考え、悲しくてたまらなくなった。娘が成長し、男たちと夜に出歩くようになると、彼女と話したいと思ったが、話そうとするとうまくいかなかった。何を話したかったのかをいつも忘れてしまい、自分の身のまわりのことについていろいろと不平を言ってしまうのだ。

少女から若い娘へと成長していった時期、エリザベスは人生における本当の冒険者になろうとした。積極的に生きずにはいられず、十八歳にしてもはや処女ではなかった。しかし、トム・ウィラードと結婚する前に半ダースほどの恋人がいたものの、欲望のみに駆り立てられて冒険に乗り出したことはなかった。世界じゅうのすべての女性と同様に、彼女は本物の恋人を欲しがった。いつでも何かを闇雲に、情熱的に求めた——人生における隠れた何らかの奇跡を。並木の下を男たちと軽やかに歩いていた長身の美しい娘は、闇に向かって手を伸ばし、ほかの手を摑《つか》もうと永遠に足掻《あが》いていたのだ。一緒に冒険をした男たちの唇からこぼれ落ちる意味のない言葉のなかに、自分にとって真実の言葉を見つけようとした。

エリザベスが父のホテルのフロント係であるトム・ウィラードと結婚したのは、彼女自身が結婚しようと決意したときに彼が手近にいて、結婚したがったからだった。ほとんどの若い娘と同じように、彼女はしばらく結婚によって人生の様相が変わると思っていた。トムとの結婚の成り行きについて彼女の心のなかに疑いがあったとしても、それを払いのけた。そのとき父親は病気で死期が近く、彼女のほうはちょうど付き合っていた男との関係が実を結ばなかったことに混乱していたのだ。ワインズバーグの同年代の娘たちは彼女の知り合いの男たちと結婚した――食料品店の店員や若い農民たちである。夜に彼女らは夫とメインストリートを歩き、すれ違うときに幸せそうに微笑《ほほえ》んだ。結婚は実のところ隠れた意味に満ちているのかもしれない、と彼女は考えるようになった。若い妻たちと話すと、彼女らは穏やかに、恥ずかしそうに、こんなことを言った。「自分の男ができると、すべてが変わるのよ」

結婚の前夜、混乱したままの娘は父親と話をした。あとになって彼女は、病気の父親と数時間話をしたことによって、結婚の決意が固まったのではないかと考えた。父は自分の人生を語り、こんなつまらない人生を送るなと娘に諭した。トム・ウィラードのことはけなしたので、エリザベスがフロント係を弁護する破目になった。病気の男は興奮し、ベッドから出ようとした。彼女が歩いては駄目だと言うと、父親は不平を言い始めた。「わしはまったく一人にしてもらえなかった」と彼は言った。「必死に働いたのに、ホテルは黒字にならない。いまでも銀行に借金がある。わしが死んだらわかるよ」

病人は緊張した声で真剣に話していた。立ち上がることができず、手を差し出して、娘の頭を自分のほうに引き寄せた。「脱出する道はある」と彼は囁《ささや》いた。「トム・ウィラードとは結婚するな。ワインズバーグの誰とも結婚するな。わしのトランクのブリキの箱に八百ドル入っている。それを持って、ここから出なさい」

病人はまた不平を言う口調になった。「約束してくれ」と彼はきっぱりと言った。「結婚しないという約束をしないのなら、これだけは約束してくれ。トムにはその金の話を絶対にしないこと。これはわしの金で、わしがおまえに譲るんだから、そう命令する権利はある。金を隠しなさい。父親として失格だったわしの、おまえに対する償いだ。いつの日かこれが出口になるかもしれない。おまえにとっての突破口に。いいかな、わしはもうすぐ死ぬんだから、この約束はしてくれ」

リーフィ医師の診察室にいるエリザベスは、四十一歳のくたびれてやつれた女になっていた。ストーブの近くの椅子に座り、床を見つめている。医師のほうは窓際の小さな机に向かって座り、手で机の上の鉛筆をいじくっていた。エリザベスは結婚してからの人生について語った。客観的な話し方になり、夫のことは忘れて、ただ自分の言いたいことを伝えるための見本のように彼を扱った。「それから結婚したんですけど、うまくいかなかったんです」と彼女は苦々しげに言った。「結婚した途端に恐ろしくなりました。たぶんそれ以前に知り過ぎていたし、それから彼との最初の夜にわかりすぎてしまったんでしょうね。覚えていないんですけど。

なんて馬鹿《ばか》だったんでしょう。父がお金をくれて、結婚をやめさせようとしたのに、私は耳を貸さなかったんです。結婚した子たちが結婚について言ったことを考えて、私も結婚したいと思いました。私が求めていたのはトムではなく、結婚だったんです。父が眠りに就いたあとで、私は窓から身を乗り出し、自分が送ってきた人生について考えました。悪い女にはなりたくなかった。町には私の噂話《うわさばなし》がさんざん流れていましたからね。トムが気を変えるんじゃないかって心配したくらいです」

女の声は興奮で震え始めた。リーフィ医師は自分でも何が起きているのかわからぬうちに彼女を愛し始めており、その心に奇妙な幻影が浮かんでいた。話しているうちに彼女の体が変わっていき、若返り、背筋が伸び、力強くなっていくように感じたのだ。この幻影を振り切ることができず、彼の精神はそれに医師らしいひねりを加えた。「これは彼女の体にも精神にもいい、こうやって話すことは」と彼はつぶやいた。

女は結婚して数カ月後の午後に起きたことを話し始めた。彼女の声はしっかりとしてきた。「夕方、一人で馬車を走らせたんです」と彼女は言った。「一頭立ての馬車と灰色の子馬を持っていて、ウェズリー・モイヤーの貸し馬車屋に預けてたんですよ。トムはホテルの部屋のペンキ塗りと壁紙の張替えをしていました。お金が入り用だったんです。私は父にもらった八百ドルのことを彼に話そうって、決心を固めようとしていたんですが、どうしてもできませんでした。そこまで彼のことが好きではなかったんです。その頃、彼の手と顔にはいつもペンキがついていて、ペンキの匂《にお》いがしていました。古いホテルを修繕して、新しくてかっこよく見せようとしていたんですね」

興奮した女は椅子にまっすぐに座り、少女のように手を素早く動かしながら、春の午後に一人で馬車を走らせたときの話をした。「曇っていて、嵐《あらし》が来そうでした」と彼女は言った。「黒い雲のせいで木々や草の緑が際立《きわだ》ち、その色で目が痛くなりました。私はトラニオン街道を二キロかそこら走り、それから横道に入りました。子馬は丘の上り下りを勢いよく駆け抜けていきます。私は苛々《いらいら》していました。いろんな考えが浮かんできて、その考えから逃れたかったんです。私は馬を鞭《むち》で打つようになりました。黒い雲が空にとどまり、雨が降り始めました。ものすごい速度で走り、そのままどこまでも走り続けたかった。町から脱け出し、服からも、結婚からも、体からも、すべてから脱け出したかったんです。馬を走らせ続け、もう少しで殺すところでした。馬が走れなくなると、私は馬車を降り、自分の足で闇に向かって走って行きました。しまいに転んでしまい、脇腹《わきばら》を痛めました。すべてから脱け出したかったのに、走っている先に何かを求めていたんです。わかりませんか、それがどんな感じか？」

エリザベスは跳ねるように椅子から立ち上がり、診察室のなかを歩き回った。こんな歩き方をする人は見たことがないとリーフィ医師が思うような歩き方だった。彼女の全身に軽快さが、医師を酔わせるリズムがあった。エリザベスが彼の椅子のわきで床にひざまずいたとき、医師は彼女を抱きしめて情熱的にキスをし始めた。「家に戻るあいだじゅう泣いていました」と彼女は自分の無鉄砲な遠出の話を続けようとしたが、彼は聞こうとしなかった。「愛おしい！　愛おしい人！　なんて愛おしい人！」と彼はつぶやいた。そして、自分が抱きしめているのが四十一歳のくたびれた女ではなく、可愛《かわい》らしい無垢《むく》な少女であるように思った。何らかの奇跡によって、少女はくたびれた女の肉体という殻から飛び出すことができたのである。

リーフィ医師が腕に抱いた女と次に会えたのは、彼女の死後だった。あの夏の午後、もう一歩で彼女の恋人になれそうだったとき、ちょっとした奇怪な出来事が二人の恋をたちまち終わらせてしまったのである。男と女がしっかりと抱き合っているとき、診察室の階段をのぼってくる重い足音が聞こえてきた。二人は急いで立ち上がり、震えながら耳を澄ませた。階段の足音はパリ服地店の店員のものだった。店員は空っぽの箱を廊下のガラクタの山の上に放り投げ、バンッという大きな音を立ててから、また重い足取りで階段を降りて行った。そのすぐあとにエリザベスも階段を降りた。唯一の友人と話しているときに彼女のなかで生まれた何かが、突如として消えてしまったのだ。彼女は極度に感情的になり、それはリーフィ医師も同じで、二人は話を続けたいと思わなくなった。それでも通りを歩いていくとき、彼女の血はまだ体内で音を立てて流れていた。しかしメインストリートから横道に入り、前方に新ウィラード館の灯りが見えると、彼女は身震いし、膝《ひざ》がガクガク震えた。その一瞬、自分が道端で倒れてしまうのではないかと思った。

病んだ女は死を渇望《かつぼう》して人生の最後の数カ月を過ごした。飢えた者が食料を求めるように、死に至る道を進んで歩んだ。彼女は「死」に人間の姿を与え、いろいろな男の姿で思い浮かべた。あるときは丘を走る黒髪の強靱《きょうじん》な若者として、またあるときは人生の雑事による刻印と傷を負った厳格で物静かな男として。部屋の闇のなかで彼女は手を伸ばし、ベッドカバーの下から上に向かって突き出した。そして、「死」が生き物のように手を差し伸べているのだと思った。「辛抱してね、愛しい人」と彼女は囁いた。「若くて美しいままでいてちょうだい。そして、辛抱強くね」

病がずっしりと重い手を載せて彼女の計画を挫《くじ》いた夜、彼女はベッドから出て、這《は》うように部屋を半分ほど進んだ。隠しておいた八百ドルについて息子に打ち明けようと計画していたのだ。そして、あと一時間だけ待ってくれと「死」に懇願した。「待ってね、愛しい人！　息子よ！　息子よ！　息子よ！」そう彼女は訴え、それまであれほど求めていた恋人の腕を、力の限りを尽くして払いのけようとした。

エリザベスは息子のジョージが十八歳になった年の三月に亡《な》くなった。そして若者は母の死の意味をどう理解したらよいのかほとんどわかっていなかった。理解に要するものを与えてくれるのは時間だけなのだ。一カ月ほど、彼はベッドに横たわる母の姿を見守っていた。白い顔をして、何も言わずにじっと寝ている姿。そしてある午後、医師が彼を廊下で呼び止め、短い言葉を伝えたのである。

若者は自室に行き、ドアを閉めた。腹のあたりが空っぽになったような奇妙な感覚があった。しばらく座ったまま床を見つめていたが、それから跳ねるように立ち上がり、散歩に出た。駅のプラットフォームに沿って歩き、住宅街を抜けて、高校の校舎を通り過ぎる。その間、ずっと自分のことばかり考えていた。心が人間の死といった問題に占められることはなく、実のところ、自分の母親がその日に死んだという事実に少し苛立っていた。ちょうど町の銀行家の娘であるヘレン・ホワイトが、彼の手紙に応《こた》えて返事を寄こしたところだったのだ。「今夜、彼女に会いに行けたのに、こうなると延期しなきゃいけない」と彼は半ば腹を立てつつ考えた。

エリザベスは金曜の午後三時に亡くなった。その日、午前中は寒くて雨が降っていたが、午後には太陽が出た。死ぬ前の六日間、彼女は体が麻痺《まひ》した状態で、しゃべることも動くこともできずに横たわっていた。生きているのは精神と目だけだった。六日のうち三日間は息子のことを考えて煩悶《はんもん》し、彼の未来に関わる言葉を言おうとした。彼女の目の表情には人の心に強く訴えかけるものがあり、それを見た人は誰もがこの臨終の女の記憶を数年間心に抱き続けたほどだった。妻に対して憤《いきどお》りのようなものを感じていたトム・ウィラードでさえ、その憤りを忘れ、涙が目からこぼれ落ちて口髭のところにたまった。口髭に白髪が混じってきたのでトムはそれを染めており、染料を作るために油を使っていた。その口髭に涙がたまり、それを手で払ったので、細かい霧のような蒸気が発生した。悲しみに暮れるトム・ウィラードの顔は、厳しい寒さのなかで長い時間戸外に出ていた子犬のようだった。

母親が死んだ日、ジョージは暗くなってからメインストリートを歩いて家に戻って来た。自室で髪と服にブラシをかけてから、廊下を歩いて遺体のある部屋に向かう。部屋に入ると、ドアのそばの化粧台に蠟燭《ろうそく》が置かれ、リーフィ医師がベッドわきの椅子に座っていた。医師は部屋を出ようと立ち上がり、若者に挨拶《あいさつ》するかのように手を挙げたが、それからぎこちなく手を引っ込めた。自意識過剰の人間が二人いることで、部屋の空気は重苦しくなり、老人は急いで立ち去った。

死んだ女の息子は椅子に腰を下ろし、床を見つめた。そしてまた自分に関わることを考え始め、絶対に人生を変えようと決意した。ワインズバーグを出るのだ。「どこかの都市に出よう。新聞社で仕事ができるかもしれない」と彼は考えた。それから今夜一緒に過ごすはずだった娘のことを考え、また少し腹を立てた。彼女に会いに行くことを妨げた、事の成り行きに対する怒りである。

死んだ女を前にし、薄暗い照明の部屋で若者はいろいろなことを考え始めた。母親の心が死に関する考えをいろいろともてあそんだように、彼は人生に関する考えをいろいろともてあそんだ。目を閉じ、ヘレン・ホワイトの赤くて若々しい唇が自分の唇に触れるのを想像した。身震いし、手も震えた。それから何かが起きた。若者は跳ねるように立ち上がり、身を強張《こわば》らせた。そしてシーツが掛かっている遺体を見下ろし、自分の考えていたことが恥ずかしくなって、泣き始めた。新しい思いが心に浮かび、彼は振り返ると、疚《やま》しそうにあたりを見回した。人に見られたのではないかと恐れているかのようだった。

ジョージ・ウィラードは母の遺体からシーツを取《と》り除《の》けたい、母の死に顔を見たいという病的な思いに取《と》り憑《つ》かれた。その考えが心に入り込み、激しい力で彼を捉《とら》えたのだ。目の前のベッドに横たわっているのは母ではなく、誰かほかの人だと確信した。その確信があまりに生々しく、耐えられないほどになった。シーツの下の遺体は細長く、死んだことで若さと気品を得たようだった。奇妙な空想に捉われた若者にとって、それは言葉にできないくらい美しかった。目の前の体は生きているのだという感覚、いまにも美しい女がベッドから飛び出して目の前に立つのではないかという感覚があまりにも強くなり、この不安な状態に耐えられなくなった。彼は何度も何度も手を差し出した。一度など、遺体に掛かっている白いシーツに触れ、途中まで持ち上げた。

しかし勇気がなくなり、リーフィ医師と同じように、背を向けて部屋から出て行った。そして外の廊下で立ち止まって身震いし、手を壁について体を支えなければならなかった。「あれは母さんじゃない。あそこにいるのは母さんじゃない」と彼は自分に向かって囁き、恐怖と疑念とでまた体を震わせた。遺体の面会に来たエリザベス・スウィフト小母《おば》さんが隣りの部屋から出て来たとき、彼は小母さんの手を握って泣き始めた。首を大きく左右に振り、悲しみで目が見えないほどだった。「母は死にました」と彼は言った。それから小母さんのことを忘れ、振り返って、自分が出て来たドアをじっと見つめた。「愛おしい！　愛おしい！　愛おしい人！」若者は外から来る衝動に心を揺さぶられ、声に出してつぶやいた。

死んだ女が長いあいだ隠しておいた八百ドルはどうなったか。ジョージ・ウィラードが都会での生活を始める資金になるはずだった金はブリキの箱に入れられ、漆喰の壁の奥にしまわれていた。母親が横になっているベッドの足下のあたりである。エリザベスは結婚の一週間後に、棒で漆喰に穴を開け、そこに箱を置いた。その当時ホテルで雇っていた男の一人に頼み、壁の修復をしてもらった。それから夫が角で穴を開けちゃったのよ」と彼女は夫に説明していた。このときはまだ解放の夢を諦《あきら》められなかったのだ。振り返ると、解放は彼女の人生で二度しか訪れなかった。彼女の恋人たち、「死」とリーフィ医師が、彼女を腕に抱きしめたときである。

見識

晩秋の宵の口だった。ワインズバーグで屋外市《フェア》が開かれ、田舎から人々がドッと押し寄せていた。大気の澄んだ日で、夜になっても暖かく心地よかった。トラニオン街道が町の境界線を越え、茶色い枯れ葉で覆《おお》われたイチゴ畑のなかを走っていくあたりでは、次々に通り過ぎる馬車が埃《ほこり》を雲のように湧《わ》き立たせていた。馬車の荷台に敷き詰めた藁《わら》の上では、子供たちがボールのように丸くなって眠っていた。彼らの髪は埃だらけで、指は黒くべとついている。埃の雲は畑の上にかぶさり、それを夕日が照らして、さまざまな色に輝かせていた。

ワインズバーグのメインストリートでは群衆が店や歩道に溢《あふ》れていた。夜になり、馬がいななき、店員たちが店のなかでドタバタと走り回り、子供たちが迷子になって力いっぱい泣いた。アメリカの平凡な田舎町が、この日は楽しむという仕事にしゃかりきになって取り組んでいた。

若きジョージ・ウィラードはメインストリートの群衆を掻《か》き分《わ》けるように進み、リーフィ医師の診察室につながる階段に身を隠して、あたりの人々を見つめた。店の灯りの下を漂うように通り過ぎていく顔の群れ。それをジョージは熱っぽい目で見ていた。頭には次々に考えが浮かんだが、考えたくはなかった。木の階段を焦れったそうに踏みつけ、鋭い視線を周囲に向ける。「さて、彼女は一日じゅうあの男と一緒にいるのだろうか？　こうして待っていても無駄なのだろうか？」と彼はつぶやいた。

オハイオの田舎町の少年であるジョージ・ウィラードは急速に大人になりつつあり、頭に新しい考えが次々に浮かんできていた。その日は、屋外市《フェア》に集まる群衆に囲まれていながら、ずっと孤独を感じつつ歩き回った。ワインズバーグを出て、どこかの都市に行き、都会の新聞社で働きたいと思っており、自分が成長したような感覚を抱いた。彼に取り憑《つ》いた気分は、大人なら知っているのだが、少年たちには未知なものだ。彼は歳《とし》を取り、少し疲れたように感じた。思い出が心のなかで呼び覚まされた。成熟したという新しい感覚によって、心に映る自分の姿が変わった――周囲の者たちのなかで際《きわ》立《だ》ち、少し悲劇的な存在となったのである。彼は母の死のあとで自分に取り憑いた感情をわかってくれる人が欲しかった。

少年が成長していく過程で、人生を初めて後ろ向きに見る瞬間がある。おそらくそれが、大人への境界線を越える瞬間なのだ。少年は生まれた町の通りを歩いている。そして未来を思い、自分が世界においてどのような存在になるかを考えている。野心と後悔が自分のなかで目覚める。突如として何かが起こる。木の下で立ち止まり、名を呼ばれるのを待つように何かを待ち受ける。過去の物事の幽霊が意識に入り込んでくる。自分自身の外から囁《ささや》き声が聞こえてきて、人生には限界があると告げる。自分自身と未来にとても自信があったのに、まったく自信がなくなる。想像力旺盛《おうせい》な少年だったらドアを蹴《け》破《やぶ》り、初めて世界を見渡して、自分以前に存在していた人々の姿を見るだろう。「無」のなかから世界に誕生し、それぞれの人生を生き、「無」のなかへと消えていった無数の人々。彼らの姿が、目の前を行進していくかのように見える。見識を備えてしまった悲しみを少年は味わう。ハッと小さく息を呑《の》んで、彼は自分自身が村の通りに落ちた一枚の葉にすぎないのだと気づく。風によって簡単に吹き飛ばされる葉だ。まわりの連中は強がりを言っているが、自分は確信を持てぬままに生き、死ななければならないと知っている。風に吹き飛ばされるものとして、陽にあたってしなびていくトウモロコシのような運命の存在として。彼は身震いし、あたりを物欲しげに見回す。これまで生きてきた十八年が一瞬のように感じられる。人類の長い行進における、ほんの一呼吸の間にすぎない。すでに彼は死の呼び声を聞く。ほかの人と親密になりたいと心の底から願う。誰かに手で触れ、誰かの手で触れられたい。その誰かが女性であってほしいとすれば、それは女性のほうが穏やかで、理解してくれると信じているからだ。彼は何よりも理解を求めている。

見識を備えてしまった瞬間、ジョージ・ウィラードの心はヘレン・ホワイトに向かった。ワインズバーグの銀行家の娘である。自分が大人の男に成長していく過程で、彼女も大人の女へと成長していくのを彼はいつも意識していた。十八歳の夏の夜、彼女と田舎道を歩いたとき、彼は自慢したいという衝動に負け、自分を大きな人間として、重要な人間として見せようとした。いまは別の目的で彼女に会いたかった。自分の心に生まれた別の衝動について語りたい。大人の男について何も知らなかったときに、大人の男として見てもらおうと彼女に働きかけたのだが、いまは違った。自分の性格のなかに何らかの変化が生じたと信じており、その変化を彼女に感じてもらいたかった。

ヘレン・ホワイトはどうだったかというと、彼女もまた変化の時期にたどり着いていた。ジョージが感じていたことを、彼女も若い娘なりに感じていたのである。もはや少女ではなく、大人の女の気品と美貌《びぼう》を得ようと必死になっていた。彼女はクリーヴランドの大学に通っていて、屋外市《フェア》に行くために戻って来たところだった。思い出が彼女のなかでも呼び覚まされていた。日中、彼女は母の客である若者と特別観覧席に座った。大学の講師で、物知りぶるところがあり、彼女はすぐに自分には合わないと感じた。しかしいい服を着ているし、誰も知らない人だったので、屋外市《フェア》で彼と一緒にいるところを見られるのはうれしかった。彼という存在が人々の心に残るとわかっていたのである。日中、彼女は幸せだったが、夜になると落ち着かなくなった。大学講師を追い払いたい、彼のいるところから逃れたいと思った。観覧席に並んで座り、かつての同級生たちの視線が注がれているあいだ、彼女はエスコート役の男に大いに注意を払ったので、彼のほうも興味を抱くようになった。「学者には金が要る。僕は金のある女と結婚しなきゃいけない」と彼は考えた。

ジョージ・ウィラードはヘレン・ホワイトのことを考えながら、ふさぎ込んで歩き回っていたが、彼女のほうも彼のことを考えていた。二人で散歩した夏の夜のことを思い出し、また彼と歩きたいと思った。都会で数カ月過ごし、劇場に行ったり、街灯のある大通りを歩く大群衆を見たりしたことで、自分が大きく変わったと考えていた。そして自分の性格に生じた変化を彼も感じ、意識してほしかった。

夏の夜を一緒に過ごしたときのことは、若い男女の心に深い印象を残したが、冷静に振り返って見ると、かなり愚かな時間の過ごし方をしていた。二人は田園地帯につながる道路を歩いて町を出ると、若いトウモロコシ畑のそばにあるフェンスのところで立ち止まった。ジョージはコートを脱ぎ、腕にぶら下げた。「まあ、僕はここワインズバーグにずっといるわけだけど——そう——まだこの町を出てはいないけど、僕も大人になりつつある」と彼は言った。「本をずいぶん読んできたし、いろいろと考えてきた。人生でそれなりの結果を出そうと頑張るつもりなんだ」

「でも、まあ」と彼は説明した。「それは肝心なところじゃない。話すのはやめたほうがよさそうだね」

混乱した青年は娘の腕に手を載せた。声は震えていた。二人は来た道を引き返し、町に向かって歩く。自棄《やけ》になってジョージは自慢話を始めた。「僕は大人物になる。ワインズバーグ出身者のなかでいちばん大きな男に」と彼は断言した。「君も何かしてほしい、何だかはわからないけど。たぶん僕には関係ないんだろうな。ただ、ほかの女の人とは違う人になってほしいんだよ。僕の言いたいことがわかるかな。僕には関係ないんだけどさ。君には美しい人になってほしいんだ。僕が求めていることがわかるかな」

青年の声は途切れ、二人は黙ったまま町に戻ると、ヘレン・ホワイトの家まで通りを歩いた。門のところで彼は印象に残ることを言おうとした。これまで考えてきた台詞《せりふ》が頭に浮かんできたが、それは完全に的外れに思われた。「思ったんだ——こう思ってたんだ——君はセス・リッチモンドと結婚するんだって信じ込んでいた。でも、いまはそんなことないってわかってる」。これが彼に言えたすべてだった。彼女は門をくぐり、家のドアに向かっていった。

暖かい秋の夜、階段に立って、メインストリートを歩いていく群衆を眺めながら、ジョージは若いトウモロコシ畑の端で交わした会話を思い出した。そして自分が何という姿を晒《さら》したのだろうと恥ずかしくなった。通りでは人々がどっと押し寄せたり、引いて行ったり、まるで囲いのなかに閉じ込められた牛のようだった。一頭立てや二頭立ての馬車が狭い通りをほとんど埋め尽くしている。バンドが演奏し、小さな男の子たちが歩道を走り回り、男たちの股《また》のあいだに飛び込んだりしている。若い男たちは娘たちと腕を組んで顔を真っ赤に輝かせ、ぎこちなく歩いている。一軒の店の二階にある部屋では、ダンスパーティが開かれることになっていて、バイオリン弾きたちが楽器の音合わせをしている。その途切れがちの音が開けた窓から漂ってきて、人々の囁き声や、バンドの金管楽器の大きな音とともに聞こえてくる。こうしたごたまぜになった音が若きウィラードの神経にさわった。まわりじゅう至るところから、生命が群がり動き回っているという感覚が彼に迫って来るのだ。彼は走り去って一人きりになり、考えたかった。「ヘレンがあの男とずっと一緒にいたいのなら、勝手にすればいい。僕が気にすべきことじゃないだろ？　僕には何も変わりがないんだから」と彼は唸《うな》るように言い、メインストリートを歩き続け、ハーンの食料品店を通り抜けて横道に入った。

ジョージは完全に一人ぼっちだと感じ、気落ちして泣きたくなった。しかしプライドがそれを許さず、そのまま早足で歩き続けた。ウェズリー・モイヤーの貸し馬車屋まで来て、影のなかで立ち止まり、男たちの集団のおしゃべりを聞いた。彼らはウェズリーの雄馬であるトニー・ティップが午後の屋外市《フェア》のレースで勝った話をしていた。群衆が貸し馬車屋の前に集まり、その群衆の前をウェズリーが偉そうに歩いて、自慢話をしている。手に鞭《むち》を握り、それで地面を叩《たた》き続けている。埃がランプの灯りのなかで舞い上がった。「おい、おしゃべりをやめろ」とウェズリーは叫んだ。「俺は怖くなんかなかった。いつだって勝てるってわかっていたからな。怖くなんかなかったよ」

いつもなら、ジョージ・ウィラードは馬術家であるモイヤーの自慢話にものすごく興味を持ったことだろう。しかし、いまはそれを聞いて腹を立てた。彼は踵《きびす》を返し、急ぎ足で立ち去った。「法螺《ほら》吹きめ」と彼はぶつぶつ言った。「なんで自慢ばかりするんだ？　ちょっとは静かにできないのか？」

ジョージは空き地に入り、早足で歩き続けてガラクタの山につまずいた。空っぽの樽《たる》から突き出ていた釘《くぎ》でズボンが破けた。彼は地面に座り、汚い言葉で罵《ののし》った。破れたところをピンで留め、それから立ち上がって、また歩き出す。「ヘレン・ホワイトの家に行こう。絶対にそうするんだ。正面から入る。ヘレンに会いたいって言って。そのまま入っていって座る。絶対にそうするぞ」と彼はきっぱりと言い、フェンスを乗り越えて走り始めた。

銀行家ホワイト氏の家のベランダで、ヘレンは落ち着かず、心を取り乱していた。大学講師は母と娘のあいだに座っていた。彼の話を聞いているうちに、娘はうんざりしてきた。オハイオの町で育った男なのに、講師は都会の雰囲気をひけらかすようになっていたのだ。自分を国際的な人間だと見せたがっていた。「こういう機会はとてもありがたいです。私たちの地方の女性たちがどんな背景から生まれてくるのか、じっくり見ることができましたから」と彼は言った。「ご親切に感謝します、ミセス・

ホワイト。この日に私を招待してくださり」。彼はヘレンのほうを向いて笑った。「あなたはまだこの町の生活と切っても切れない関係にあるんですね？」と彼は訊《たず》ねた。「あなたが興味を抱いている人がここにいるんですか？」娘には、彼の声が尊大で重苦しく響いた。

ヘレンは立ち上がり、家のなかに入った。裏庭に続くドアのところで立ち止まり、耳を澄ます。母親が話し始めた。「ヘレンくらいの育ちの娘に相応《ふさわ》しい人は、ここにはいませんわ」と彼女は言った。

ヘレンは家の裏の階段を駆け降り、庭に出た。暗闇《くらやみ》のなかで立ち止まり、身震いした。やたらとおしゃべりをする無意味な人たちで世界は溢《あふ》れているように思われた。焦れったい気持ちに駆り立てられ、庭の門を走り抜けると、父親の馬屋の角を曲がって細い横道に入った。「ジョージ！　どこにいるの、ジョージ？」と彼女は苛立ちと興奮を募らせて叫んだ。走るのをやめ、木に寄りかかって、発作的に笑った。この暗い横道をジョージ・ウィラードがまだブツブツ言いながらやって来た。「ヘレンの家に正面から入るんだ。そのまま入っていって座る」と言い切ったところで、ヘレンに出くわした。立ち止まり、ぼんやりと見つめる。「おいでよ」と彼は言い、彼女の手を握った。二人はうつむきがちに並木の下を歩き始めた。乾いた枯葉が足下でカサカサと音を立てる。彼女と二人きりになれたものの、何をしたらいいのか、何を言ったらいいのか、彼にはわからなかった。

ワインズバーグの屋外市会場《フェア》は片側が少し高くなっていて、そこに腐りかけた古い観覧席がある。ペンキを塗られたことがなく、板は歪《ゆが》んで形が崩れている。屋外市会《フェア》場は、ワインクリークの川辺から隆起した低い丘のてっぺんにある。その観覧席に座ると、トウモロコシ畑の向こうに町が見え、町の灯りが空に反射している。

ジョージとヘレンは浄水場の貯水池を通り過ぎ、丘を屋外市会場《フェア》までのぼった。若者が故郷の町の群衆に囲まれながら抱いていた孤独感と疎外感《そがいかん》は、ヘレンの存在によって崩れ去るとともに、激しくなった。彼が感じていたことは彼女の心にも反響した。若者の心のなかではいつでも二つの力がせめぎ合っている。熱く無思慮な動物としての面が、よく考えて記憶する面と戦う。そしてこのときジョージ・ウィラードを支配していたのは、年齢と見識が高いほうの自己だった。彼の気分を察して、隣りを歩くヘレンの心は敬意でいっぱいになった。観覧席までたどり着くと、二人は屋根の下の階段をのぼり、ベンチのような長い椅子《いす》の一つに座った。

アメリカ中西部の町で年に一度の屋外市《フェア》が開かれた日の夜、町の郊外にある会場に行く経験には、何か記憶に残るものがある。そのとき抱いた気持ちは決して忘れられないはずだ。そこらじゅうに幽霊がいる。と言っても、死者のではなく生者の幽霊。ついさっき陽が沈むまでの明るい時間帯、ここには周囲の町や田園地帯から人々がどっと押し寄せていた。妻や子供を連れた農民たち、そして何百もの小さな木造の家からやって来た人々が、この板塀のなかに集まった。若い娘たちは笑い、顎鬚《あごひげ》を生やした男たちは日常のことについて語り合った。生命に満ち溢れていた場所、生命でうずうずし、身悶《みもだ》えしていた場所。夜になると、そこから生命が抜け落ちる。いまの静けさは恐ろしいほどだ。木の幹の陰に立って身を隠していると、自分の性格の思慮深い面が刺激される。人生の無意味さを考えて身震いすると同時に――町の群衆とのつながりを感じられるなら――人生に対する愛が深まって涙が浮かんでくる。

観覧席の屋根の下、暗闇のなかでジョージ・ウィラードはヘレン・ホワイトと並んで座り、生命のサイクルにおける自分の無意味さを激しく感じていた。町では人々がさまざまな雑事に忙《せわ》しなく動き回っていて、そのことに彼は苛立ちを感じていたが、町から出たいま、苛立ちはすべて消えた。ヘレンの存在によって元気づき、気分が一新した。彼女という女の手が彼を助け、彼の人生の機構を巧《たく》みに調整し直しているようだった。彼はこれまでずっと共に暮らしてきた町の人々のことを考え、敬意のようなものを抱くようになった。ヘレンにも敬意を感じた。彼女を愛し、愛されたかったが、いまは彼女の女性性によって惑わされたくもなかった。闇のなかで彼は彼女の手を握り、彼女がすり寄ると、手を彼女の肩に掛けた。風が吹き始め、彼は震えた。力の限りを尽くし、自分に訪れたこの気分を維持し、理解しようとした。闇のなか、高いところに座っている二人のちっぽけな人間たちは奇妙なほど敏感になり、互いにしっかりとしがみついて待った。それぞれの心には同じ思いがあったのだ。「この寂しい場所に来たら、この人がいた」。それが、ともに感じていたことの要点だった。

ワインズバーグでは、忙しい日中が終わって晩秋の夜長へと変わっていた。農場の馬たちはくたびれた飼い主たちを引っ張って、寂しい田舎道をゆっくりと走り去って行った。店員たちは商品の見本を歩道からなかに入れ、店のドアの鍵《かぎ》をかけ始めている。オペラハウスには群衆がショーを見るために集まり、メインストリートのずっと先ではダンスフロアの若者たちが踊り続けられるように、バイオリン弾きたちが音合わせの済んだ楽器を必死に掻き鳴らしていた。

闇のなかの観覧席でヘレン・ホワイトとジョージ・ウィラードはずっと黙り込んでいた。ときどき効いていた魔法が切れ、二人は互いのほうを向いて、薄暗い灯りで相手の目を見つめようとした。キスをしたが、その衝動は長続きしなかった。屋外市会《フェア》場の高台の側には五、六人の男たちがいて、午後のレースに参加した馬たちの世話をしていた。火を焚《た》き、いまは湯を沸かしている。行ったり来たりする彼らの脚だけが、その灯りのそばを通るときに見えた。風が吹くと、焚火の小さな炎が狂ったように踊った。

ジョージとヘレンは立ち上がり、闇のなかに入って行った。小道を歩き、まだ刈り取られていないトウモロコシ畑を通り過ぎた。乾いたトウモロコシの葉に風が当たり、カサカサと音を立てている。町に戻る道中、彼らにかかっていた魔法がしばらく途切れた。浄水場の丘のてっぺんに来たとき、二人は木の陰で立ち止まり、ジョージがまた彼女の肩に手を置いた。彼女がジョージにしがみついてきたが、二人はまたその衝動からすぐにしり込みした。キスするのをやめ、少し離れて見つめ合った。互いに対する敬意が募る。二人とも気恥ずかしさを感じながら、その気恥ずかしさから逃れるために、若者らしい動物的行動に向かった。笑い声をあげ、互いに引っ張り合った。自分たちのこれまでの気分によってなぜか気恥ずかしさと浄《きよ》められた感覚を抱き、彼らは男と女ではなく、少年と少女でもなく、興奮した小動物となった。

こういう状態で彼らは丘を降りた。闇のなかで、世界がまだ若かった頃の生き生きとした若者たちのように遊んだ。一度はヘレンが素早く前に出て、ジョージをつまずかせ、彼はのたくって叫んだ。そして身を震わせて笑いながら、丘を転がり落ち、ヘレンはあとを追いかけて走った。一瞬だけ、彼女は闇のなかで立ち止まった。どんな女性特有の思考が彼女の頭をよぎったのかはわかりようがない。しかし丘の麓《ふもと》にたどり着いて青年に追いついたとき、ヘレンは彼の腕を取り、並んで歩いた。厳《いか》めしい表情で、何もしゃべらずに。自分では説明できない何らかの理由により、二人は一緒に静かに過ごした夜から必要なものを得た。男であれ少年であれ、女であれ少女であれ、彼らは一瞬、近代世界の男女が成熟した生活を送るためになくてはならぬものを摑《つか》んだのである。

旅立ち

若きジョージ・ウィラードは午前四時にベッドから起き上がった。時は四月。木々の若葉が芽吹いてきたところである。ワインズバーグの住宅街にはカエデが植えられており、その種子《たね》には羽がついている。風が吹くと種子は狂ったように旋回し、空中を種子でいっぱいにするとともに、足下には種子の絨毯《じゅうたん》を敷きつめる。

ジョージは茶色い革のバッグを持って階段を降り、ホテルの事務所に入った。トランクの荷造りはすでに済んでいる。彼は二時に目が覚めてしまい、これからの旅について思いをめぐらせ、旅の最後に何があるのだろうかと考え続けた。ホテルの事務所で寝ている少年はドアのそばの簡易寝台に横たわり、口を開けて元気よくいびきをかいている。ジョージは音を立てないように寝台を通り過ぎ、メインストリートに出た。

人気《ひとけ》がなく、静まり返っていた。東の空が朝焼けでピンクに染まり、長い光の筋が空にのぼっているが、そこにはまだいくつかの星が輝いていた。

トラニオン街道でワインズバーグから出ていくとき、最後の家の向こうには大きな畑が広がっている。畑を所有しているのは町に住んでいる農民たちで、夜になるとキーキー音を立てる軽装の馬車を走らせ、トラニオン街道を通って家に戻る。畑にはイチゴや小さな果物が植えられている。暑い夏の夕方には、道も畑も埃《ほこり》をかぶり、広くて平らな窪地《くぼち》には土埃が煙のように立ち込める。この野原を見渡すのは海を見渡すのに似ている。土地が緑色になる春には、その印象はどこか違う。緑色の大きなビリヤードテーブルで、人間が虫のようにせっせと仕事をしているといった印象だ。

少年時代から青年時代の初期にかけて、ジョージ・ウィラードにはトラニオン街道を歩く習慣があった。冬の夜、大きく開けた野原の真ん中に出ると、周囲がすべて雪で覆《おお》われ、月だけが彼を見下ろしていた。秋には寒々しい風が吹き、夏の夜には大気が虫の鳴き声で震えていた。その四月の朝、彼はまたそこに行きたいと思った。静寂のなかを歩きたい。そう思って町から三キロほど歩き、街道が小川のほとりに下るところまで来ると、踵《きびす》を返してまた何も言わずに歩いた。メインストリートまで戻ると、店員たちが店の前の歩道を箒《ほうき》で掃いていた。「ヘイ、ジョージ。ここを出るってのはどんな気持ちだい?」と彼らは訊《たず》ねた。

西行きの列車はワインズバーグを午前七時四十五分に出る。車掌はトム・リトルという名の男で、彼の列車はクリーヴランドから、シカゴやニューヨークのターミナル駅につながる大きな本線のところまで走っている。トムは鉄道関係者のあいだで「お気楽」と呼ばれる性質の持ち主だ。毎晩、家族のもとに帰り、秋と春には、日曜日に必ずエリー湖で釣りをする。顔は丸くて赤く、目は小さくて青い。線路沿いの町の人々のことを、都会の人が同じアパートに住んでいる人のことを知る以上によく知っている。

ジョージは七時に新ウィラード館から下る道を歩いて来た。トム・ウィラードが彼のバッグを持っている。息子はいまや父よりも背が高い。

駅のプラットフォームには十人以上の人々が待っていた。誰もが若者と握手し、それから互いに自分たちのことを語り合った。怠け者でしばしば九時まで寝ているウィル・ヘンダーソンでさえ、ベッドから出てここに来ていた。ジョージは恥ずかしくなった。ガートルード・ウィルモットという、瘦《や》せて背の高い五十歳の女性も駅のプラットフォームにやって来た。ワインズバーグの郵便局で働いていて、それまでジョージに関心を示したこともなかった女性である。それがこのときはジョージの前で立ち止まり、手を差し出して、みなが感じていたことを二語ではっきりと言い表わした。「幸運を祈る《グッド・ラック》」。その言葉を残し、彼女はまた戻って行った。

列車が駅に入ってきたとき、ジョージは救われたような気持ちになり、急いで飛び乗った。ヘレン・ホワイトも彼に別れの挨拶《あいさつ》をしたいとメインストリートを走って来たが、彼はすぐに座席を見つけてしまい、彼女に気づかなかった。列車が走り始めたとき、トム・リトルが彼の切符にハサミを入れ、ニッコリと笑った。ジョージのことはよく知っていたし、彼がどんな冒険を始めようとしているのかも知っていたが、何も言わなかった。町を出て都会を目指すジョージ・ウィラードのような青年を千人も見てきたので、トムにとってはあまりにもありふれた出来事だったのである。喫煙車両にいる男からは、サンダスキー湾に釣りに行こうと誘われたばかりだった。トムはこの誘いに応じ、詳しいことを打ち合わせしたいと考えていた。

ジョージは車両をあちこち見渡し、誰も見ていないことを確認しようとした。それから財布を取り出し、持ち金を数えた。青二才に見られたくないという気持ちで頭がいっぱいだった。父が彼にほぼ最後に言った言葉は、都会に着いてからの行動に関するものだった。「抜け目なく振る舞え」とトム・ウィラードは言った。「自分の金はしっかり見張っておくんだぞ。目を開けておけ。それが大切だ。他人から未熟者だと思われてはいけない」

ジョージは金を数えてから窓の外を見て、列車がまだワインズバーグの町を出ていないことに驚いた。

生まれ故郷を出て人生の冒険に向かう青年は考え始めたが、大きなことやドラマチックなことを考えたわけではなかった。母の死、ワインズバーグからの旅立ち、都会での未来の生活の不確かさなど、自分の人生の深刻で大きな局面は頭に浮かばなかった。

彼は小さなことを考えた。朝、ターク・スモレットが板をたくさん一輪車に乗せ、町のメインストリートを押して行くこと。父のホテルに一晩だけ泊まったことのある、美しいガウンを着た長身の女のこと。夏の夕暮れ時、ワインズバーグのガス灯の点灯作業員であるブッチ・ホイーラーが手に松明《たいまつ》を持ち、通りを急ぎ足に歩いていたこと。ワインズバーグの郵便局の窓際《まどぎわ》にヘレン・ホワイトが立ち、封筒に切手を貼《は》っていたこと。

夢を求める思いが募り、青年の心はそれでいっぱいになった。このときの彼を人が見ても、特に抜け目のない男だとは思わなかったであろう。小さなことの思い出を胸に抱き、彼は目を閉じて座席の背もたれに寄りかかった。しばらくのあいだそうしてから、目を開けて車窓の外を見ると、ワインズバーグの町はすでに見えなくなっていた。そこで過ごした彼の人生も、大人の男としての夢を描く背景にすぎなくなった。

訳者あとがき

本書は二十世紀前半に活躍したアメリカの作家、シャーウッド・アンダーソン（一八七六〜一九四一）の代表作、『ワインズバーグ、オハイオ』（*Winesburg, Ohio*）（一九一九年出版）の日本語訳である。タイトルは「オハイオ州ワインズバーグ」という意味で、作者の故郷をモデルとした架空の田舎町を指す。十九世紀の末くらいに、その町に住んでいた人々の群像を、連作短編の形で描き出した傑作だ。

シャーウッド・アンダーソンという作家についてよく言われるのは、「十九世紀文学から現代アメリカ文学への橋渡しの役割を果した」ということである。確かに、ヘミングウェイやフォークナーといったアメリカのモダニスト作家たちを考えるとき、アンダーソンの影響は無視できない。

少し年上となるO・ヘンリー（一八六二〜一九一〇）のような作家と比べてみれば、その違いは明らかであろう。短編小説の終わりに必ず「落ち」をつけ、読者をニヤリとさせたりホロリとさせたりするO・ヘンリーに対して、アンダーソンはそうしたプロットを嫌い、世界の不条理や人間の暗い面を剝《む》き出しにする。O・ヘンリーの短編で味わう「ニヤリ」や「ホロリ」は、人間の善性についてのオプティミスティックな信頼から来るわけだが、アンダーソンの世界観はそんなに単純ではない。二十世紀の芸術思潮を肌で感じ、フロイトを読んでいたとされるアンダーソンは、人間がさまざまな衝動（impulseという言葉は本書に頻出する）に左右されていることを看破し、合理的には説明できない人間の行動を生々しく描き出す。

人間を動かす衝動の一つが、言うまでもなく「性」であり、本書でもそれが大きな位置を占めている。現代の基準からすれば生ぬるく感じられるかもしれないが、前世代の作家たちと比べると、性の扱いはずっと大胆だ。いや、性的な自由さが増してきたとはいえ、まだ制約も強いからこそ、登場人物たちは自らの性的衝動に戸惑い、懊《おう》悩《のう》する。一度だけ体を許した相手を忘れられない「冒険」のアリス・ハインドマンは、内面の衝動を抑えられずに突飛な行動に出る。「狂信者」のルイーズ・ベントリーは、自分が何を求めているのかもはっきりわからないまま、将来夫になる男を誘惑する。「神の力」のカーティス・ハートマン師は自らの性的欲求を神からの試練と考えて苦闘する。

もちろん、人間を動かす力は「性」だけではない。宗教の力がいまよりもずっと強かった時代、「神の力」にも見られるように、信仰が大きな力をもって人々を動かす。一方で、機械化や合理化が一部の資本家に莫大《ばくだい》な利益をもたらしており、田舎町の人々もそれに無関心でいられない。その結果、「狂信者」のジェシー・ベントリーのように、機械を使った農業経営で利益を出すことに取り憑《つ》かれ、それこそが神の「御国を地上に築き上げる」道だと信じる者も現われる。「手」は衝撃的な一品だが、同性愛がタブーだった時代、それへの恐怖がいかに人々を暴徒にしてしまうかを描いたものとも言える。本書はこうした「時代」を見事に捉《とら》えた作品なのだ。

アンダーソンが同時代の自然主義文学の作家たちと一線を画すのは、ダーウィニズムだけでは説明できない、人間の内面を追究したところにある。「見識」のジョージ・ウィラードとヘレン・ホワイトは、「性」を超えた心のつながりを求めているように見える。「タンディ」の少女と酔っ払いの男の心の通い合いもそうだ。「孤独」のイーノック・ロビンソンはどうだろう。彼が取り憑かれるのはある種の美的な衝動。それを抱えてニューヨークに行き、絵画の勉強をするのだが、彼は仲間の画学生たちに対して自分の表現したいものをうまく言葉にできない。それは、故郷にかつて生えていたニワトコの茂みに隠れている「何か」だと言う。彼は画学生たちと話すのに疲れ、自分の内面に住む者たちとの対話に生きがいを見出していく。それをぶち壊したある女との関係も、単に「性」では割り切れない複雑な思いが関わっているように思われる。

こうしたどこか「いびつな」キャラクターたちと親交を結び、彼らの話を聞くのが新聞記者のジョージ・ウィラードという十八歳の青年である。この存在が本書にある種の一貫性を与え、長編小説としても読めるものとしている。また、多くがジョージとの対話を通して語られるということ、そしてジョージの（または視点の中心となる人物の）印象を通しているということが、この作品の特徴である。絵画で言えば、リアリズムから印象派へ、そしてキュビズムなどへと発展していった頃のこと。アンダーソンもリアリズムで真実を捉えるのではなく（というか、それでは真実が捉えられないことを自覚し）、主観的な印象を言葉にしようとする。そして（イーノック・ロビンソンのように）ものの陰に隠れた「何か」を捉えようとする。そこが当時の最先端の芸術と呼応しているのだ。

もう一つ重要な点は、中西部の田舎町の様子を生き生きと描いたこと、労働者階級の者たちに声を与えたという点であろう。「冒険」や「語られなかった嘘《うそ》」などに描かれた美しい田園風景、「見識」に描かれた屋外市《フェア》の日の雑踏など、忘れがたい印象を残すのではないか。そこに生きる人々の会話も、声が聞こえてきそうなほどリアルに感じられる。このような点においても、アンダーソンはマーク・トウェインからフォークナーやヘミングウェイへと橋渡しをした存在と言えるのである。

アンダーソン自身、田園地帯の労働者階級の家庭に生まれている。代々農業を営んできていた家系だが、父親は馬具製造業者として生計を立てていたという。アンダーソンは高校卒業後、軍隊生活を含むさまざまな職を経験したあと、塗料製造の会社を経営し、ある程度成功した。ところが、その頃から「書きたい」という衝動が抑えられなくなってきて、ついに三十六歳のとき（一九一二年）、突然失踪《しっそう》。翌年、シカゴに出て作家活動を始める。そして一九一九年に『ワインズバーグ、オハイオ』、一九二一年には短編集『卵の勝利』を出版し、作家としての地位を確立した。『貧乏白人』（一九二〇）、『黒い笑い』（一九二五）などの長編小説もあるが、彼の資質は基本的に短編小説に向いており、長編の評価は必ずしも高くない。『ワインズバーグ、オハイオ』は短編の連作という形を取ったことで、彼のよい面が最もうまく出た作品と言えるのではないだろうか。

ところで、冒頭に挙げた「十九世紀文学から現代アメリカ文学への橋渡しの役割を果した」という言葉は、実は訳者が学生時代に読んだ新潮文庫の『ワインズバーグ・

オハイオ』（橋本福夫訳）の裏表紙にあったものだ。一九八〇年頃に読んだはずだが、アメリカ中西部の田舎町に住む、ちょっと変な人々の姿や心情が妙に心に残った。また、ジョージ・ウィラードと年齢が近かっただけに、彼の成長に感情移入して読んだように思う。今回、翻訳のために改めて読み直し、モダニズムの先駆けという面だけでなく、レイモンド・カーヴァーのような短編作家の先駆者という面も強く感じた。貧しく生きる労働者階級の人々が抱える心の闇——それを生々しく露《あら》わにしたという点で、アンダーソンの伝統は現代アメリカ文学のなかにも脈々と息づいているように思われる。

この本を自ら訳せたのは、訳者としてこの上ない幸せだった。何種類かの優れた訳がすでにあるだけに、それに影響されないよう、旧訳をまったく参照せずにすべて訳し、日本映画の字幕製作者であるイアン・マクドゥーガル氏と質疑応答を繰り返して、訳の正確さを高めていった。その対話のなかで、アンダーソンの grotesque は日本で言う「グロテスク」とちょっと違うのではないかという話も出た。「恐ろしくて醜怪」というだけでなく、「滑稽《こっけい》」で「愛おしい」ものさえ含む「グロテスク」。これに当てはまる訳語として、ここでは「いびつな」を使ってみた。この点も含め、数々の貴重な助言をいただいたマクドゥーガル氏には心から感謝している。

最後になったが、新潮文庫編集部の菊池亮氏には、企画段階から原稿のチェックまで大変お世話になった。この場を借りてお礼を申し上げる。

二〇一八年五月十三日

上岡伸雄

解説

川本三郎

オハイオ州の小さな町と、そこに住む人々の物語である。一九一九年、アンダーソンが四十三歳の時に発表されている。

ワインズバーグは架空の町だが、アンダーソンが少年時代を過ごしたオハイオ州のクライドという小さな町がモデルという。

物語の時代設定は十九世紀の後半と思われる。西部開拓は終わり、機械化、産業社会化が始まっている頃。牧歌的な農村社会が徐々に失われつつある変革期である。

町の人口は千八百人ほど。鉄道の駅があり、駅のまわりに商店がいくつかあり、通りが尽きると田園が広がっている。トウモロコシ畑があり、イチゴを中心とした果樹園がある。

アメリカと言うと、ついニューヨークやロサンゼルスのような大都市を思い浮かべてしまうが、アメリカの基本はむしろワインズバーグのようなスモールタウンにこそある。

古き良きハリウッドのミュージカル映画「踊る大紐育《ニューヨーク》」（四九年）では、水兵のジーン・ケリーが休暇をもらって仲間のフランク・シナトラらと一日、ニューヨークを観光する。そこで美しい女性ヴェラ＝エレンと知り合う。二人はたまたま同郷、インディアナ州のスモールタウンの出身だと分かる。

そこでヴェラ＝エレンが「スモールタウンこそアメリカの基本よ」（"Small town is the backbone of American civilization"）と誇らし気にいうと、ジーン・ケリーが「うん、先生がそう言っていた」と応じる。大都市ニューヨークで、田舎町から出てきた二人が故郷を思っている。

振返ってみると、アメリカ文学にはスモールタウンを舞台にしたものが多い。マーク・トウェインの『トム・ソーヤの冒険』をはじめ、ソーントン・ワイルダーの『わが町』（戯曲）、ウィリアム・サローヤンの『人間喜劇』、ウィリアム・ギャスの『アメリカの奥の奥』、あるいは近年では、映画「フィールド・オブ・ドリームス」の原作となったW・P・キンセラの『シューレス・ジョー』や、これも映画になったロバート・ジェームズ・ウォーラーの『マディソン郡の橋』など数多い。

そのなかで『ワインズバーグ、オハイオ』は代表的なスモールタウンものといえるだろう。小さな町と、そこに生きるさまざまな市井《しせい》の人々を描く。

日本でもこの作品は作家たちに大きな影響を与えている。例えば、佐藤泰志の『海炭市叙景』や宮本輝の『夢見通りの人々』を挙げることが出来る。町を通して人を描く。人を通して町を描く。アンダーソンの手法が新鮮だったからこそ、日本の現代の作家もこの手法を受継ごうとした。


オハイオ州は、「東部から見れば西部、西部から見れば東部」といわれる。北に五大湖のひとつ、エリー湖がある。ワインズバーグの町はエリー湖の南約三十キロほどのところに設定されている。農業の町。

アメリカを二分した南北戦争が終って三十年ほどたつ。自動車が登場したが、まだ金持しか持っていない。普通の人は昔ながらの馬車。

二十二篇の短篇から成る。短篇連作。人物がつながりあうチェーンストーリーにもなっていて、この手法も新鮮で現代の日本の作家たちにも影響を与えている。

冒頭に「いびつな者たちの書」という序章があり、ある作家が「いびつな者たち」について本を書いていることが示される。ということは以下の物語に登場する人たちが「いびつな者たち」になる。

ワイルダーの『わが町』がそうであるようにスモールタウンものでは、つましく善良な市井の人間が主人公になることが多い。

それに対しアンダーソンの描くワインズバーグの人たちは、どこか変っている。普通の日常の暮しを送りながら彼らは心のなかに、孤独、不安、疎外《そがい》感を抱いている。アンダーソンは良き人々の心のなかの負の部分に着目する。それでいて決して彼らを否定するのではない。心に屈託を抱え、周囲に溶け込めない、心寂しき人々を、その負の部分を含めて肯定しようとする。愛そうとする。だから、読み終ったあと、読者は夜の暗さのなかに、夜明けの光を感じ取り、穏やかな気持になる。

「手」の主人公ウィング・ビドルボームは農場に雇われ、イチゴ摘みの仕事をしている。重労働のためだろう、まだ四十歳なのに、老人のように見える。彼にはつらい過去がある。以前、ペンシルベニア州のある町で学校の教師をしていた。そこで男子生徒にあらぬ噂《うわさ》を立てられ、同性愛者とそしられ、町を追い出されてしまった。以来、ワインズバーグに移り住み、世捨人のような暮しをしている。

「母」のエリザベス・ウィラードは、町のホテルの女主人だが、経営がうまくゆかず、ホテルは次第にさびれていっている。政治好きの夫にはもう愛されていないようだ。

一人息子のジョージが頼りだが、次第に息子にもうとましく思われている。若い時は、いちはやく自転車に乗るような活発な娘だったが、いまではすっかり生活に疲れた中年女性になっている。

「冒険」の服地店の店員アリス・ハインドマンは、大きな町クリーヴランドへ出て行ってしまった恋人のことを思っていて、彼が帰って来るのを待っている。しかし、都市で暮しはじめた男が田舎町に戻ってくるはずがない。アリスはようやく自分が騙《だま》されたと知る。狭い町で、もう華やかなこともなく、これからどう生きればいいか。「どうして何も起こらないの？　どうして私はここに一人でいるの？」と呟《つぶや》く。

そして、アリスはある雨の晩、冒険をする。突然、服を脱いで雨のなか、裸で町を走り出す。アリスの孤独、閉塞《へいそく》感が痛いほど読者に伝わってくる。

アンダーソンは、心寂しい町の人々を客観的に描き出してゆく。「見る人」となって、彼らの心を冷静に語ってゆく。その描写が丁寧なので、アンダーソンが彼らをわれらが隣人として親しくとらえていることが読者に伝わってくる。

実際、町の人々は、奇怪な、いびつな面を持っているかもしれない。しかし、それは誰でも持っている心のひび割れであり、決してワインズバーグの人たちに特有なものではない。

彼らは確かに変っているかもしれない。いびつかもしれない。それでも歪《ゆが》んだ悪意で他人を傷つけたり、自分の欲望のために他人を利用したりすることはない。基本的には善良な人たちである。

ただ孤独の思いは深く、それを自分で抱えこんでしまっている。

スモールタウンの暮しは、昨日と同じ今日が続いてゆく平穏さを特徴とするが、それが時とすると息苦しさになる。変化のない暮しが、孤独な人たちにとって耐えられなくなる。

この小説には「冒険」という言葉が実によく出てくる。平穏な暮しに耐えきれなくなった人間が、ちょうどアリス・ハインドマンが裸で雨のなかを走り出したように、普通の暮しの枠の外に出ようとする。

「狂信者」の町の高校に通うルイーズ・ベントリーは、思い切って意中の男の子に恋文を書く。十五歳の少女にとっては冒険である。

十九世紀の後半、小さな町ではまだピューリタンの潔癖な性のモラルが厳然として人々の暮しのなかにある。そのために思春期にある男女は、性の葛藤《かっとう》に悩まされる。いや時には大人も。「神の力」の牧師は隣家の学校教師ケイト・スウィフトの肉体に悩まされる。「教師」ではそのケイトが、町の若い男性、週刊新聞の記者をしているジョージ・ウィラードを抱きたくなる。性のモラルからの逸脱は、解放でもあり冒険でもある。

そして町の人たちにとって最大の冒険は、小さなワインズバーグの町を出ることだろう。「孤独」の、ニューヨークで暮しながら、そこでの暮しに耐えられずワインズバーグに戻ってきたイーノック・ロビンソンを見れば、大都市での暮しが楽である筈《はず》はないが、若い人間にとっては、外へ出ることが夢になる。

最後の「旅立ち」では、新聞記者のジョージ・ウィラードが、さびれゆくホテルを守る母親を残して列車に乗って町を出てゆく。おそらく、ジョージには、若き日、スモールタウンからシカゴへと出て行ったアンダーソン自身が重ねられているのだろう。

アンダーソンは架空の町とはいえワインズバーグを実在の町のように細密に描き込んでいる。町自体が主人公といってもいい。何本かの通り。そこに並ぶ銀行や教会、さまざまな商店。どこかまだ牧歌的で通りにトム・ソーヤやハックルベリイ・フィンが現れてもおかしくない。アンダーソンはさらに町を取り巻く広い農場も書き込むし、日雇い労働者たちが住む貧しい集落も視野に入れている。

前述したように、時代設定は十九世紀の後半。変革期である。これについてはこんな説明がある。少し長いが引用する。

「この五十年のあいだに、国民の生活は大きく変わった。革命が起きたと言っていい。社会が工業中心へと変わっていき、それに伴ってありとあらゆる騒音が沸き起こった。海外から私たちのところにやって来た何百万もの新しい人々が金切り声をあげ、列車が行き来し、都市が発展した。都市と都市を結ぶ鉄道線路が建設されて縫うように都市に出入りし、農家のわきを走った。さらに時代が下ると、自動車が登場し、中部アメリカの国民の生活と習慣と思考にすさまじい変化をもたらすことになる」

一見、平穏に見えるスモールタウン、ワインズバーグだが、「革命」「すさまじい変化」にさらされようとしている。変革期は人の心を揺さぶる。これまでの生活が壊されてゆく。時代の変化に付いていけなくなる。ワインズバーグの「いびつな者たち」の孤独、不安、疎外感の背景には、この十九世紀末にアメリカを襲った大きな変化がある。アンダーソンは、その変化を小さな町に暮す人々の心を通して、描くことに成功している。

（二〇一八年五月、評論家）

ディケンズ
加賀山卓朗訳

オリヴァー・ツイスト

オリヴァー8歳。窃盗団に入りながらも純粋な心を失わず、ロンドンの街を生き抜く孤児の命運を描いた、ディケンズ初期の傑作。

スティーヴンソン
鈴木恵訳

宝島

謎めいた地図を手に、われらがヒスパニオーラ号で宝島へ。激しい銃撃戦や恐怖の単独行、手に汗握る不朽の冒険物語、待望の新訳。

バーネット
畔柳和代訳

秘密の花園

両親を亡くし、心を閉ざした少女メアリ。ヨークシャの大自然と新しい仲間たちとで起こした美しい奇蹟が彼女の人生を変える。

M・ブルガーコフ
増本浩子
V・グレチュコ訳

犬の心臓・運命の卵

人間の脳を移植された犬、巨大化したアナコンダの大群――科学的空想世界にソ連体制への痛烈な批判を込めて発禁となった問題作。

フローベール
芳川泰久訳

ボヴァリー夫人

恋に恋する美しい人妻エンマ。退屈な夫の目を盗み重ねた情事の行末は？　村の不倫話を芸術に変えた仏文学の金字塔、待望の新訳！

マーク・トウェイン
柴田元幸訳

ジム・スマイリーの跳び蛙
―マーク・トウェイン傑作選―

現代アメリカ文学の父であり、ユーモア溢れる冒険児だったマーク・トウェインの短編小説とエッセイを、柴田元幸が厳選して新訳！

Title: WINESBURG, OHIO
Author: Sherwood Anderson

ワインズバーグ、オハイオ

新潮文庫　ア－27－1

Published 2018 in Japan
by Shinchosha Company

平成三十年七月一日発行
令和四年一月十日二刷

訳者　上《かみ》岡《おか》伸《のぶ》雄《お》

発行者　佐藤隆信

発行所　株式会社新潮社

郵便番号　一六二―八七一一
東京都新宿区矢来町七一
電話　編集部(〇三)三二六六―五四四〇
　　　読者係(〇三)三二六六―五一一一
http://www.shinchosha.co.jp

価格はカバーに表示してあります。

乱丁・落丁本は、ご面倒ですが小社読者係宛ご送付ください。送料小社負担にてお取替えいたします。

印刷・株式会社光邦　製本・加藤製本株式会社

ISBN978-4-10-220151-0 C0197